표정 없는 검사

NŌMEN KENJI

Original Japanese edition published by Kobunsha Co., Ltd.
Korean translation rights arranged with Kobunsha Co., Ltd.
through EntersKorea Co., Ltd., Seoul.

표정 없는 검사

能面検事

나카야마 시치리 장편소설

이연승 옮김

차례

일러두기

◈ 능면(能面, 노멘)은 '일본 전통 음악극 노(楽)를 할 때 쓰는 가면' 혹은 '표정이 없는 얼굴을 비유하는 말'입니다. 본문에서는 의미전달을 위해 '능면검사'(能面検事)를 '표정 없는 검사'로 표기했습니다.

◈ 본문의 주는 전부 독자의 이해를 돕기 위한 옮긴이 주입니다.

1 표정 없는 검사

1

"자네 같은 사무관은 필요 없어. 나가 주게."

소료 미하루는 태어나서 이런 면박은 처음이라 그 자리에서 얼어붙었다.

미하루는 오사카 지검의 검찰 사무관 채용 시험에 합격한 후 연수를 마치고 검사 보좌 일을 맡은 지 얼마 되지 않았다. 눈앞에 앉은 검사와는 지금 막 인사를 나눈 참이다. 그런 상황에 사무관 실격이라니.

미하루는 나름대로 자부심이 있었다. 검찰 사무관이 되려면 국가 공무원 일반직 시험에 합격하고 각 검찰청의 채용 시험에도 합격해야 한다. 정식으로 채용되는 것이

낙타 바늘구멍 통과하기보다 어렵다는 것은 세상 사람들이 다 안다. 그래서 아무리 채용된 지 얼마 안 된 신입 사무관이라고 해도 물어야 할 것은 물어야겠다고 생각했다.

"제 어떤 면이 사무관으로서 부적절하다는 건가요?"

미하루가 절절한 심정을 담아 물어도 검사는 눈썹 하나 까닥하지 않았다.

후와 슌타로 1급 검사. 나이는 알려지지 않았지만 외모는 30대 후반. 깔끔한 올백 머리에 재단이 잘 된 양복이 맞물려 몸가짐에 한 치의 빈틈도 없다. 빈틈이 없는 것은 표정도 마찬가지인데 미하루에게 퇴장을 지시할 때 움직인 것은 오로지 입술뿐이었다. 눈과 눈썹처럼 감정 표현에 쓰이는 기관은 조각상처럼 꿈쩍도 하지 않았다.

"사무관으로서 부적절하다는 게 아니야. 내 부관으로 부적절하니 나가 달라는 거지."

"설명을 조금 더 부탁드려도 될까요?"

"네 번."

"네?"

"자네는 이 방에 들어와 표정을 총 네 번 바꾸더군. 가장 처음에는 긴장했고 다음에는 신기해하며 집무실 안을 둘러봤으며 나를 보고는 맞서기 어려운 상대라고 판단했는지 순간 당황하더니 그다음에는 다시 이러면 안 된다고 생각했는지 평정심을 보였어."

미하루는 그의 이야기를 들으며 등에서 식은땀이 흐르는 것 같았다. 후와의 지적은 미하루의 가슴속을 꿰뚫어 본 것처럼 정확했다.

"사무관도 검사와 함께 피의자를 조사할 때가 있어. 아니, 피의자만이 아니야. 피의자에게 가담한 관계자, 그리고 피의자를 벌해야 한다고 주장하는 관계자들에게서도 증언을 듣지. 상대는 그럴 때마다 질문자의 안색을 살피며 통찰력과 배짱을 가늠해. 감정을 쓸데없이 얼굴에 드러내는 사람이 그런 직무를 맡을 수 있다고 생각하나?"

듣고 보니 그야말로 지당한 이야기라 한마디도 반박할 수 없었다.

"그리고 지금 또다시 자네는 내 지적을 듣고 당황하며 속으로 어떡하면 이 난관을 돌파할 수 있을지, 혹은 무너져 내리기 일보 직전의 자아를 어떻게 하면 유지할 수 있을지를 필사적으로 떠올리고 있어. 고작 이 정도 지적을 듣고 허둥지둥하며 야무지지 못한 모습을 사건 관계자들에게 보이는 것 또한 검찰 사무관으로서는 부적절하지."

그가 내뱉는 한마디 한마디가 날카로운 비수가 되어 미

하루의 가슴에 꽂혔다. 후와의 시선은 마치 미하루의 통증을 가늠하듯 미하루를 붙잡고 놓아 주지 않았다. 딱히 노려보는 것도 아닌데 시선을 피하지 않고서는 배길 수 없었다.

마치 뱀의 눈빛 같았다.

"물론 이건 나만의 직업윤리이지 다른 검사들도 다 이렇다고는 할 수 없지. 그러니 내가 아닌 다른 검사 밑에서라면 자네도 보좌관으로서 활약할 수 있을지 몰라. 나가라고 한 건 그런 취지로 한 말이었네. 이해하겠나?"

이해는 했다.

미하루는 고개가 절로 숙어졌다.

"이해했으면 지금 당장 나가 주겠어? 그곳에 멍하니 있어 봐야 방해될 뿐이니."

머릿속이 수치심과 분노로 부글거렸고 팔다리는 핏기가 가셨는지 싸늘히 식었다.

미하루는 천천히 등을 돌렸다.

순간 문득 떠올렸다.

국가 공무원 시험에 합격하려고 얼마나 많은 시간과 즐거움을 희생했나. 나는 법조계를 동경해 왔고 미래에 대한 야망도 다른 사람 못지않게 크다.

그런 꿈이 본격적으로 꽃을 피우려는 순간에 고작 한 사람의 지적을 듣고 좌절해서 어쩌자는 말인가. 후와가 사무국에 요청한다면 지금 당장에라도 다른 검사 밑에 들어갈 수 있겠지만 첫 직무의 오점은 평생을 따라온다. 그 전에 나 자신의 가슴에도 크나큰 상처를 남긴다.

이해는 했다.

그러나 미하루는 발걸음을 멈추고 다시 후와를 돌아봤다.

"납득할 수 없습니다."

고작 이 정도로 꺾일 성싶으냐.

"현장에서 본격적으로 업무를 시작하기도 전에 이런 평가를 들을 줄은 몰랐습니다. 게다가 사무관 연수 때 표정을 감추라는 건 배우지도 않았고요."

"배우지 않았으니 할 수도 없다는 건가. 요즘 들어오는 사무관들은 다들 판에 박은 듯이 똑같은 말을 하는군. 그렇게 투덜거리는 게 자신의 주가를 더 떨어뜨린다는 것은 알지도 못하고."

"검사님도 저희를 유토리 세대*같은 단어로 깎아내리면서 희열을 느끼는 분인가요?"

---

* 경쟁 없는 교육을 받은 일본의 젊은 세대를 일컫는 말.

말이 너무 심하다며 또 다른 자아가 경고했지만 더는 멈출 수 없었다. 그것을 떠나 애초에 상대는 나에게 더 심한 말을 퍼붓고 있다.

"네. 배우지 않아서 대처도 못한다는 건 변명일지 몰라요. 하지만 일단 한 번 배운 건 잊지 않습니다. 그리고 검사님께 지도받으면 받을수록 저는 더 우수한 자원이 될 거고요."

솔직한 속마음과 더불어 자신을 어필한다. 절반은 자포자기하는 심정으로 내뱉은 말이었지만 전술을 잊지 않는다. 이렇게까지 했는데도 침몰당한다면 다음 수를 떠올리면 된다.

미하루는 말없이 상대의 반응을 살폈지만 후와의 얼굴에서는 여전히 감정을 읽을 수 없었다.

잠시 후 그의 입술만이 움직였다.

"인턴 기간은 석 달. 그 안에 적성을 판단하지."

아무래도 자신의 진심이 통한 것 같다며 미하루는 가슴을 쓸어내렸지만 이것으로 끝이 아니었다.

"그리고 검찰 사무관이 우수해야 하는 건 당연해. 그런 당연한 말을 소리 높여 부르짖는 건 볼썽사나우니 그만둬 주겠나?"

미하루는 후와의 집무실을 나와 그길로 형사부로 향했다. 후와가 지금 맡고 있는 사건에 대해 조금이라도 파악해 두고 싶었다. 첫 만남에 콧대가 꺾인 건 앞으로의 업무에서 성과를 보이며 복수할 수밖에 없다.

연수에서 배운 내용이 다는 아니겠지만 검찰 사무관의 업무는 실로 다양하다. 사건 기록을 정리, 종합하는 일은 물론이고 후와도 언급한 피의자 조사나 영장 청구, 집행, 증거품 감정 촉탁도 모두 사무관의 일이다. 굳이 말하자면 검사의 팔다리가 되어 수많은 잡일을 도맡아 하는 것이 사무관의 존재 이유다. 검사가 피의자를 조사한 내용을 컴퓨터에 일일이 입력하는 것 또한 사무관의 일이니 글자 그대로 검사의 팔다리를 대신한다고 할 수 있다.

형사부로 향하는 길목의 복도 너머에서 낯익은 인물이 다가왔다.

"오, 미하루 씨. 고생이 많네."

"고생하십니다, 니시나 과장님."

세상은 직장에서의 여성 지위 향상이나 남녀 고용 기회 균등법 등으로 시끄럽지만 검찰 세계는 여전히 남성 중심 사회인 것은 물론 임원들도 대부분 남자다. 니시나 무쓰미 총무과장은 그 안에서 손꼽히는 여자 과장이라 미하루는 그녀에게 남몰래 동정심을 품고 있었다.

니시나는 대학을 막 졸업하고 검찰청에 들어온 미하루에게 짧은 기간에 이런저런 것들을 가르쳐 주었다. 배려심이 강한 상사라 미하루는 얼마 안 돼 그녀와 친밀해졌다. 지금은 후와를 만나고 온 직후여서 그런지 더더욱 니시나가 반가웠다.

"응? 뭐야, 얼굴이 왜 이래?"

니시나는 말하기가 무섭게 양손으로 미하루의 얼굴을 감쌌다.

"꼭 12월을 맞이한 빚쟁이의 얼굴 같잖아. 아, 설마 후와 검사한테 한 소리 들은 거야?"

검찰청이라는 곳은 독심술사들의 소굴일까. 아니면 내가 어지간히 얼굴에 감정이 드러나는 사람인 걸까.

"어떻게 아셨어요?"

"미하루 씨 얼굴은 리트머스 시험지 같으니까. 직전에 만난 사람이 누군지에 따라 이리저리 바뀌어."

"후와 검사님은 오늘 처음 뵈었어요. 고작 한 번 만난 분께 그리 영향을 받겠어요?"

"아니, 꼭 미하루 씨만 그러는 건 아니야. 후와 검사를 만나고 와서 표정이 어두워지는 사람은 쌔고 쌨어."

니시나는 신경 쓰지 말라는 듯이 한 손을 들어 부채질을 해 줬다.

"좋고 싫고를 떠나 그 사람이 도대체 무슨 생각을 하는지 좀체 가늠할 수 없어서 다들 불안해하지."

"다들이라니. 설마 오사카 지검 사람들이 전부 그런다는 뜻인가요?"

"아니. 후와 검사와 만나는 모든 사람을 뜻해. 피의자, 사건 관계자, 변호사, 판사까지. 그런데 굳이 말하자면 그게 후와 검사의 무기 같은 거라서."

"과장님. 잠깐 괜찮을까요?"

미하루는 주변을 한 번 둘러보고 니시나를 다른 구역으로 이끌었다. 앞으로 직속 상사가 될 사람의 평판 이야기를 복도 한복판에서 할 수는 없었다.

"가르쳐 주셨으면 해요. 후와 검사님은 대체 어떤 분인가요?"

"흐음, 어떻고 뭐고도 없어. 그냥 겉보기와 똑같은 사람이야. 남에게 엄격하고 부하에게 엄격하고 동료들에게도 엄격하지."

"같은 검사에게도요?"

"미하루 씨도 봐서 알겠지만, 대놓고 얼굴에 드러내지는 않지만 말과 행동에서 남을 비판하는 게 훤히 보이잖아."

니시나가 갑자기 미하루의 눈치를 살폈다.

"더 자세한 이야기를 듣고 싶어?"

"네, 부탁드려요."

"이건 험담 같은 게 아니니 크게 상관은 없겠지만 그래도 남의 평판 이야기니까 다른 사람들이 들으면 곤란하겠지. 자, 사람이 없는 곳으로 갈까."

이번에는 니시나를 따라 구석에 있는 흡연 구역으로 옮겨 갔다. 안에 들어가자마자 벽에 찌든 담배 냄새가 코를 찔렀다. 비흡연자인 미하루에게는 별로 내키지 않는 곳이지만 들어오는 사람은 가려지기 때문에 밀담을 나누기에는 안성맞춤이다.

"무슨 일이 벌어졌을지 대략 예상이 되네. 후와 검사에게 사무관으로서 실격이니 뭐니 하는 소리를 들었지?"

"맞아요. 저처럼 감정이 곧장 얼굴에 드러나는 사람은 검찰 사무관으로 부적절하댔어요."

"틀릴 게 없는 말이기는 하지만 미하루 씨나 후와 검사나 둘 다 너무 극단적이야. 아까도 말했듯이 내 밑에서 연수를 받을 때부터 미하루 씨는 리트머스 시험지 같은 사람이었으니까. 후와 검사와는 성격이 완전 극과 극인 거지. 후와 검사는 후와 검사대로 자기 방식이 옳다고 생각할 테니 더더욱 미하루 씨의 솔직한 모습이 눈에 거슬릴 거야."

동정 섞인 말을 들으니 미하루는 오히려 화가 치밀었다.

"그걸 아시면서도 왜 저를 후와 검사님의 부관으로 보내셨어요?"

"나한테 그런 말은 해 봐야 소용없어. 그런 건 인사과장님 권한이니까. 나로서는 모두의 적성과 개성 같은 걸 숨김없이 보고했을 뿐이야. 그걸 분석해서 누구 밑으로 보낼지를 정하는 건 전부 인사과장님의 소관이고."

니시나가 거짓말을 하는 것 같지는 않았다. 그래서 더욱 이해가 되지 않았다.

미하루는 검찰청에 들어온 지 얼마 안 될 무렵부터 검찰청이 항상 효율을 최우선에 두고 움직이는 조직임을 깨달았다. 꼭 오사카 지검만이 아니라 일개 지방 검찰청도 다루는 안건이 산더미만큼 많다. 그런데 직원 수는 한정돼 있으니 자연히 검사 한 명이 맡는 안건 수가 방대해진다. 당연히 효율화가 필요하고 안건 하나에 투입되는 인원수와 시간도 최대한 줄이기 마련이다.

그런 상황에서 검사와 사무관이 불협화음을 내는 것은 치명적이다. 의사소통이 원활하지 않으면 업무에 지장이 생기고 상황에 따라서는 검사, 사무관의 정신 건강 측면에서도 문제가 생길 수 있다. 궁합이 잘 맞는 사람들끼리 조를 이루는 것이 조직 운영 측면에서도 올바른 선택일 것이다.

　"인사과장님을 잘 아는데 그런 상성이나 궁합 같은 걸 늘 고려하는 분이셔. 적어도 꿈 많은 신입 여자 사무관을 일부러 괴롭혀서 내쫓을 분은 아니야."

　"하지만 과장님도 방금 저희가 둘 다 극단적이라고 하셨잖아요."

　"원래 사람과 사람 사이의 상성 같은 건 성격 같은 것만으로 정해지는 게 아니야. 성격이 정반대인데도 사이좋은 콤비도 많으니까. 또 한 가지 고려해야 할 것으로 지향성이라는 게 있어. 아마 후와 검사의 직업윤리가 미하루 씨와 의외로 비슷한 게 아닐까? 그리고 후와 검사의 무표정은 타고난 성격이라기보다 그저 업무 방식일 가능성이 커. 사무관이 표정이 풍부하면 피의자에게 휘둘리기 쉽다고 했지?"

　"네. 꼭 피의자만이 아니라 조사 대상들은 항상 우리가 어떻게 나오는지를 보고 태도를 정한다고 하셨어요. 그런데 정말로 그렇게 단순한가요?"

"단순하다기보다 인간은 원래 궁지에 몰리거나 긴장하면 심리가 한쪽 방향으로 쏠리기 쉬우니까. 진실을 고백하거나 아니면 거짓으로 일관하거나 둘 중 하나인 거야. 그리고 표정에 사람의 생각이 의외로 쉽게 드러나는 것도 사실이야. 옛날 격언이나 속담 등에도 얼굴과 말에 관련된 게 많잖아. '눈은 마음의 창'이라거나 '마흔이 넘으면 얼굴에 책임을 져야 한다'라거나. 그러니 후와 검사가 철저하게 포커페이스인 것도 업무 방식으로서는 훌륭한 거지."

"정말로 효과적인 방법인가요?"

"효과적이지. 실제로 미하루 씨도 후와 검사가 노려보니까 위축되지 않았어?"

"그건…… 맞아요."

"왜 위축되는지를 따져 보면 나는 상대가 보이지 않는데 상대는 나를 훤히 들여다보는 것 같은 공포심 때문 아닐까. 이런 건 피의자 조사나 법정에서는 엄청난 위력을 지니기 마련이야. 서로 상대의 속을 어떻게든 들여다보려고 애쓰는데 그럴 때 내가 무슨 생각을 하는지 상대가 알지 못하는 게 당연히 유리하잖아."

미하루도 쉽게 이해할 수 있는 설명이었다. 포커 같은 심리 게임에서는 먼저 초조해하는 사람이 불리해진다. 손 안에 든 패를 읽히지만 않으면 시종일관 우위에 설 수 있다.

"일본에서 형사 재판은 유죄율이 99.9퍼센트라 검사 개인의 성적이 구체적인 숫자로 나오는 경우는 드물지만, 그래도 후와 검사를 오사카 지검의 에이스라고 평가하는 사람이 많아. 이런저런 에피소드도 있고."

"어떤 에피소드요?"

"대체로 수사와 공판에 관련된 에피소드들이지. 예를 들자면 전에 마약 단속법 위반으로 검거된 사람이 있었는 데 관할 형사가 이틀 내내 조사할 때는 계속 시치미를 뗐다고 해. 그런데 검찰에 송치되고 후와 검사가 사건을 맡자마자 바로 범행을 털어놓았다지 뭐야. 자백을 받는 데든 시간은 고작 한 시간. 그때 담당 형사는 완전 체면을 구겼지."

"뭘 어떻게 물은 거예요? 설마 관할 형사는 하지 않은 고문 같은 걸 동원해서?"

"아니. 피의자에게 손 하나 까딱하기는커녕 제대로 된

질문도 던지지 않았다고 해."

"그런데 피의자는 왜 자백한 거죠?"

"상대를 이렇게, 줄곧 노려봤대. 단 1밀리미터도 움직이지 않는 그 무표정한 얼굴로. 피의자가 아무리 허세를 부리고 잡담으로 도망치려 하고 싹싹하게 굴며 대충 넘어가려고 하든 말든 그런 얼굴로 계속 노려보는 거야. 그리고 진술의 아주 작은 오류도 놓치지 않고 인정사정없이 모순을 지적하는 것으로 모자라 휴대형 녹음기 못지않은 또박또박하고 정확한 말로 진술 내용을 반복한대. 그렇게 퇴로를 하나씩 차단해 가면서 피의자를 막다른 골목으로 몰아넣고 또다시 그 무표정한 얼굴로 노려보는 거야."

미하루는 머릿속으로 그 광경을 상상하자 두려워졌다. 만약 내가 피의자였다면 후와의 침묵과 질책 전술에 단 30분도 견디지 못했을 것이다. 그의 뱀 같은 눈빛은 상대에게 불안과 공포를 자아낸다.

"네야가와에서 거리를 지나가는 여성을 공격해서 살해한 남자도 후와 검사 앞에서는 어린아이처럼 굴었다고 해. 그는 물증이 부족한 점을 악용해 관할 경찰서 조사 때는 그야말로 여유만만한 모습이었대. 그런데 후와 검사가 그를 상대하자마자 그런 여유가 감쪽같이 사라진 거야.

안색이 바뀌어서 식은땀을 뻘뻘 흘리는 게 아주 장관이었다던데."

"그때도 피의자를 계속 노려본 건가요?"

"거기에다가 피해자의 사진을 동원했어. 큼지막하게 확대한 피해 여성의 시신 사진을 벽과 천장 등지에 덕지덕지 붙였다지 뭐야. 피의자가 고개를 어디로 돌려도 시신이 눈에 들어오도록 말이야. 그러고는 피해자가 환하게 웃는 사진을 피의자의 눈앞에 치켜들고 그 낮디낮은 목소리로 신문을 이어 갔대. 결국 이 피의자도 한 시간 만에 모든 걸 자백했어."

"······별로 바람직하지는 않은 사례네요."

"법정 안에서의 에피소드는 더 심해. 상대 변호사들이 딱할 정도야. 미하루 씨, 연수받을 때 재판을 방청한 적 있지?"

"네."

"그럼 알겠지만 현실 재판에서는 검찰과 변호인이 서로 날카롭게 부딪히며 변론을 펼치기보다 기본은 서면 공방이잖아. 그런데 후와 검사는 상대 변호인 답변서의 부족하거나 앞뒤가 맞지 않는 부분을 무서울 정도로 예리하게 찾아내는 건 물론 논파 방식이 더없이 탁월해서 그전까지

방심하던 변호사들이 순식간에 안절부절못한다고 해.”

“서류상의 부족한 부분을 지적받는 것만으로 안절부절못한다고요?”

“원래 변호사라는 족속들은 자존심으로 똘똘 뭉친 사람들이거든. 이 얘기도 들었는지 모르겠는데, 사법 시험 성적 상위자들은 우선 법원을 1지망으로 선택해. 안정적이니까. 그다음이 검찰청인 것도 같은 이유야. 그럼 변호사들이 이쪽 세계에 열등감을 느끼는 것도 당연하지 않겠어?”

변호사들이 들으면 불같이 화를 낼 만한 이야기지만 크게 틀린 말도 아니라 미하루는 대답을 머뭇거렸다.

“그렇게 열등감이 밑바탕이 되어 평소에 자존심을 바득바득 지키려 드는 변호사들이 말이지. 판사나 방청인들 앞에서 계속 오류를 지적당하다 보면 자기도 모르게 머리에 열이 확 올라서 평소라면 절대 저지르지 않을 실수를 아무렇지 않게 저지르는 거야. 그럼 뭐, 검사가 완승을 거둘 수밖에 없지. 후와 검사가 재판에서 이기는 방식은 항상 그래. 상대가 며칠은 끙끙 앓아누울 때까지 철저하게 몰아붙이고 또 몰아붙이지. 그런 사람은 절대 적으로 돌리면 안 돼.”

"오사카 지검의 에이스라고 부를 만하네요."

"이미 공공연하게 그렇게 부르는 사람들도 있어. 그런데 정작 당사자는 그런 평가에 전혀 개의치 않으니 신기할 노릇이지. 차장 검사님께 칭찬받을 때조차 미소 한 번 짓지 않았다고 해. 그러니 그런 별명까지 붙어 버린 거야."

"별명이 있어요?"

니시나는 사람이 없는 것을 다시 한번 확인하듯 주변을 둘러봤다.

"후와 검사 앞에서는 입도 벙끗하면 안 돼."

"네. 말 안 할게요."

"하루 종일 표정이 그 모양이니 뒤에서는 다들 그를 '표정 없는 검사'라고 불러."

2

일은 배운다기보다 익숙해지는 것이라고 한다. 첫날 후와의 말씨와 태도에 적잖이 당황했던 미하루도 이틀, 사흘이 지나자 점차 반발심이 누그러졌다. 그러나 못마땅해도 대화를 주고받을 수 있는 수준이라는 말이지 후와의 성격을 곧이곧대로 다 수용한다는 뜻은 아니었다.

가끔 나누는 허물없는 잡담이 직장 안에서의 인간관계에 윤활유 역할을 한다는 것은 미하루도 알고 있다. 그러니 미하루는 그에게 직접 말을 걸어 보기로 했다.

정치, 경제, 스포츠, 오락, 법률문제 등 대화 소재는 무엇이든 좋다. 어쨌든 계기를 만들어서 대화를 주고받는 상황에 익숙해져야 한다. 꼭 환자를 상대로 하는 상담 치료 같기도 하지만, 원래 모든 것은 원활한 의사소통에서 시작한다.

그러나 후와는 어떤 의미에서 마음을 걸어 잠근 환자들보다 몇 배는 더 다루기 어려운 상대였다. 미하루가 하려는 말을 미하루보다 더 빨리 이해해서 즉시 대답하는 것은 그렇다 쳐도, 표정에 조금도 변화가 없는 탓에 어떻게 받아쳐야 좋을지를 알 수 없었다.

"자극적인 시신 사진을 보고 심리적 압박을 느끼는 배심원은 처음 단계에서부터 가려내야 한다……. 자네는 그렇게 생각하나 보군."

"네. 그렇게 스트레스에 내성이 없는 배심원은 판단 능력을 제대로 발휘하지 못할 테고 또 재판을 다 마치고 스트레스 장애가 생겼다며 법원을 고소할 가능성도 있어요. 그럼 재판이 시작되기 전에 적성 검사 등을 통해 선별해

내는 게 합리적이죠."

"언뜻 합리적인 말처럼 들리지만 그 의견이야말로 불합리의 극치야. 배심원 재판 제도가 완벽하다고 주장할 생각은 없지만 적어도 현행 제도로써 기능하는 이상 기본 이념 정도는 존중해야 하지 않겠나?"

후와의 주장은 막힘이 없는 데다가 열의도 없다. 표정 없는 얼굴이 그대로 목소리와 말투에도 반영되는지 온기가 느껴지지 않았다.

"시신 사진을 보고 스트레스를 느끼는 건 생리적 문제인데, 그런 심신의 문제가 반드시 배심원의 결격 사유에 해당한다고 할 수는 없어. 일반 시민뿐 아니라 검사나 판사 중에도 시신에 생리적인 혐오감을 느끼는 사람이 있지 않겠나? 그래도 그들이 엄숙히 직무를 수행하는 건 그 정도 부담은 합리적이라고 생각하기 때문이야. 배심원의 결격 사유에 생리적인 조건을 추가하기 시작하면 그다음에는 정치사상이나 종교 등이 결격 사유로 포함될 가능성도 생기겠지. 자네는 고작 그런 것도 이해 못하나?"

매도에 가까운 말이지만 표정이라고는 없는 상대에게서 이런 이야기를 들으니 더욱 뼈아프다. 표정이 없는 만큼 진의를 가늠할 수도 없으니 듣는 사람이 저도 모르게 쓸데없는 의구심에 사로잡히는 것이다.

하나를 보면 열을 알 수 있다고 미하루는 그와 일상적인 대화를 나누기만 해도 정신적인 피로감을 느꼈다. 미하루 이전의 사무관들이 연이어 자리에서 물러났다는 이야기도 이해가 됐다.

그러나 이는 어디까지나 업무 이외의 문제이고, 반면에 후와 검사의 능력을 제대로 목도하게 될 때도 있었다.

"그럼 초건을 하러 가지."

그 한마디를 듣고 미하루는 온몸이 얼어붙었다.

피의자는 체포되어 검찰에 신병이 송치된다. 담당 검사는 피의자를 다시 한번 조사해 안건을 기소할지 말지를 정하는데 이 첫 번째 검사 조사를 바로 '초건'이라고 부른다.

구체적인 조사 내용은 관할 경찰서 담당 형사의 조사와 별반 다르지 않다. 그러나 피의자를 기소할 권리가 있는 사람은 어디까지나 검사이므로 그것을 아는 피의자는 자연히 더욱 신중해진다. 검사는 그런 피의자에게 재판에서 유리해질 수 있는 진술을 끌어내고 진술 녹취록을 작성한다.

미하루가 긴장한 이유는 피의자 조사가 자신의 업무가 될지도 모르기 때문이었다.

검사는 보통 여러 건의 안건을 동시에 맡는다. 하루에도 검찰청과 법원 사이를 수없이 왔다 갔다 할 때도 있다. 그럴 때 검사 조사가 이뤄지면 부관인 검찰 사무관이 조사를 대행하게 된다. 경찰, 검사, 검찰 사무관 중 누가 피의자를 조사하고 조서를 작성해도 증거 능력에 차이는 없다.

어지간히 큰 사건이 아닌 이상 피의자 한 명이 왜건 차량을 타고 올 일은 거의 없다. 대체로 다른 피의자들과 함께 호송 버스를 타고 온다. 그리고 대기실에서 기다렸다가 자기 차례가 돌아오면 검사 집무실에 불려 가는 순서다.

이날 후와가 맡은 사건은 어린 여자아이가 살해된 사건이었다. 피의자는 무직의 32세인 야기사와 다카히토.

지난 3월 15일 다이쇼구 이즈타에 사는 회사원 다키모토 미네오의 둘째 딸 루미(8세) 양이 저녁이 돼도 집에 돌아오지 않았다. 다키모토 부부는 가까운 파출소에 딸을 찾아 달라고 신고했고, 다이쇼 경찰서 직원이 하루 종일 아이를 찾아다닌 결과 아이는 공원 나무 아래에서 목 졸린 시신으로 발견됐다.

곧장 다이쇼 경찰서에 수사본부가 세워졌고 오사카 지방 경찰청과 다이쇼 경찰서는 합동 작전을 펼쳤다. 그러고는 현장에 남은 얼마 안 되는 유류품과 탐문 수사를 통해 야기사와를 검거했다.

야기사와에게는 전과가 있었다. 그는 8년 전쯤에 하교 중인 초등학생 여자아이를 납치해 집에 감금했다. 이때는 상해나 살해는 없었지만 야기사와의 성적 취향이 그 뒤에도 이어졌다는 것은 이번에 집에서 압수한 잡지와 DVD를 통해 밝혀지게 되었다.

그와 더불어 야기사와에게는 사건 당일 알리바이가 없었다. PC방에서 시간을 보냈다는 진술은 점포 고객 관리 데이터에 당일 이용 기록이 없다는 사실에서 순식간에 무너졌다.

수사본부는 야기사와를 범인으로 결론짓고 3월 29일 그를 구속했다. 그러나 구속 이틀이 지나도 야기사와에게 자백을 얻지 못해 결국 증거가 불완전한 상태로 검찰에 송치된 경위다.

루미 사건은 미하루도 검찰청에 들어오기 전에 언론을 통해 접했다. 요즘 같은 때에 서른이 넘은 무직 남자와 어린 소녀가 피의자와 피해자가 되는 사건은 흔하지만 설마 자신이 그런 사건을 맡게 될 줄은 꿈에도 예상하지 못했다.

"야기사와는 경찰에서 줄곧 묵비권을 행사했다고 해요."

미하루는 다이쇼 경찰서에서 도착한 진술서를 읽으며 말했다. 범죄 양상은 평범한 편이지만 이런 사건을 맡게 되면 새삼 범인과 범인이 저지른 짓에 분노를 느끼게 된다. 어떻게든 기소해서 피의자를 처벌받게 하고 싶다고 생각한다.

그러나 후와의 입에서는 그런 집념 섞인 말은 들을 수 없었다.

"묵비로 일관한 건 지난 사건으로 경찰의 방식을 알고 있어서겠지. 어린 여자아이를 선호하는 취향은 달라지지 않았지만 대처 방식은 바뀐 거야. 범죄를 저지르는 이들에게도 학습 능력은 있으니."

잠시 후 집무실에 야기사와가 들어왔다. 경찰관에게 이끌려 수갑과 포승줄로 구속된 모습이 미하루를 더욱 긴장시켰다.

"담당 검사 후와입니다. 거기 앉으세요."

긴장한 건 피의자도 마찬가지인지 야기사와는 불안한 눈빛으로 후와의 맞은편에 앉았다. 나이가 서른둘이라고 들었는데 동안이라 20대 정도로 보인다. 중성적인 얼굴이 피해 여자아이의 눈에는 자상한 오빠처럼 비쳤을지 모른다.

후와는 이미 모든 사실을 숙지했는지 책상 위에 올려둔 진술서를 펼치지도 않았다.

"야기사와 다카히토, 32세, 주소는 다이쇼구 이즈타 5-3번지. 맞습니까?"

"네. 아이를 죽였다는 것 외에는 거기 적힌 내용이 다 맞습니다."

이 남자는 그런 못된 짓을 저지른 주제에 어떻게 이렇게 태연한 걸까. 야기사와의 말을 곱씹으며 미하루는 속으로 독설을 내뱉었다.

조사 전에 미하루도 경찰이 보낸 진술서를 대략 훑어봤다. 조서에서는 야기사와의 미성숙한 정신 상태와 의존성이 두드러졌다.

야기사와 다카히토는 사립대학을 졸업하고 도쿄 소재의 보험 회사에 취직했지만 1년도 되지 않아 퇴직했다. 오사카에 있는 본가에 돌아온 뒤로는 직장을 구하지도 않고 어머니와 여동생에게 얹혀살았다. 지난 사건을 일으켜 징역을 마치고 출소한 뒤에도 생활에는 어떤 변화도 없었다.

지난 사건 당시 여자아이를 감금한 곳이 어머니와 여동생과 함께 사는 집이었다는 점도 세간을 떠들썩하게 한 요인 중 하나였다. 당시 경찰의 참고인 조사에서 어머니와 여동생은 모두 모르는 일이라며 잡아뗐지만, 처음 보는 여자아이가 한 지붕 아래에 있는데도 눈치채지 못했다는 말은 역시 부자연스러워서 두 사람에게도 여론의 질타가 쏟아졌다. 경찰도 그들을 범죄 은닉과 증거인멸죄로 입건하는 걸 고려했지만 증거가 부족한 탓에 결국 하지 못하고 넘어갔다. 덧붙이자면 당시 사건을 맡은 곳도 다이쇼 경찰서라 이번 루미 사건은 다이쇼 경찰서 구성원들에게 오래된 상처를 칼로 헤집는 것처럼 느껴졌을 것이다.

　"다키모토 루미 양을 죽이지 않았다는 말입니까?"

　"8년 전 사건 때문에 제가 얼마나 힘들었는데요. 전 그저 그 아이랑 사이좋게 지내고 싶어서 집에 잠깐 불렀을 뿐인데 세상 사람들과 경찰은 제가 꼭 괴물이라도 되는 양 비난했죠. 그때는 지금처럼 모에* 문화가 발달하지 않아서 제 고상한 취향을 이해받지도 못했습니다."

---

* 특정한 대상에 열광하는 기호화된 매력을 일컫는 말.

그의 집에서 압수한 잡지와 DVD는 하나같이 소아 성 애적인 내용이었다. 미하루는 자신에게 특별히 결벽증이 있다고 생각한 적은 없지만 그래도 수사 자료에 있는 압 수품 목록을 봤을 때는 생리적인 혐오감이 일었다. 그것 을 고상한 취미라고 표현하는 야기사와의 정신 상태를 이 해할 수 없었다.

"이번에 제가 붙잡힌 것도 아무래도 지난 사건 때문인 것 같은데, 그때 이미 갖은 고생을 겪은 마당에 또다시 같 은 짓을 저지를 리는 없잖습니까? 게다가 이번에는 아이 가 죽었습니다. 전 그저 어린아이들을 사랑할 뿐인데 죽 이다니요. 그건 제 취향과는 반대되는 행위 아닌가요?"

들으면 들을수록 화가 치미는 말이지만 후와를 보니 평 소처럼 얼굴에 표정이 없어서 화를 내는지 냉소하는지도 알 수 없다.

"취향에 맞는 대상을 죽일 리는 없다는 논리입니까?"

"네. 당연하죠."

"하지만 그 대상이 말을 듣지 않아 사랑이 증오로 바뀌 었을 수 있지요."

후와가 반박하자 야기사와는 대답을 약간 머뭇거렸다.

"물론 그런 사례도 있겠지만 적어도 저는 아니에요."

"아이와는 전부터 알고 지냈습니까?"

"그야 이웃에 사니 얼굴과 이름 정도는."

"취향이 어린아이라고 했는데 말을 걸어 보고 싶지는 않았습니까?"

"검사님, 그만 좀 하세요. 지난 사건 때문에 지긋지긋하다고 이미 누누이 말씀드렸잖습니까. 3차원 여자아이에게 접촉하는 건 위험하기 마련이고 애초에 이웃들도 저를 잔뜩 경계합니다. 지금은 2차원 여자아이들만이 제 관심 대상이에요. 2차원 캐릭터들은 제가 무슨 짓을 하건 뭐라 하지 않으니까요."

"그건 착각이겠죠. 지금은 '아동 매춘, 아동 포르노에 관한 행위 등의 규제 및 처벌 또는 아동 보호 등에 관한 법률'이라는 게 있습니다."

미하루는 속으로 쾌재를 불렀다. 내 상사지만 정말 예리하고 논리적이다. 아니나 다를까 야기사와는 불쾌한 것처럼 얼굴을 찌푸렸다.

"이번 사건 이야기로 되돌아가죠. 루미 양이 살해된 건 3월 15일 저녁부터 다음 날 아침까지의 시간대입니다."

사법 해부를 거쳐 나온 사망 추정 시간은 오후 9시부터 같은 날 11시 사이였다. 이를 피의자 야기사와에게 정확히 알리지 않는 건 그의 입으로 직접 비밀이 새어 나오기를 기대해서다.

"첫 조사 때 당신은 그 시간대에 PC방에 있었다고 진술했습니다. 그러나 점포 쪽 데이터에 당신이 PC방에 온 기록은 없었죠. 이 점에 대해 어떻게 설명하시겠습니까?"

"형사님께도 말씀드렸는데 그건 그냥 착각이에요."

야기사와는 주눅 들지 않고 대답했다.

"저는 매일 일상이 똑같으니까요. 따로 일정 관리를 하는 것도 아니니 일주일 전 행동을 일일이 기억하지는 못합니다."

"매일 똑같은 일상이라면 바로 어제와 일주일 전 일상도 똑같지 않나요?"

대답이 없다. 그러나 후와는 아랑곳하지 않고 질문을 이어 갔다.

"다른 사람의 회원 카드를 썼다는 등의 변명을 차단하기 위해 말씀드리자면, 당신이 단골로 다니는 PC방은 내부에 총 여덟 대의 방범 카메라가 설치돼 있었습니다. 개인실 내부까지 비치지는 않지만 통로와 입구는 모두 촬영 범위에 있죠. 그러나 사건이 일어난 날부터 다음 날까지 당신의 모습은 어느 카메라에도 찍히지 않았습니다. 당신이 PC방에 가지 않았다는 건 명확한 사실입니다. 그렇다면 그날 당신은 어디 있었죠?"

이번 질문에도 대답이 없다. 자신에게 불리한 질문에는 묵비권을 행사하려는지 입을 꾹 다물고 있다. 그러나 상대의 반응은 역시 신경 쓰이는지 그는 후와의 속내를 읽으려고 얼굴을 빤히 쳐다보고 있다.

그러나 후와의 얼굴에 그 어떤 반응도 나타나지 않아서 야기사와는 몹시 당황하는 듯했다. 그럴 만도 하다. 경찰서에서는 거의 위협에 가까운 질문 공세를 받았겠지만 그때와는 사뭇 다른 후와의 방식에 당황하는 게 분명했다.

"제 질문이 들리지 않습니까? 다시 한번 말씀드리지요. 그날 그 시간에 어디 있었습니까?"

후와가 야기사와를 뚫어지게 보며 묻자 야기사와는 반동하듯 시선을 내리깔았다. 도망치기로 전술을 바꾼 순간이었다.

그러나 후와는 일절 몰아붙이지 않고 여전히 표정 없는 얼굴로 그를 마주 보고 있다. 미하루는 후와의 의도를 알 수 없었다. 야기사와를 궁지에 몰 절호의 찬스다. 진술의 허점을 꿰뚫어 피의자의 진술 속 거짓말과 진실을 밝히는 것이 조사의 목적 아닌가.

도망치기로 전술을 바꾼 야기사와는 이따금 후와를 힐끔거렸지만 그의 표정 없는 얼굴을 보고 안도하기는커녕 더욱 의구심에 빠지는 듯했다.

반면 후와는 상대의 심리를 다 읽은 바둑 기사처럼 차가운 눈빛으로 그를 보고 있다.

"그럼 질문을 바꾸죠. 이건 야기사와 씨도 쉽게 대답할 수 있는 질문일 겁니다."

그러자 관심이 생겼는지 야기사와가 천천히 고개를 들었다.

"당신은 루미 양을 죽이지 않았죠?"

지금까지와는 말투와 어감이 다르다.

미하루는 속으로 반대 아니냐고 의아해했다. 보통 이럴 때는 네가 죽였냐고 물어야 하지 않을까.

그러나 야기사와의 반응은 놀라웠다. 그는 지금까지 보인 적 없는 당황한 모습으로 눈을 부라렸다.

"뭘 그렇게 놀라십니까? 방금 제 말은 지금껏 야기사와 씨가 수없이 주장해 온 말 아닌가요?"

후와는 억양 없는 목소리로 야기사와를 날카롭게 찔렀다. 반응을 살피니 칼끝이 가슴을 확실히 관통한 듯하다.

미하루는 이제는 뭐가 뭔지 알 수 없어졌다.

"⋯⋯맞습니다."

그제야 마음을 가다듬은 듯이 야기사와는 미소 지어 보였다. 어색하게 억지 미소를 짓고 있다는 것이 한눈에 봐도 훤했다.

"네, 검사님. 아주 잘 아시네요. 그 말씀이 맞습니다. 저는 루미를 죽이지 않았어요."

"그런가요."

원래라면 담당 검사에게 이런 말을 듣고 안도하지 않을 피의자는 없을 것이다. 그러나 야기사와는 긴장한 얼굴로 미소 지을 뿐 안심하지 못하는 듯했다.

"오늘은 여기까지 하죠."

그 말을 듣고 당황한 사람은 야기사와만이 아니었다. 키보드를 두드리던 미하루도 어안이 벙벙했다. 뒤쪽을 보니 야기사와를 데려온 경찰관도 눈을 휘둥그레 뜨고 있다.

이 검사는 대체 무슨 생각으로 조사에 임하는 걸까. 피의자의 변명만 들어 주고 조사를 마치는 건 지금껏 듣도 보도 못했다. 적어도 미하루가 연수에서 배운 검사의 피의자 조사는 더욱 뜨겁고 신랄했다.

"말씀드린 대로입니다. 피의자를 경찰서에 데려가세요."

후와의 지시를 듣고 경찰이 야기사와를 일으켜 세웠다. 이로써 초건을 마치고 야기사와의 신병은 다시 다이쇼 경찰서 유치장에 돌아가게 됐다.

경찰관과 야기사와가 조사실을 나가자마자 미하루는 참지 못하고 물었다.

"검사님. 정말 이렇게 끝내도 되는 건가요?"

"이렇게라니?"

"그, 그러니까, 피의자의 일방적인 주장을 그냥 듣기만 한 것 같아서요."

"조사라는 건 원래 그래. 듣는 쪽이 의도적으로 상대를 유인해서 억지 증언을 끌어내는 게 아니지. 또 그런 일 처리가 억울한 무죄 사건을 만드는 원인이 되기도 하고."

그의 입에서 나오는 말은 그야말로 이상적이라고 할 만한 정론이었다. 야기사와를 처음 마주 보고 앉았을 때와 전혀 달라지지 않은 얼굴로 그렇게 말하는 후와를 보고 미하루는 자신의 분별없는 언동을 지적당한 듯한 죄책감에 휩싸였다.

"그럼 이것으로 야기사와에 대한 검찰 조사는 끝인가요?"

"아니, 이제 막 시작이지."

후와는 그렇게 말하고 자리에서 일어섰다.

"잠깐 나갔다 와야겠어. 준비하게."

"어디 가시는데요?"

"피의자의 집."

검사의 업무에는 법정에 서는 것뿐만이 아니라 담당 사건의 수사도 포함된다. 다만 경찰처럼 권총을 휴대할 수 없고 불심 검문이나 현장 조사 권한은 없다.

검사의 단독 수사에 동행하는 건 미하루에게도 행운이었다. 현장 경험을 쌓아 두면 언젠가 치를 고시에도 반드시 도움이 될 것이다.

갖은 고생을 거쳐 검찰청에 들어왔는데 검찰 사무관으로 경력을 마칠 생각은 없었다. 2급 검찰 사무관이 되어 3년이 지나면 고시를 봐서 부검사가 될 수 있다. 그리고 부검사로 3년 이상 경력을 쌓으면 또다시 고시를 치러서 2급 검사가 될 수 있다. 미하루의 최종 목표가 바로 그것이었다.

검사라는 직업에 처음 동경을 품은 건 중학생 무렵이었다. 세상에 존재하는 거악을 상대하며 사회 정의를 실현하는 사법 전문가들. 나이를 먹으며 그 일이 그저 고상하기만 하지는 않다는 것도 깨달았지만 동경하는 마음은 퇴

색되지 않았다. 그러나 검사 등용문인 사법 고시는 일본에서 가장 어려운 시험이다. 간신히 지방 국공립 대학에 들어갈 수준의 학력이었던 미하루에게는 무시무시할 만큼 좁은 관문이었다.

그러나 그런 미하루에게도 열린 길이 있었다. 바로 검찰 사무관이 되는 것이다. 전제 조건으로 국가 공무원 시험에 합격해야 하지만 난도는 사법 시험에 비할 바 못 됐다.

검찰 사무관으로서 쌓은 경험은 곧장 미래의 '소료 미하루 검사'에게도 이어진다. 따라서 어떤 지시를 들어도 검찰 사무관의 업무 영역이라면 불평불만 없이 수행할 생각이었다.

하지만 후와의 행동을 옆에서 지켜보다 보니 불안감이 들었다. 그의 사고방식과 말, 행동, 그리고 업무 방식이 미하루의 상상을 아득히 뛰어넘었기 때문이다. 후와가 오사카 지검의 에이스라는 말은 인정할 수밖에 없지만 그 밑에서 일하는 게 자신에게 유익한지는 아직 판단할 수 없었다.

후와는 대체 무슨 생각을 하는 걸까. 오늘 몇 번째인지 모를 의문을 떠올리고 있을 때 후와가 운전하는 차가 야기사와의 집 앞에 도착했다.

다이쇼구는 바다와 강에 둘러싸인 동네고 아홉 개의 다리 중 하나를 건너야만 안에 들어갈 수 있다. 주로 오키나와에서 이주해 온 사람이 많아 일부 지역은 리틀 오키나와 같은 분위기를 풍긴다. 야기사와의 집은 오키나와 요리 전문점이 쭉 늘어선 거리 끝에 있었다.

한눈에 봐도 잔뜩 지어 팔아치운 주택임을 알 수 있는 개성 없는 건물이었다. 벽과 지붕 색이 바랜 것을 보니 지은 지 40년은 흘렀을까. 모서리가 구부러진 플라스틱 문패에는 '야기사와 스즈코, 다카히토, 후미카'라고 적혀 있었다.

후와가 인터폰을 누르고 방문 목적을 알리자 잠시 후 현관문이 열렸다. 삶에 찌든 분위기를 풍기는 초로의 여자가 스즈코, 옆에서 그녀를 감싸듯 서서 날카롭게 쨰려보는 20대 여성이 후미카일 것이다.

"사건을 맡고 있는 오사카 지검의 후와입니다."

후와가 이름을 대자 미하루는 옆에서 두 사람에게 검찰 사무관 증표를 제시했다. 검사에게 신분증은 따로 없어서 신분을 밝힐 때는 검찰 사무관이 대신 증표를 보인다.

증표를 보고도 후미카의 얼굴은 잔뜩 굳어 있었다.

"검사님이 무슨 일이세요?"

"참고인 조사입니다."

미하루의 예상대로 후와는 일반인을 대할 때도 여전히 무표정한 얼굴이었다.

"야기사와 다카히토 씨의 진술을 확인하러 찾아뵈었습니다."

"오빠를 유죄로 만들려는 분께 저희가 왜 협력해야 하나요? 당장 돌아가 주세요."

"야기사와 씨는 조사 당시 무죄를 주장했습니다."

"당연하죠. 오빠는 그런 여자아이를 죽일 만한 사람이 아니니까요!"

"그것을 증명하려고 하니 모쪼록 협력해 주셨으면 합니다. 증명해 주실 분은 여러분 두 분밖에 없습니다."

후미카는 말문이 막힌 듯했다. 딸의 모습을 보고 스즈코가 앞으로 나왔다.

"검사가 하는 일은 경찰이 체포한 용의자를 유죄로 만드는 것 아닌가요?"

"아무리 경찰이 용의자라며 검찰에 송치해도 그것을 전부 인정하는 건 아닙니다. 검찰은 기소 여부를 판단하는 기관이죠. 피의자가 무죄를 주장한다면 그것을 검토하는 것도 저희의 직무입니다."

그러자 스즈코는 미소 짓거나 고개를 끄덕이지도 않고 후와를 빤히 바라봤다.

"안으로 들어오세요."

"엄마!"

"괜찮아."

그렇게 후와와 미하루는 집 안에 들어가게 되었다.

안에 발을 들이자마자 형용하기 어려운 불길한 느낌에 휩싸였다. 쓰레기가 방치된 집도 아니고 청소도 제법 돼 있지만 벽과 복도가 노후화됐고 뭔가가 썩을 때 풍기는 부패한 냄새가 집 안 전체에 감도는 듯했다.

거실도 마찬가지였다. 가구나 인테리어가 딱히 오래된 것도 아닌데 왠지 피폐한 느낌이라 안에 있는 것만으로 피곤해지는 느낌이었다.

불빛 아래에서 본 스즈코의 모습은 더더욱 피로에 찌들어 있었다. 머리카락이 아무렇게나 헝클어져 있고 두 눈이 움푹 파였으며 입술에는 핏기가 없다. 아들이 살인 용의로 체포됐으니 일상이 평온할 수 없겠지만 뭔가 묻기가 주저될 정도로 의기소침해 보였다.

후와는 모녀의 맞은편에 앉자마자 즉시 입을 열었다.

"가장 먼저 여쭐 것은 8년 전 사건에 대해서입니다."

스즈코와 후미카는 8년 전이라는 단어에 반응했다.

"야기사와 씨가 형기를 마치고 출소했을 당시 일입니다. 그때 야기사와 씨는 가족과 갈등을 겪었습니까?"

스즈코는 시선을 아래로 내리깔았다가 잠시 후 천천히 입을 열기 시작했다.

"죄명이 미성년자 납치 유괴였나요. 피해 아이에게 따로 상처 같은 건 없어서 3년 동안 복역했죠. 출소했을 때 남편은 이미 세상을 뜬 뒤였는데 저는 오히려 다행이라고 생각했습니다. 교도소에 다녀온 아들을 달갑게 맞아 줄 만한 자상한 아버지가 아니었으니까요."

"하지만 스즈코 씨와 따님은 달랐군요."

"왕성한 호기심 때문에 충동적으로 어린아이를 집에 데려왔을 뿐이지 아들이 그리 못된 짓을 저질렀다고는 생각하지 않았죠. 또 그 정도면 언제든 사회에 다시 복귀할 수 있을 거라 예상했고요."

"과거형으로 말씀하시는 걸 보니 그렇게 되지 않았나 봅니다."

"저와 딸은 그전과 똑같이 야기사와를 대했답니다. 아무렇지 않게 행동하는 게 가장 좋다고 여겼죠. 하지만 이웃들은 그럴 수 없었나 봐요. 아들이 돌아오기 전부터 그랬는데 롤리타 콤플렉스 환자이니 뭐니 하며 뒤에서 손가락질을 하고 동네에서 거의 내놓은 자식 취급을 하더군요."

미하루는 이웃들의 심정이 이해가 됐다. 아무리 전부터 알고 지낸 사람이라고 해도 어린 여자아이를 납치한 인간을 그전과 똑같은 시선으로 볼 수는 없을 것이다. 어린아이가 있는 집안은 물론이거니와 피해 아이와 비슷한 또래 딸이 있는 부모가 전과자를 멀리하는 건 당연하다.

"노골적으로 욕하지는 않았지만 얼른 이 동네에서 나가달라는 압력 같은 걸 느꼈죠. 받자마자 그냥 끊는 전화가 하도 많이 걸려 와서 집 전화는 해지했답니다. 아들 이야기를 들으니 밖에 나가면 칼날 같은 눈빛이 사방팔방에서 쏟아졌다고 해요. 누군가에게 조금이라도 가까이 다가가면 상대가 곧장 자리를 피했고요. 그런 일이 계속되는 바람에 아들도 결국 집 밖에 거의 나가지 않게 됐답니다."

"세상과의 접점이 PC방 정도였군요."

"그것도 일주일에 한 번뿐이었는데 동네 안에서는 얼굴이 알려진 탓에 굳이 다리를 건너야 나오는 가게에 갔다네요. 그건 저도 마찬가지였고요."

"두 분 다 힘드셨겠습니다."

"전에는 저도 집 근처 슈퍼마켓에서 시간제로 일했는데

사건이 일어난 뒤에는 일을 구하러 다리를 건너게 됐죠."

"저도 정말 힘들었어요."

옆에서 후미카가 참지 못하겠다는 듯이 끼어들었다.

"제가 다니는 회사는 비즈니스파크 안에 있는데 오빠가 전과자이니까 그만두라는 노골적인 지시는 없었지만, 그래도 집에 돌아오면 이웃들의 압력이 정말 장난이 아니었어요."

"이사를 고려하지는 않았습니까?"

"보다시피 조촐하기는 해도 이 집은 남편이 남기고 간 유일한 유산이라서요. 내놓으면 헐값에 팔려 사라질 테고 외지에서 모자 셋이 살아갈 수 있을지도 불분명하잖아요. 그냥 이러다 보면 이웃들도 점차 잊어 주지 않을까 기대했는데……."

그럴 때 이번 사건이 일어난 것이다. 스즈코와 후미카의 당혹감은 이루 헤아릴 수 없을 것이다.

"3월 15일에 야기사와 씨는 집에 있었습니까? 정직하게 대답해 주십시오."

"제가 일을 마치고 돌아오는 시간이 밤 9시 30분, 후미카가 돌아오는 시간은 10시예요. 시간이 그렇게 늦으니 저녁은 늘 따로 먹고 아들은 거의 자기 방 안에만 있답니다."

"그럼 그날 밤에는 얼굴을 보시지 못한 겁니까?"

"네. 다음 날 아침을 셋이 함께 먹기는 했는데, 그전에는……. 하지만 신발이 현관에 있었으니 밖에 나가지는 않았을 거예요."

"그럼 두 분께 들키지 않고 늦은 밤에 집을 나갈 수 있었을까요?"

대답이 없다. 이 침묵은 긍정으로 받아들여도 좋을 것이다.

후와는 침묵하는 모녀를 그대로 바라보고 있다. 열기라고는 느껴지지 않는 냉정한 눈빛이다. 모녀는 살짝 기가 죽은 것처럼 후와의 모습을 살피는 듯했다.

미하루의 눈에는 야기사와 모녀의 심정이 훤히 보였다. 후와의 말에 설득당해 그를 집에 들이기는 했지만 어떤 대답을 건네도 별반 반응을 보이지 않는 상대에게 겁먹기 시작한 것이다.

"고맙습니다. 오늘은 이것으로 실례하겠습니다."

면담은 후와의 인사를 끝으로 느닷없이 끝나 버렸다. 모녀는 왠지 성에 차지 않는 듯했지만 후와와 미하루를 현관 앞까지 바래다주었다.

야기사와의 집을 나선 직후 미하루는 나직이 물었다.

"검사님. 피의자의 방 안을 확인하지 않아도 괜찮을까요?"

"필요 없어. 감식과가 이미 뒤져서 눈에 띄는 건 다 압수해 갔겠지. 사건이 일어난 지 보름이나 됐으니 이제 와서 새롭게 나올 것도 없고."

정말로 관심이 없는지 후와는 야기사와의 집을 다시 돌아보지도 않았다.

"검사님은 피의자가 무죄라고 생각하시나요?"

미하루가 조수석에 올라타면서 물었지만 후와는 미하루를 보지 않았다.

"부관인 저에게만큼은 말씀해 주셔도 되지 않아요?"

"자네의 판단을 들을 생각은 없어."

후와는 그 뒤로 운전대를 쥐고 지검으로 돌아가는 동안 한 번도 입을 열지 않았다.

3

다음 날 후와가 미하루와 함께 향한 곳은 다이쇼 경찰서였다. 루미 사건의 수사 주체는 오사카 지방 경찰청이지만 수사본부는 다이쇼 경찰서에 세워졌고 자료도 전부 다이쇼 경찰서에 보관되어 있다.

"그런데 이제 와서 관할에 보관된 수사 자료를 확인할 필요가 있을까요? 공판에 쓰일 자료는 전부 사본이 검찰청에 도착했잖아요."

미하루가 물어도 후와는 대답은커녕 돌아보지도 않았다. 이제는 거의 익숙해졌지만 그래도 꼭 존재 자체를 무시당하는 것 같아서 미하루는 의기소침해졌다.

다이쇼 경찰서에 도착해 방문 목적을 알리자마자 후와는 직원의 안내도 받지 않고 발걸음을 뗐다. 접수처에 있는 여경이 허를 찔린 듯 눈을 크게 떴지만 후와는 아랑곳하지 않고 뚜벅뚜벅 걸어갔다.

"저, 검사님. 담당자분께 인사하고 안내를 부탁하는 게 어떨까요?"

"자료실이 어딘지 알아. 안내는 필요 없어."

퉁명스럽고 짧은 말이지만 그 안에 담긴 함의는 미하루도 대략 헤아릴 수 있었다.

담당자에게 인사하러 가는 게 번거롭기도 하겠지만 가장 큰 이유는 역시 관할 경찰서 직원의 간섭을 받고 싶지 않아서일 것이다.

"그렇게 경찰을 믿지 못하세요?"

"누군가를 믿는 건 나 자신의 운명을 맡기는 것과 같은 뜻이야. 절대 허투루 생각할 만한 게 아니지. 조직을 상대할 때는 더욱 그렇고."

비판하는 게 아니라 지극히 당연한 말을 하는 듯해서 미하루는 왠지 기분이 상했다. 그렇다면 검찰청을 비롯해 그곳에서 일하는 검사들은 대체 무엇을 믿는다는 말일까.

후와는 공언한 대로 다이쇼 경찰서의 내부 구조를 외우고 있는지 막힘없이 자료실을 찾아갔다. 그때 등 뒤에서 누군가가 종종걸음으로 다가오는 발소리가 들렸다.

"후와 검사님. 오랜만에 뵙습니다."

아마 책임자 또는 담당자일 것이다. 머리카락이 조금 흐트러진 중년 남자가 가볍게 고개를 숙였다.

"검사님이 예약 없이 찾아오시는 게 한두 번은 아니지만 그래도 미리 언질이라도 주셨으면 좋았을 텐데요."

"히노 형사과장님의 소중한 시간을 빼앗고 싶지 않아서요. 과장님도 바쁘실 테니 신경 쓰지 않으셔도 됩니다."

"그럴 수는 없습니다."

히노는 후와 앞에 와서 직접 자료실 문을 열어 주었다. 그의 행동을 보며 후와가 뭔가 느낄 줄 알았지만 역시 표정에 변화는 없었다.

자료실 안에서도 후와는 평소와 똑같이 행동했다. 그는 안내하려는 마음으로 가득한 히노를 무시하고 마음대로 서가를 뒤졌다.

"어떤 사건을 찾으시는 겁니까? 검사님."

"상자에 표시가 되어 있어서 저도 알 수 있습니다. 신경 쓰지 마십시오."

　냉담한 반응에 히노는 비난 섞인 눈빛으로 미하루 쪽을 봤다. 미안하기는 해도 미하루는 외면할 수밖에 없었다.

　잠시 후 후와의 시선이 한 개의 골판지 상자에 멈췄다. 상자 위에는 '다이쇼 공원 소녀 살해 사건'이라는 이름이 붙어 있다. 후와는 상자를 품에 안더니 히노가 내민 손을 뿌리치고 상자를 책상 위에 올렸다.

　히노는 곤란해하면서 또다시 미하루를 눈빛으로 타박했다.

"야기사와 다카히토 사건이군요. 수사 자료는 전부 검사님께 보내드린 것으로 압니다만⋯⋯."

"네. 여기 있습니다."

　후와는 굳이 들을 것도 없다는 듯이 미하루가 든 가방 안에서 두꺼운 파일을 꺼냈다. 미하루가 공판을 대비해 정리한 자료인데 물론 수사본부에서 보낸 수사 자료도 포함돼 있다.

"히노 과장님. 여기서부터는 검사의 업무 영역입니다. 잠시 사무관과 둘만 있게 해 주시겠습니까? 끝나면 다시 말씀드리겠습니다."

노골적으로 방해꾼 취급을 당하자 히노는 역시 낯빛이 변했다. 외부인에게 쫓겨나는 모양새에 화가 치밀겠지만 그렇다고 해서 계속 머무는 것은 더욱 수치스러울 것이다. 히노는 "그렇습니까. 알겠습니다" 하고 통명스럽게 대답하고 자료실을 나갔다.

"검사님. 아무리 그래도 조금 전 관할 형사님께 보인 태도는 조금 실례 아닐까요?"

"옆에 있어 봐야 방해만 될 뿐이야. 히노 과장의 결재를 기다리는 안건도 많을 테고. 이곳에 붙잡아 둬 봐야 양쪽에 득 될 건 없어."

후와는 파일에 담긴 문서와 상자 내용물을 대조하는 듯했다. 수사 자료에는 모두 번호가 매겨져 있고 후와가 든 파일 속 문서에도 똑같이 번호가 붙어 있다. 다만 상자 안에는 증거품 현물이 담겨 있지만 파일에는 그것의 사진과 복사본이 담겨 있다는 차이가 있다.

20분 정도 작업을 이어 가던 후와가 갑자기 손을 멈칫

했다.

"없군."

"뭐가요?"

"보이지 않는 수사 자료가 있어. 한두 개가 아니야."

미하루는 화들짝 놀라 후와에게 파일을 건네받았다.

"하나하나 대조해 보면 알 수 있지. 원래 있어야 할 것들이 없어. 이것과 이것, 그리고 이것도."

후와의 손가락이 서류 목록에 적힌 번호를 가리켰다. 상자 속에서 번호를 찾아봤지만 역시 보이지 않았다. 구체적으로 다음 세 가지였다.

A-23. 현장에서 수집한 야기사와 다카히토의 머리카락.

A-24. 현장에서 수집한 야기사와 다카히토의 것으로 추정되는 발자국(사진).

A-25. 현장에서 수집한 흙.

만약을 대비해 상자 밑바닥까지 샅샅이 훑어봤지만 역시나 그 세 가지는 보이지 않았다. 머리카락처럼 가느다란 증거물도 각각 표시된 비닐봉지 안에 수납하니 다른 물건과 섞일 확률은 낮다.

"……어떻게 된 일일까요?"

후와는 대답하지 않았다.

현장에는 누구 것인지 모를 머리카락과 불특정 다수의 발자국이 많았다고 한다. 감식과가 그것을 모조리 수집해 수사 선상에 오른 야기사와의 것과 대조했는데 DNA 감정 결과 머리카락 한 가닥이 야기사와의 머리카락임이 밝혀졌다. 또한 야기사와가 평소 신고 다니는 운동화 발자국이 그곳에 남은 발자국 중 하나와 일치했다.

머리카락은 특정을 거친 뒤 DNA 감정 보고서가 첨부됐으니 앞으로 실무에서도 증거물로써 효력을 발휘한다. 그러나 현물이 사라졌다는 사실이 왠지 모를 불쾌감을 안겼다. 수사원 중 누군가가 가져간 거라면 반출 기록이 남아 있을 테지만 후와가 확인해도 그런 기록은 없었다.

"그 밖에 또 보이지 않는 물건이 있는지 다시 한번 확인해서 목록을 작성해 줘."

"네."

미하루는 지시에 따라 목록을 쓰면서 물건을 상자 속에 다시 집어넣었다.

"혹시 수사원 중 누군가가 기록을 남기지 않고 가져갔을까요?"

"이미 검찰에 송치한 안건이야. 이제 와서 증거품을 가져갈 필요가 있을까? 그리고 수사에서 그런 움직임이 있다면 형사과장이 모를 리가 없고."

후와는 특별히 미심쩍어하는 거동도 없이 담담히 이야기했다. 그래도 사라진 증거품 목록을 써 달라고 했으니 못 본 척 어물쩍 넘어가지는 않을 것이다.

"담당 수사원이나 형사과장님께 물어보시겠어요?"

"무슨 일인지 알고 있다면 우리가 작업을 시작하기 전에 히노 형사과장이 먼저 설명했겠지. 설명이 없었다는 건 형사과장도 증거품 분실에 대해 모르고 있다는 뜻이야. 그리고 형사과장이 파악 못한 일이라면 담당자가 보고도 하지 않았다는 말이고. 위에 보고하지 않은 이야기를 담당자가 우리 같은 외부인에게 술술 털어놓겠나?"

후와는 정리를 마치고 자료실을 나가서 히노에게 태연한 얼굴로 작업 종료를 알렸다. 미하루는 히노의 반응을 유심히 관찰했지만 다른 사람에게 비밀이 들통났다는 초조감이나 공포 같은 건 느낄 수 없었다.

"확인하는 김에 형사과장님, 야기사와의 압수품들도 보고 싶습니다."

"네, 그러시죠. 가져오라고 하겠습니다."

두 사람이 다른 방에서 기다리고 있자 젊은 경찰관이 상자 하나를 들고 들어왔다.

"수고하십니다."

후와는 대충 인사를 건네고 상자 안을 뒤졌다. 처음부터 찾던 것이 있었는지 그는 곧장 스마트폰을 집어 들었다.

"검사님. 통화나 문자 기록을 조회하시려는 거예요?"

"아니, 내가 보고 싶은 건 사진이야."

후와는 스마트폰 화면을 손가락으로 두드리더니 저장된 사진을 연이어 확인했다. 주인이 은둔형 외톨이라 그런지 사진은 손꼽을 정도로 적었고 대부분 어딘지 모를 풍경 사진이었다. 아마 방 안에 틀어박히기 전에 갔던 곳일 것이다.

그 안에는 인물 사진도 한 장 있었다. 집 앞에서 양복 차림의 여동생 후미카를 찍은 사진이다. 환하게 웃는 얼굴을 보니 후미카가 정식으로 회사원이 된 날 찍은 사진 같았다.

"여동생 말고 다른 사람 사진은 한 장도 없다니……. 역시 친하게 지낸 사람이 한 명도 없었던 걸까요?"

미하루가 문득 떠오른 생각을 입에 담아 봤지만 후와는 대답하지 않았다.

다이쇼 경찰서를 나선 후와와 미하루가 다음으로 향한 곳은 야기사와의 집이었다.

"또 가족을 조사하시려는 건가요?"

"아니. 이번 목적지는 이웃집들."

살해된 다키모토 루미의 집은 야기사와의 집에서 백 미터도 떨어지지 않은 곳에 있었다. 다시 말해 그들은 이웃이었고 야기사와가 용의자로 체포됐을 때는 언론도 당연히 그 사실을 보도했다. 은둔형 외톨이로 지낸 청년이라 표적도 이웃에 사는 소녀로 정했으리라는 논리였다.

그건 그렇고 미하루는 후와가 대체 뭘 하려는지 도통 알 수 없었다. 피해자 유족인 다키모토의 집을 찾는 거면 이해하겠는데 이웃집들은 왜 찾아간다는 걸까. 넌지시 물어보기도 했지만 예상대로 후와는 아무 대답도 해 주지 않았다.

후와가 현관문을 두드린 곳은 다키모토 루미의 집 오른편에 있는, '사사구치'라는 문패가 걸린 집이었다. 잠시 후 집 안에서 나타난 사람은 쉰 살이 넘어 보이는 주부였다.

이럴 때 방문 목적을 알리고 신원을 밝히는 것은 미하루의 임무다.

"갑작스럽게 찾아봬서 죄송합니다. 다키모토 루미 사건

에서 수사를 맡은 오사카 지방 검찰청 소속 후와 검사와 부관 소료 미하루라고 합니다."

사사구치 부인은 잠시 미심쩍다는 듯이 후와와 미하루를 노려봤지만 신분증을 제시하자 단숨에 표정이 온화해졌다.

"검찰청이면 검사님이라는 말씀이죠? 고생 많으시네요. 모쪼록 루미의 한을 꼭 풀어 주세요."

미하루가 대답하기도 전에 후와가 불쑥 앞으로 나가 말했다.

"그러려고 하는 수사입니다. 협력 부탁드립니다."

"네, 그럴게요. 아는 건 전부 말씀드릴 테니 그 애의 원통함을 꼭 풀어 주셔야 해요. 아, 현관문 앞에서 말씀드리기는 뭐하니 안에 들어오세요."

사사구치 부인은 목소리를 낮췄다. 옆에 있는 다키모토의 집과 다른 이웃을 배려하는 것처럼 보이지만 그녀의 목소리에서 미하루는 약간의 호기심을 읽었다. 자신의 증언이 범죄 수사에 활용된다는 건 평소 무료한 삶을 보내는 사람에게는 자극적으로 느껴질 수도 있을 것이다.

"루미는 어떤 아이였습니까?"

"아주 사랑스럽고 깜찍한 아이였죠. 고작 여덟 살밖에

안 됐는데 대답하는 게 어찌나 어른스럽고 똑똑하던지요. 그런 모습이 제 눈에 참 예뻐서.”

“밖에서 자주 놀았나요?”

“이 일대에는 맞벌이를 하는 부부가 많답니다. 다키모토 씨 집도 그랬죠. 그러니 학교에 다녀오면 비슷한 또래 아이들과 공원이나 길거리 같은 곳에서 자주 놀았어요.”

“야기사와 다카히토 씨를 아십니까?”

“알다마다요. 예전에 그런 사건을 일으키기도 했으니 알기 싫어도 알 수밖에 없죠. 설마 출소하고 그대로 집에 다시 돌아올 줄은 몰라서 이웃들이 얼마나 놀랐는데요. 그가 출소하고 얼마 동안은 애들이 보호자들과 함께 등교하기도 했답니다.”

사사구치 부인은 가시 돋친 목소리로 야기사와 집안을 비난했다. 가해자 본인뿐 아니라 그 가족들에게까지 책임을 묻는 건 불합리하지만 이웃에 사는 사람으로서는 자연스러운 반응일지 모른다.

“그 집안사람들도 똑같아요. 그를 다시 집에 들이면 이웃들에게 폐가 될 수도 있다는 걸 뻔히 알았잖아요. 이웃들도 그렇지만 본인도 마음이 편했겠어요? 그런데도 그 집에 계속 함께 살게 했으니, 고집을 부리는 데도 정도가 있죠."

"야기사와 다카히토 씨가 실제로 동네 여자아이들에게 접근한 적이 있습니까?"

"접근요? 음, 그가 출소한 지 얼마 안 됐을 때는 동네 엄마들이 애들을 등하교 시킬 때마다 함께 다녔고 집에 돌아온 뒤에는 밖에 잘 안 내보냈어요. 그런데 그가 출소한 뒤로 거의 집 안에만 틀어박혀 살다 보니 슬슬 경계심도 누그러져서……. 돌이켜보면 그게 문제였던 것 같아요. 어느 순간부터 계속 집 안에만 있지 않고 이따금 밖에 나오곤 했거든요. 하교한 아이들과 얼굴을 마주할 기회도 있었겠죠. 그때 그놈이 루미를 표적으로 삼지 않았을까요? 역시 전과자, 하물며 성범죄자가 있는 집안은 방심하면 안 돼요."

사사구치 부인은 안타깝다는 듯이 고개를 절레절레 저었다.

"표적으로 삼았다면 야기사와 씨가 밖에서 루미와 만날 기회가 종종 있었다는 뜻이군요."

"네. 그런데 조금 전에도 말씀드렸듯이 루미가 그 나이 아이치고는 맹랑한 면이 있었던 게 오히려 안 좋은 결과를 부른 것 같아요."

"그게 무슨 뜻이죠?"

"검사님. 저도 아이를 둘 키워 봐서 아는데, 원래 애들은 집 안에서 부모가 하는 말을 듣고 배우며 성장하잖아요. 아빠와 엄마가 나눈 말을 그대로 기억해서 밖에서도 똑같이 하죠. 부부 싸움이 끊이지 않는 집안에서는 아이도 밖에서 똑같이 험한 말을 하고, 부부 사이가 좋은 집안 아이는 친구들과도 사이좋게 지내는 법이에요."

"그렇군요. 영리했던 루미는 다키모토 씨 부부가 집 안에서 나눈 말을 배워서 밖에서도 했다는 뜻이군요."

"애들 앞에서 할 말은 아닌데, 다키모토 씨 부부는 집 안에서 루미가 보는 앞에서 종종 그런 말을 했나 봐요. 야기사와 씨 집안 아들은 어린 여자아이를 좋아하는 로리콘이라든지, 성범죄자라든지 하는 말을요. 밖에서 그 남자를 만나면 도망치라고 애한테 주의를 줄 때도 무심코 그런 말들을 덧붙이지 않았을까요?"

"루미가 야기사와 다카히토 씨 앞에서 그런 말을 한 적이 있나 보네요."

"맞아요. 무려 야기사와를 손가락으로 가리키며 로리콘이라고 했다지 뭐예요. 그 이야기를 들었을 때부터 좋지 않은 예감이 들었어요. 어린아이한테 손가락질을 당하며 로리콘이라는 말을 들었으니 화가 치밀지 않았겠어요? 그런 말을 아무렇지 않게 넘길 사람이었다면 애초에 예전에 그런 유괴 사건을 일으키지도 않았겠죠. 딱히 그를 두둔하려는 건 아닌데, 어쩌면 이번 사건의 계기를 만든 건 오히려 루미일지도 몰라요."

그녀의 이야기를 듣는 동안 미하루는 가슴속이 싸늘히 식었다.

출소자의 재범률은 최근에도 60퍼센트가 넘는다. 교도소가 갱생의 기능을 잃었다고 비판할 때 근거가 되는 수치다.

재범률이 60퍼센트나 되는 이유는 하나뿐이 아니다. 지역에서 범죄자를 받아들이는 태도나 편견도 요인 중 하나다. 루미 같은 여자아이에게 편견이 없었더라도 야기사와 입장에서는 그때 루미가 한 말을 못 들은 척 넘어갈 수 없는 모욕으로 느꼈을 수 있다.

루미는 공원에서 우연히 얼굴을 마주친 야기사와에게 집에서 보고 들은 대로 천진난만하게 악담을 날렸고, 화가 치민 야기사와는 분노로 이성을 잃고 아이의 목을 졸랐다. 충분히 있을 법한 상황이다. 그리고 아이의 본의 아닌 한마디가 목숨을 잃는 결과를 낳았다면 그보다 더 아이러니한 이야기도 없다.

"검사님. 제가 이런 말씀 드려도 될지 모르겠지만, 루미를 죽인 그놈을 반드시 사형시켜 주세요."

사사구치 부인은 무시무시한 말을 아무렇지 않게 내뱉었다.

"굳이 원인을 거슬러 가자면 어린애를 납치했는데도 고작 몇 년 만에 풀어 준 법원과 교도소 책임이 커요. 성범죄자들은 담장 밖으로 내보내면 안 돼요. 사형시켜야죠. 그렇게 하지 못할 거면 적어도 평생 그 안에 가둬 두어야 해요."

아마 이것이 바로 일반 시민의 본심일 것이다. 그렇게 생각하자 미하루는 위장 부근이 급격히 묵직해지는 느낌을 받았다.

전과자를 향한 편견이라고 딱 잘라 결론 내리기는 쉽다. 스스로 '상식파'를 자처하는 이들 중에는 당신들의 그런 편견 때문에 범죄자의 재범률이 떨어지지 않는 거라며 지역 주민들을 비판하는 사람도 있을 것이다.

그러나 지역 커뮤니티는 어린 여자아이라는 약자를 보호해야 하는 사명이 있다. 질서와 평화를 유지한다는 명목도 있을 것이다. 범죄자를 같은 사회의 구성원으로서 받아들이고 갱생을 추구하는 태도와는 자연히 상반되는 지점이 생긴다.

"검사님. 모쪼록 부탁드려요. 저희는 앞으로 이런 일이 또 일어날까 봐 매일매일 노심초사하며 살아가고 싶지 않아요."

"처벌받아야 할 범죄를 기소하는 것이 저희의 임무입니다."

"검사님의 얼굴만 보면 정말로 그런 의욕이 있는 건지 잘 구분이 안 돼서요. 아무튼 부탁 좀 드릴게요."

사사구치 부인은 조금 끈질기게 느껴질 만큼 야기사와의 사형을 호소했다. 오롯이 야기사와에 대한 분노 때문이라기보다는 죽은 아이에 대한 애도와 지역의 안전을 고려한 요구일 것이다.

미하루는 이것이 바로 현실이라고 생각했다. 안전지대에서 아무리 이상론을 부르짖어 봐야 위선에 불과하다. 맹견도 자유롭게 목줄을 풀어 줘야 한다는 주장도 그 자신이 직접 목줄이 풀린 맹견 앞에 서서 부르짖지 않으면 설득력이 없다.

사사구치 부인의 집에서 나와 후와는 미하루에게 묘한 지시를 내렸다.

"다이쇼구와 그 주변에 있는 외과 병원의 목록을 작성해 주게."

갑자기 이게 무슨 요구인가 싶었지만 검찰 사무관은 검사의 팔다리나 마찬가지라 일일이 목적을 물을 수는 없다. 그 정도 검색 작업이면 스마트폰으로도 충분히 할 수 있었다. 미하루는 차 안에서 스마트폰을 두드리며 20분도 되지 않아 열다섯 곳의 병원을 찾았다.

"열다섯 곳이라. 이제 그곳들에 전화해서 3월 15일부터 오늘까지 지금 말하는 사람의 외래 진료가 있었는지를 조사해 줘. 검찰청이라고 하면서."

"전화상으로는 알려 주지 않을 텐데요."

"제대로 된 병원이라면 그렇겠지. 지금부터 한 곳 한 곳 돌기도 할 거야."

후와는 한 번 뱉은 말은 반드시 지킨다. 아마 입에 담기도 전에 이미 일정을 전부 짜 놓았을 테고 예정대로 움직이지 않고서는 못 배길 것이다. 집무 능력이 뛰어난 사람에게서 흔히 볼 수 있는 경향이다.

이번 작업에는 역시 시간이 걸렸고 미하루는 거의 체념했지만 그래도 물어보기로 했다.

"대체 뭘 조사하시려는 건가요?"

역시나 대답은 없다.

후와가 알려 준 인물은 신원이 확실해서 병원에서도 그 사람이 외래 진료를 왔는지 어렵지 않게 알려 주었다. 예스 혹은 노. 단순한 대답이라 한 곳을 확인하는 데 걸리는 시간은 5분도 되지 않았지만 이동 시간이 문제였다. 열두 번째 병원을 찾았을 때는 조사를 시작한 지 4시간이 지나 있었다.

그 열두 번째로 찾아간 '가타쿠라 병원'이 바로 후와가 찾던 병원이었다.

"네. 이 환자분은 16일에 오셨습니다."

간신히 목표를 달성했는데도 후와의 반응은 극히 사무적이었다.

"진료 기록을 한번 볼 수 있을까요? 수사상 필요한 정보입니다."

그러자 접수처의 여직원은 원장에게 확인해 보겠다며 내선 전화기를 들었다. 검사를 실제로 봐서 신기한지 그녀는 통화하며 후와를 여러 번 힐끔거렸다.

"원장님이 직접 만나 뵙겠다고 하시네요."

별실에서 기다리기를 5분, 가운 차림에 머리가 하얗게 센 남자가 모습을 드러냈다.

"원장 가타쿠라입니다."

"오사카 지검의 후와라고 합니다. 불쑥 찾아뵈어 죄송합니다."

"괜찮습니다만 대체 어떤 사건으로 조사 중이신가요?"

"현시점에는 아직 '어떤 사건'이라고밖에 할 수 없다는 걸 양해 부탁드립니다."

"혹시 저희 환자분이 유력 용의자 중 한 명인 건가요?"

"그것도 명확히 말씀드릴 수는 없습니다. 다만 선생님의 증언에 따라 사건의 양상이 크게 달라질 수도 있는 것만은 확실합니다."

과격하게 선동하지 않고 과장을 섞지도 않는다. 평소 후와의 설득 방식인데 상대에 따라서는 그런 담담함이 오히려 중요도를 강조하는 효과를 보이기도 한다. 가타쿠라가 그 몇 안 되는 사례 중 한 명이었다. 가타쿠라는 후와의 말을 곱씹는 것처럼 고개를 끄덕이더니 소파에 깊숙이 앉았다.

"정식으로 요청해 주시겠습니까?"

"내일 당장 요청서를 보내 드리지요. 문서 도착 후 진료 기록 사본을 저희 쪽에 보내 주시면 됩니다. 오늘은 이야기를 듣는 것만으로 충분합니다."

"갑작스러운 외래 진료였지요. 초진 환자분이었는데 다친 정도가 심해서 또렷하게 기억하고 있습니다."

"어떤 부상이었죠?"

"혹시 무지구라고 아시나요? 엄지의 뿌리 부분부터 검지 뿌리에 걸쳐 볼록하게 솟은 부분을 뜻합니다만."

가타쿠라는 설명하면서 자신의 손바닥 위로 해당 부위를 가리켰다.

"오른손 무지구 앞뒷면을 심하게 깨물렸더군요. 출혈량이 상당했을 것으로 보이는 깊은 상처여서 즉시 소염제와 소독 처치를 했습니다. 항생제도 처방했던 것 같네요. 치료가 빨랐던 덕에 흉터는 남지 않았을 겁니다. 실제로도 그분은 그 뒤로 병원에 오지 않았고 연락도 없었고요."

"깨물린 상처가 확실했습니까?"

"환자분은 고양이에게 물렸다고 했습니다. 먹이를 줄 때 그 부분에 먹이가 묻은 탓에 물렸다더군요."

"정말로 고양이의 이빨 자국이었나요?"

"실은 전 동물을 그리 좋아하지 않는 관계로 지금껏 길러 본 적이 없어서 고양이의 치열이 어떻게 생겼는지 잘 모릅니다. 그런데 아무리 봐도 고양이는 아닌 것 같더군요. 하지만 개에게 물린 상처가 파상풍으로 진행되는 경우도 있어서 일단 그에 맞는 치료를 했습니다."

"진료 기록에는 상처 부위 사진도 있습니까?"

"파상풍 가능성을 무시할 수 없어서 만약을 대비해 찍어 뒀습니다."

"다행이군요."

"검사님은 혹시 그 고양이에 대해 아시는 겁니까?"

후와는 의사의 질문에는 대답하지 않고 협력해 줘서 고맙다고만 하고 자리를 떴다.

가타쿠라 병원을 나가자 후와는 그제야 큰일 하나를 마친 것처럼 가볍게 탄식했다.

"만족스러워 보이시네요, 검사님."

"만족하는 건 아니야. 그를 몰아붙일 재료를 하나 발견했을 뿐이니 아직 안심할 수 없지."

"이제는 슬슬 저한테 알려 주셔도 되지 않나요?"

"자네에게 알려 줘 봐야 바뀌는 게 있나? 자네는 그저 내가 시키는 대로 틀리지 않게 정리해 주면 돼."

미하루는 가볍게 입술을 깨물었지만 전과 달리 반항하고 싶지는 않았다.

미하루와 후와 사이에는 가늠할 수 없는 식견 차이가 있다. 그것은 오늘 하루 수사만으로도 충분히 알게 됐다.

그 차이를 좁히지 못하면 자신에게는 질문할 자격도 없다는 생각이 들었다.

4

이틀 뒤 후와는 검찰청에 그 인물을 직접 불러 집무실에서 그와 대면했다. 미하루는 그 인물 뒤에서 두 사람의 대화를 언제든 기록할 수 있도록 컴퓨터 앞에 앉아 있었다.

후와와 마주 보고 앉은 그는 짜증스러운 기분을 감추지 않았다. 정면에서 후와를 노려보고 있지만 후와는 늘 그렇듯 조각상처럼 감정이 느껴지지 않는 얼굴로 그를 무시하고 있다.

이런 모습을 옆에서 보면 무표정한 질문자의 우위를 확실히 체감할 수 있다. 상대의 반응에 당황하고 의구심에 사로잡히는 시점에 이미 주도권을 빼앗기는 것이다.

"제가 왜 이런 곳에 불려 와야 하는 거죠?"

"공판 전 마지막 조정 절차쯤으로 생각해 주십시오. 당신의 협력이 억울한 피의자가 생기는 걸 방지하고 정당한 사법 절차에 일조합니다."

"무슨 말씀을 하시는지 도통 모르겠는데요."

"걱정하지 마십시오. 말씀 나누다 보면 자연스레 이해하게 될 겁니다."

"과연 그럴까요?"

"무엇보다 원죄* 사건을 막기 위해서입니다. 그게 가장 큰 목적입니다."

"원죄 사건이라뇨."

"다키모토 루미 사건으로 현재 야기사와 다카히토 씨가 용의자로 검찰에 송치된 상태입니다. 그러나 제가 다시 한번 그 사건을 꼼꼼히 조사하니 그가 범인이 아닐 가능성이 있더군요. 실제로 대면 조사할 때 그는 완고하게 무죄를 주장하기도 했고요."

"용의자가 범행을 부인하는 건 당연하지 않나요?"

"부인 방식이 특징적이었죠. 당시 살해 현장에는 그의 머리카락과 발자국이 남아 있었습니다. 그가 주장한 알리바이도 맥없이 무너졌고요. 심지어 그에게는 유괴, 납치라는 전과도 있습니다. 다시 말해 그가 범인임을 나타내는 증거와 상황이 완벽히 갖춰진 셈입니다."

"하지만 아무리 증거와 상황이 갖춰져도 범인이 아니라

---

* 억울하게 뒤집어쓴 죄.

면 범행을 부인하겠죠."

"물론 그 말씀이 맞습니다만 그럴 경우 보통 범행을 부인할 때 비장해지기 마련입니다. 나는 범인이 아닌데 억울하게 아이 살해의 누명을 썼다. 하물며 전과가 있으니 이번에는 사형 판결이 떨어질지도 모른다. 그렇게 보통은 두려워하고 겁을 먹은 채 경찰과 검찰 앞에서 미친 듯이 범행을 부인합니다. 그런 반응이 당연하다고 할 수 있고요. 그러나 야기사와 다카히토 씨는 범행을 부인할 때 매우 이성적이었습니다. 알리바이가 무너진 뒤에도 당황하는 모습을 일절 보이지 않았고 오히려 다 예상한 것 같은 느낌을 줬죠."

"자신이 무죄라는 걸 아니까 침착할 수 있었던 게 아닐까요?"

"그렇지만 그럴 경우 또 다른 의문이 생깁니다. 자신이 무죄임을 알고 있다면 그는 왜 PC방에 있었다는, 금세 들통 날 만한 위증을 했을까요?"

후와가 잇달아 묻자 상대는 입을 다물어 버렸다.

"인간이 거짓말을 하는 상황은 대체로 세 가지로 압축됩니다. 첫째는 허언증이라는 질환 때문에 아무 동기도 없이 거짓말을 일삼는 경우. 둘째는 자신의 이익을 위해 거짓말을 하는 경우. 마지막 셋째는 다른 누군가를 지키기 위해 거짓말을 하는 경우죠."

후와는 담담하게 설명을 이어 나갔지만 시간이 갈수록 상대는 안색이 변했다. 미하루의 눈에는 저도 모르는 사이에 은근히 목이 졸리는 사람처럼 보였다.

"기소 전 감정으로 야기사와 다카히토 씨에게는 허언증 등의 정신질환 징후가 없다는 게 밝혀졌습니다. 그렇다면 두 번째인 자기 자신의 이익을 위한 거짓말인가. 금세 간파당할 만한 알리바이를 위증하는 것이 그 자신의 이익으로 이어질 리 없으니 이 역시 가능성은 없습니다. 남는 가능성은 세 번째, 즉 다른 누군가를 위해 거짓말을 했을 경우입니다. 그렇게 생각하면 모순투성이인 증언도 납득할 수 있죠. 야기사와 다카히토 씨는 자기 자신을 범인으로 연출하는 수준의 정교한 공작은 벌이지 않았습니다. 그러나 진짜 범인을 감싸기 위해 자신이 경찰에 의심받는 상황을 이용했죠. 그리고 그의 머리카락과 발자국이 현장에 남아 있기도 했고요. 나중에 적당히 둘러댄 알리바이가 무너지면 혐의는 오로지 나에게 쏠리게 될 것이다. 그 뒤 검찰 송치에 이르면 경찰은 내가 아닌 다른 사람을 의심하지 않을 것이다. 그는 그렇게 생각했던 게 아닐까요?"

"왜 그런 짓을 해요? 증거가 하나같이 그 자신에게 불리한 것들뿐이잖아요. 아무리 스스로는 무죄인 걸 알아도 그대로 재판까지 이어지면 사형 판결을 받을지도 모르는데요."

"그래도 괜찮다고 생각한 게 아닐까요?"

"네?"

"그 사람만 지킬 수 있다면 나는 누명을 쓴 채로 형장의 이슬로 사라져도 된다. 아직 당사자에게 물어보지 않아서 그의 본심이 무엇인지는 모르겠습니다. 그러나 그의 행동을 되짚어 보면 스스로 용의자가 되기를 원했다고 생각할 수밖에 없습니다."

"그럴 수는……."

"야기사와 다카히토 씨가 자기 자신을 희생해서까지 지키려 했을 사람은 몇 명으로 한정됩니다. 그리고 그 사람은 그의 스마트폰에 남아 있던 단 한 장의 인물 사진으로 가늠할 수 있었죠. 네, 그 사람은 바로 당신입니다."

후와의 말을 듣고 야기사와 후미카는 두 주먹을 꼭 쥐었다.

"그래서 저는 당신의 오른손에 주목했습니다."

후미카는 곧장 자신의 오른손을 뒤로 감췄지만 이미 늦

었다. 집무실에 들어올 때부터 후와와 미하루는 그녀의 오른손 무지구에 붙은 커다란 반창고를 똑똑히 목격했다. 아니, 후와는 처음 만났을 때부터 그녀의 오른손에 주목했을 것이다.

"이미 확인도 마쳤습니다. 살인 사건이 일어난 다음 날인 16일, 당신은 '가타쿠라 병원'을 찾아가 상처를 치료받았습니다. 당신은 그때 기르는 고양이에게 물렸다고 했지만 제가 방문했을 때 집 안에 고양이를 기르는 듯한 흔적은 전혀 없었죠. 당신의 손을 깨문 건 적어도 고양이는 아니라는 뜻입니다. 다행히 가타쿠라 원장은 당시 진료 기록과 상처 부위 사진을 전부 보관하고 있었습니다. 그래서 감식과에 진료 기록 사본을 보내 살해된 루미 양의 치열과 대조를 의뢰했고요. 결과는 말할 것도 없겠죠. 당신의 오른손에 생긴 상처와 루미 양의 치열은 정확히 일치했습니다. 사건이 일어난 지 한 달이 지나 당신의 상처는 반창고를 붙여서 숨길 수 있을 만큼 아물었지만 이렇게 기록이 온전히 남아 있으면 소용없습니다."

후미카는 아래에 숨기고 있던 오른손을 천천히 들었다.

"이번 사건은 수사본부의 방식에도 문제가 있었습니다. 사건 현장은 하루에도 수많은 이들이 드나드는 공원입니다. 비단 인간뿐만 아니라 개나 고양이 같은 동물의 털도 떨어져 있는 곳이죠. 그리고 그것을 분류하는 동안 피해자의 이웃집에 사는 동시에 과거 여자아이 유괴, 납치 전과가 있는 야기사와 다카히토의 존재가 드러나게 된 겁니다. 임의로 조사해 보니 수집한 증거 중에는 그의 머리카락과 발자국이 포함돼 있었습니다. 그것도 모자라 그가 주장한 알리바이가 새빨간 거짓말이라는 것까지 밝혀졌고요. 수사본부의 의혹이 대번에 그에게 쏠릴 수밖에 없었지만, 원래라면 조금 더 정밀하게 조사해서 밝혀야 할 사안이었습니다. 왜냐하면 신원 불명의 머리카락과 발자국 중에는 당연히 당신의 것도 포함돼 있었을 테니까요. 섣부른 예단이 초래한 전형적인 날림 수사였습니다."

미하루는 불편한 심정으로 후와의 설명을 들었다.

오사카 시내에서 발생한 소녀 살해 사건. 그것은 언론과 여론을 들끓게 한 중대 사건이었다. 조기 해결이 마땅하고, 만약 해결이 늦어지거나 사건이 미궁에 빠지기라도 하면 관할인 다이쇼 경찰서는 물론 수사 지휘를 맡은 오사카 지방 경찰청까지 책임을 추궁당할 것이 뻔했다. 수사본부가 수사를 졸속으로 처리할 위험성이 처음부터 존재했던 것이다. 하필 그런 상황에 다키모토 루미의 이웃

중 관련 전과가 있는 야기사와 다카히토가 있었다는 건 운명의 장난이라고 할 수밖에 없다.

"공교롭게도 현장에 남아 있던 당신의 머리카락과 발자국은 경찰의 수사 종료를 기점으로 처분돼 사라졌지만 진료 기록에 있는 루미의 치열 사진은 그 모든 것을 보충하기에 충분합니다. 자, 혹시 할 말이 있습니까? 야기사와 후미카 씨."

그러자 후미카는 머뭇거리며 입을 열었다.

"모든 진술은 변호사 앞에서 하겠어요."

"부정은 하지 않으시는군요."

"검사님이 방금 진료 기록이 머리카락과 발자국보다 유력한 증거라고 말씀하셨으니까요."

사실상의 자백이었다.

"변호사를 부르시는 건 자유입니다만 일단 제 조사가 먼저입니다."

"마음대로 하세요."

"그리고 꼭 확인해야 할 사안이 있는데, 사건 발각 직후 당신과 오빠 사이에는 뭔가 약속이나 계약 같은 게 있었습니까?"

"아뇨."

후미카는 딱 잘라 부인했다.

"그런 건 전혀 없었어요."

"의사소통도 없이 공범 관계가 성립했다는 말입니까?"

"루미의 시신이 발견된 뒤에도 오빠는 계속 방 안에만 틀어박혀 있었고 체포된 뒤에는 제가 아무리 부탁해도 저를 만나 주지 않았어요. 솔직히 오빠가 왜 저를 감싸려고 하는지 지금도 잘 모르겠어요. 그리고 오빠는 어떻게 저를 범인이라고 생각한 거죠?"

이는 후미카의 솔직한 심경일 것이다. 서로 말을 맞춘 것도 아닌데 오빠가 갑자기 죄를 뒤집어써 줄 줄은 상상도 못했을 것이다.

"그건 그에게 직접 물어보지 않는 이상 모릅니다. 다만 당신을 지키려 한 이유는 극히 단순할 것 같군요."

"이유가 뭔가요?"

"당신이 그의 하나뿐인 여동생이기 때문입니다. 그 이상 어떤 설명이 필요하겠습니까?"

야기사와 다카히토 재조사는 그가 현재 수감 중인 다이쇼 경찰서에서 이뤄졌다.

후와는 그를 만나서 후미카를 조사했다고 설명하자 야

기사와는 화들짝 놀란 것처럼 엉거주춤 허리를 일으켰다.

"걔, 걔한테 뭘 물으신 겁니까?"

"당신이 루미를 살해한 범인이냐고 물었습니다. 후미카 씨는 부정하지 않더군요."

"말도 안 됩니다!"

"머리카락과 발자국보다 유력한 증거가 나왔습니다."

후와는 후미카의 오른손에 루미의 잇자국이 남아 있었다는 사실을 전했다. 증거의 효력을 이해했는지 야기사와는 힘이 빠진 것처럼 자리에 털썩 주저앉았다.

"후미카 씨에게 목을 졸리기 직전 루미가 무의식중에 그녀의 손을 깨물었겠죠. 그때 나온 피는 운 좋게도 루미의 몸이나 현장에 남지 않았지만 상처가 너무 깊었던 탓에 후미카 씨는 외과 병원의 문을 두드릴 수밖에 없었습니다. 한시라도 빨리 상처를 치료해서 숨기고 싶지 않았을까요? 그리고 아이러니하게도 그런 행위가 그녀 스스로 범행을 입증하는 계기가 돼 버렸습니다."

"……그래서, 지금 검사님은 승리 선언을 하시려고 저를 찾아오신 겁니까?"

"공교롭게도 승리한 사람은 제가 아닙니다. 루미죠. 루미는 마지막 힘을 다해 범인에게 서명을 남겼습니다. 내

잇자국이 있는 사람이 범인이라는 서명을요."

야기사와는 반박하지 않았다.

"당신은 조사 당시 범행을 계속 부인했습니다만, 오늘은 다른 각도의 질문을 던지겠습니다. 당신은 다키모토 루미 양을 죽이지 않았습니다. 그러나 후미카 씨의 범행을 깨닫고 그녀를 지키려고 했죠. 제 말이 맞습니까?"

야기사와는 고개를 축 늘어뜨린 채 질문에 답하지 않았다. 이 침묵은 긍정을 의미한다.

"하지만 루미의 시신이 발견된 당일부터 체포될 때까지 두 분은 한 번도 서로 연락을 주고받지 않았다더군요."

"네."

"후미카 씨는 몹시 의아해했습니다. 오빠는 어떻게 내가 저지른 짓임을 알았을까 하고요. 실제로도 그녀는 다양한 측면에서 갈등했겠죠. 천진난만한 어린아이를 죽이고 말았다는 갈등. 살해 혐의가 공교롭게도 친오빠에게 덧씌워졌다는 갈등. 그렇지만 내가 범인이라고 드러내 놓고 나서지도 못하는 갈등."

"검사님, 쓸데없이 말이 많으시네요. 검사님과 제 동생 후미카는 태어나고 자란 환경이나 사회적 지위, 성별, 나이까지 단 하나도 닮은 점이 없습니다. 그런데 뭘 그렇게

다 아는 것처럼 말씀하시는 겁니까?"

"분명 저와 후미카 씨는 서로 다른 사람이지만 이해할 부분이 전혀 없는 건 아닙니다. 공판 전 피고인이 마음을 추스르지 못하면 본인도 괴롭겠죠. 그래서 후미카 씨께는 딱 하나 저의 추론을 말씀드렸습니다. 어떻게 친오빠가 당신의 범행임을 알았을까. 제 눈에는 이번 사건의 진상이 아주 단순해 보이더군요. 당신은 그날 밤 공원에서 후미카 씨가 루미를 죽이는 모습을 목격하지 않았나요?"

그 말을 듣고 소스라치게 놀란 것처럼 야기사와가 어깨를 들썩였다.

"다이쇼 공원에는 방범 카메라가 몇 대 설치돼 있지만 안타깝게도 살해 현장은 카메라에 비치지 않는 사각지대였습니다. 그래서 제 추론을 입증할 수는 없지만 현장에 당신의 머리카락과 발자국이 남아 있는 시점에 이미 절반은 증명된 거나 마찬가지지요. 그렇게 생각하지 않으십니까?"

야기사와는 침묵을 지켰다.

여기서 야기사와가 후와의 추론에 이의를 제기하지 않으면 여동생의 범행 현장을 목격한 증인이 돼 버린다. 그러나 한편으로 후미카의 오른손에 남은 잇자국에 대해서는 반론의 여지가 없을 것이다.

미하루가 두 사람의 대화에 귀를 기울이는 동안 조사실 안의 분위기가 견디기 버거울 정도로 팽팽해졌다.

"그런데 야기사와 씨. 야기사와 씨도 고민하셨을 겁니다. 사건 이후 후미카 씨와 아무런 연락을 주고받지 않았다면 더욱 그랬겠죠. 당신이 깊이 고민하며 밝히려고 했던 것은 오직 하나. 동생이 왜 루미를 죽였는가입니다."

그러자 야기사와의 표정에 변화가 생겼다.

"검사님은 아시나요?"

"후미카 씨가 모든 걸 털어놓았습니다. 이제는 야기사와 씨가 숨길 필요도, 의미도 없습니다."

"후미카는 대체 왜……."

"그것을 설명하려면 3월 15일 사건이 일어나기 여섯 시간 전으로 거슬러 가야 합니다. 후미카 씨는 비즈니스 파크에 있는 외국계 기업에서 근무하신다더군요. 회사 소개를 보면 세련된 요즘 회사 같은 느낌이지만 어차피 회사도 다 사람 사는 곳이라 그 안에 새로운 가치관을 지닌 사람이 있는가 하면 오래된 사고방식에 사로잡혀 있는 사람도 존재하는 법입니다. 그날 후미카 씨는 그런 오래된 사고방식에 사로잡힌 사람에게 친오빠의 전과에 대해 이런저런 험담을 들었습니다. 직장 안에서 호감형이었고 일도 빈틈없이 잘하는 후미카 씨를 질투하는 선배가 있었던 겁니다. 비난과 조소, 야유와 매도. 다른 사람에게 가족의 욕을 듣는 게 오랜만이기도 해서 후미카 씨는 그날 마음에 큰 상처를 입었다고 합니다. 그리고 그날 오후 9시, 집에 돌아가는 길에 후미카 씨는 공원에서 루미를 만납니다. 그날 루미의 아버지는 루미가 좋아하는 장난감을 사 오기로 약속했는데 아버지가 집에 돌아올 때까지 미처 기다리지 못하고 루미는 역까지 아버지를 맞으러 나간 길이었습니다. 그렇게 후미카 씨는 루미와 마주치게 됩니다. 그날 두 사람에게 가장 큰 불행은 후미카 씨가 오빠 일 때문에 회사에서 괴로운 일을 겪었고, 루미는 어린아이다운 천진난만한 잔인함을 지녔다는 점이었습니다. 먼저 말을 건 후미카 씨에게 루미는 저도 모르게 이런 말을 내뱉었습니다. '응? 로리콘 오빠의 동생이다!' 라고."

그 순간 야기사와가 눈을 부릅떴다.

"그 애가, 그런 말을……."

"루미에게 악의라고는 없었고 아이는 아마 로리콘이라는 단어의 명확한 의미조차 알지 못했을 겁니다. 평소 집 안에서 아이의 부모가 주고받는 대화가 노골적이고 부주의했다는 점이 영향을 미쳤겠죠. 그리고 무엇보다 타이밍이 최악이었습니다. 루미의 한마디에 순간 화가 머리끝까지 치민 후미카 씨는 아이의 가냘픈 목에 손을 갖다 댔습니다. 그리고 질겁한 루미는 반사적으로 후미카 씨의 오른손을 깨물었고요. 예상치도 못한 반격에 더더욱 이성을 잃은 후미카 씨가 다시 정신을 차렸을 때는 이미 루미의 몸은 축 늘어져 있었습니다. 공포에 사로잡힌 후미카 씨는 그 자리에서 곧장 도망쳤고, 당신은 우연히 그 장면을 목격하고 만 것입니다. 너무 상세하다고 생각하실 수도 있겠지만 아무튼 그날의 일을 시간 순으로 정리하면 대체로 이와 비슷하지 않습니까?"

입을 다문 채 이야기를 듣던 야기사와는 중간부터 불쾌하다는 듯이 고개를 여러 번 흔들었다.

"검사님. 저는 도무지 이해가 안 됩니다. 저는 어린 여자아이를 유괴해서 체포된 쓰레기 같은 오빠예요. 후미카가 저를 미워했으면 모를까 좋아했을 리 없다는 말입니다. 그런데 왜 회사에서 제 험담을 좀 들었다고 분노한다는 말입니까? 그리고 직장에서 싫은 소리를 들어서 화가 났다고 해도 그런 어린아이가 쓰레기 같은 오빠에 대해 한마디 내뱉은 건 그냥 무시하면 되는 거 아닙니까?"

"아직도 모르시겠습니까?"

"뭘요?"

"그 이유 역시 지극히 단순합니다. 후미카 씨는 당신을 좋아했던 겁니다. 전과가 있든, 집 안에 틀어박힌 은둔형 외톨이였든, 이 세상에서 오직 하나뿐인 오빠를 아주 좋아했던 겁니다. 그러니 그런 오빠를 '로리콘'이라고 부른 루미에게 분노했다. 단지 그랬을 뿐입니다."

그러자 야기사와는 "아아⋯⋯" 하고 짧게 신음하더니 의자에서 주르르 미끄러졌다. 미하루는 깜짝 놀라 엉거주춤 일어섰지만 후와는 차가운 눈빛으로 야기사와를 내려다봤다.

"이번 사건은 한마디로 오빠를 소중히 여긴 여동생이 오빠의 명예를 지켜 주기 위해 죄를 저질렀고, 그런 여동생을 지켜 주려고 오빠가 수사를 잘못된 방향으로 이끈 사건입니다. 서로 연락을 주고받지 않은 것도 다 서로를 위해서였습니다. 그랬던 겁니다."

바닥에서 잠시 무릎을 꿇고 있던 야기사와의 입에서 잠시 후 울음소리가 터져 나왔다.

오열은 얼마 지나지 않아 짐승의 포효로 바뀌어 조사실

안에서 길게 이어졌다.

"이번 일은 실로 면목이 없네요. 저희 형사과는 물론이고 다이쇼 경찰서의 모든 구성원이 부끄럽기 짝이 없어서……."

집무실 안에서 후와 앞에 있는 히노가 연신 고개를 숙였다.

야기사와 다카히토와 후미카에게 전해 들은 내용에 가타쿠라 의원에서 얻은 진료 기록 사본과 루미의 치열 대조 결과를 덧붙인 것으로 충분했다. 이렇게 해서 다키모토 루미 살해 사건은 수사본부로 돌아가 재수사를 거치게 되었다. 그러나 후미카를 입건, 기소할 요건은 다 갖춰졌으니 이제는 체제를 정비하기만 하면 될 것이다.

사건을 되돌려 보낸 후와 때문에 다이쇼 경찰서와 오사카 지방 경찰청은 히노의 말대로 체면을 구겼다. 그러나 그 상황에서 그대로 재판에 돌입했다면 최소 오인 체포, 최악의 경우 원죄 사건을 낳았을 것이다. 그런 의미에서 후와는 구세주나 마찬가지라 수사본부도 겉으로는 미안해하고 고마워할 수밖에 없었다.

그러나 마주 선 후와는 평소 모습 그대로였다.

"사죄할 상대는 제가 아닙니다."

굳은 얼굴에서는 오직 입술만이 움직였다. 감정이라고는 느껴지지 않으니 히노도 더욱더 고개를 들 수 없을 것이다.

"아, 그건 저희도 잘 알고 있습니다만 후와 검사님께 크나큰 폐를 끼친 것도 사실이지요. 이번 일을 계기로 다이쇼 경찰서는 수사 체제를 근본적으로 혁신해서……."

그렇게 해서 이번 같은 날림 수사가 사라진다면 더할 나위 없겠지만 그렇게 되기는 어려울 거라고 미하루는 짐작했다. 단 한 번의 불상사로 개선될 조직이라면 이렇게 형사과장 같은 중견 관리직에게 책임을 떠맡기지도 않는다. 제 한 몸을 지키려는 보신주의와 공을 세우고 싶은 욕심이 내장 지방처럼 쌓여 있는 상황에서 겉모습만 아무리 치장해 봐야 체질은 바뀌지 않는다.

"히노 형사과장님. 무슨 말씀을 하시는지 알고 의지도 높이 사지만, 다이쇼 경찰서 자체적으로 개선하면 될 일이지 저와는 상관이 없습니다. 그러니 저에게 그렇게 보고하거나 소신을 표명할 이유도 없습니다."

히노는 하아, 하고 힘없이 탄식했다. 아마 다이쇼 경찰서 서장과 오사카 지방 경찰청 윗선의 압력을 받아 사죄

역할을 억지로 맡았을 것이다. 결사 항전의 자세로 검찰청에 들어왔는데 정작 후와의 반응이 탐탁지 않으니 힘이 빠진 듯했다.

후와 밑에서 일하다가 깨달은 것이 있다. 후와라는 남자는 다른 사람이 일하는 자세에 대해 '전혀'라고 할 만큼 관심이 없다. 경찰 수사가 훌륭했든 졸속이었든 사건이 검찰에 송치된 시점에 자신이 모든 것을 관장한다고 생각한다. 처음부터 그런 걸 신경 쓰지 않는 건지, 아니면 자기 영역만을 철저히 지키는 역할 분담 주의자인지는 알수 없다. 어쨌든 상부상조를 처세술로 삼는 이들은 몹시 상대하기 어려운 사람인 것만은 확실했다.

"그보다 과장님. 한 가지 묻고 싶은 게 있습니다. 이번 사건에서 감식과가 수집한 증거물이 어떤 경위로 다이쇼 경찰서 자료실에 들어가게 된 겁니까?"

"이번 사건뿐만이 아니라 원래 그렇습니다. 지방 경찰청과 합동 수사를 할 경우 증거물과 그 밖의 모든 수사 자료를 수사본부가 세워진 관할이 보관하는 게 원칙이라서요. 다만 증거물과 자료 반출이 필요할 경우 수사원 또는 경찰청에 이관하는 경우도 있습니다. 이번 사건은 경찰청에 한 번 이관됐다가 야기사와 다카히토를 체포할 때 다이쇼 경찰서에 되돌아온 케이스입니다."

"그렇군요. 알겠습니다. 됐습니다."

그야말로 직설적이다. 지금 당장 나가라는 듯한 말투에 히노 역시 안색이 바뀌었다.

"……그럼 실례하겠습니다."

히노는 사무실을 나갈 때도 고개를 깊숙이 숙였다. 이런 태도에는 자신에게 무례하게 군 후와에 대한 앙갚음의 의미도 있을 것이다.

히노가 사라지고 나서 미하루는 한마디 하고자 입을 열었다.

"아주 불쾌해 보이셨어요."

"제멋대로 황송해하고 제멋대로 불쾌해하는 것일 뿐. 내가 신경 쓸 바 아니지."

"경찰과의 연대 협력도 중요하지 않나요?"

"그렇게 날림 수사를 했으면서 반성이라고는 느껴지지 않더군. 그런 경찰과 연대해 봐야 나만 힘들어."

"하지만 그렇다면 최소한의 조언 정도는 해 주시는 게……."

"그것도 내가 신경 쓸 바 아니야. 외부의 압력을 통한 조직 개선은 일회성일 뿐. 곧 다시 원래대로 돌아가기 마련이지."

미하루도 다른 사람과 부서에 대체로 엄격한 편이지만, 그것은 바꿔 말해 상대에게 기대하는 바가 있으니 요구하는 것도 많아지는 것이다. 자신 이외의 다른 사람과 조직에 아무런 기대도 품지 않는다는 점에서 후와는 철저하게 냉소주의자일지 모른다.

단순히 이기주의로 똘똘 뭉친 사람이라면 주위에서 점차 소외되겠지만 후와는 실적으로 자신의 가치를 증명해 보이고 있으니 모두 그를 주목할 수밖에 없다. 가까이하기 어려운, 지나치게 유능한 관료. 후와를 한마디로 표현하면 그렇지 않을까.

"그런데 검사님. 조금 전 질문에는 어떤 의미가 있었던 건가요?"

그러자 후와는 한쪽 눈썹을 살짝 올렸다.

"다이쇼 경찰서 자료실에서 분실한 게 확실한 증거물은 총 세 가지였어요. 물론 무시해도 좋을 숫자는 아니지만 그저 수사본부가 제대로 관리하지 않아서 일어난 일이에요. 관할에서 경찰청, 경찰청에서 관할로 증거물이 이관되면서 분실됐다고 생각하면 굳이 형사과장에게 다시 확인할 필요가 있었을까요? 검사님도 분명 전에는 확인해 봐야 소용없다고 말씀하셨던 것 같은데요."

문득 도발적으로 말이 튀어나왔지만 후와는 미하루를 돌아보지 않았다.

그러나 반응을 보이기는 했다.

"나에게 묻기 전에 스스로 생각해 보는 게 어떨까?"

2 증거 없는 용의자

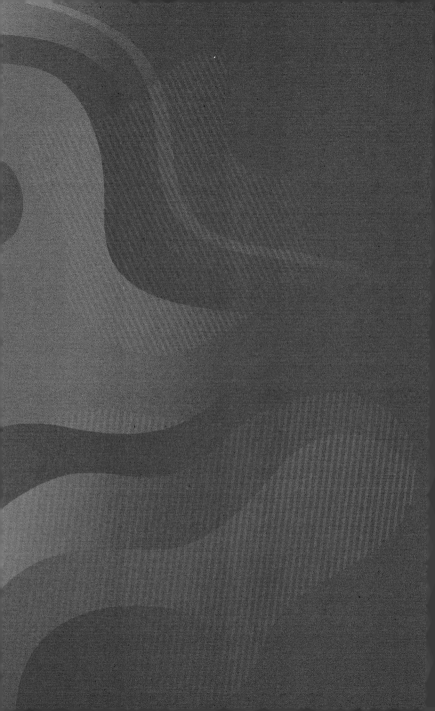

1

보통 공무원이라고 하면 한 주에 이틀은 반드시 쉰다고 생각하기 마련이지만 인원수가 적고 안건이 쌓여 있는 관공서는 그렇지 않다. 검찰과 경찰은 특히 그런 경향이 강한데, 청사 문을 닫는 건 그저 외부 손님을 받지 않기 위한 임시방편 같은 것이다. 가끔 공무원의 높은 월급을 비난하는 의견을 들으면 무급 출근 일수도 고려해 달라고 반론하고 싶어진다. 그러나 미하루도 검찰청에 들어오기 전까지는 실상을 알지 못했으니 큰소리칠 수는 없었다.

뜻밖인 것은 후와 역시 휴일 출근에 시달린다는 점이었다. 그렇게 유능하니 근무 시간에 업무를 다 마칠 수도 있겠지만 문제는 검사 한 명에게 할당되는 안건이 너무 많다. 게다가 일을 확실히 처리하려면 할수록 시간과 수고가 더 든다.

지금도 후와는 미하루의 맞은편 책상 앞에 앉아서 말없이 조서를 읽고 있다. 당사자는 휴일이고 재판도 없는 날이니 서류 업무에 집중할 수 있겠다며 불만 따위 없는 듯했다.

독신인 자신은 괜찮지만 휴일에도 매번 출근하는 후와의 가족들은 불만을 품지 않을까. 그런 생각이 들었을 때 미하루는 속으로 아차 싶었다.

후와에게 가정이 있는지 독신인지 지금껏 확인한 적이 없다.

미하루는 훑어보던 문서에서 고개를 들고 후와를 몰래 엿봤다. 30대 후반의 엘리트 검사에 옷매무새도 완벽. 시종일관 무표정한 것이 옥에 티지만 얼굴은 봐 줄 만하다. 이런 남자는 대체로 결혼을 했을 것이다.

다음으로 왼손 약지로 눈길을 옮겼다가 미하루는 당황했다.

반지가 없었다.

설마 독신?

아니, 모든 기혼자가 반지를 낀다고 할 수 없다. 실제로 미하루의 남자 지인 중에도 임신 때문에 덜컥 결혼한 탓에 반지를 끼지 않은 사람이 있었다.

"내 손가락에 뭐라도 묻었나?"

후와가 갑자기 미하루를 보며 물었다.

"네?"

"조금 전부터 내 왼손을 힐끔거리고 있잖아."

모처럼 후와가 먼저 말을 걸어 준 마당에 결혼 여부를 넌지시 물어도 될 텐데 좀처럼 말이 튀어나오지 않았다.

"아무것도 아니에요."

"지금 내 손가락을 볼 때인가?"

후와는 애초에 사생활 이야기는 일절 하지 않는다. 그 밑에서 일하게 된 지 벌써 한 달이 다 됐지만 미하루는 지금껏 그가 어디 사는지조차 모른다.

가장 큰 이유는 너무 바빴다. 검찰 사무관 일은 여러 방면에 걸쳐 있는 데다가 모든 일의 책임이 무겁다. 긴장을 풀 수 없는 날의 연속이라 상사의 사생활에 관심을 둘 짬은 없었다.

두 번째 이유는 후와가 그런 식의 가벼운 질문을 용납하지 않아서다. 미하루는 그런 후와를 '칼집에서 빠져나

온 칼' 같다고 일컫고는 하는데, 그는 평소에도 다른 사람에게 곁을 내 주지 않겠다는 분위기를 잔뜩 내뿜는다. 감정을 읽을 수 없는 얼굴도 무섭지만 근처에 서 있기만 해도 단칼에 베일 것 같은 공포가 느껴진다.

이따금 후와가 정말로 인간이 맞는지를 장난 섞어 떠올릴 때도 있다. 그는 항상 냉정하고 감정이 흔들리지 않는 데다가 타인에게 절대 기대지 않고 확실한 일들만을 담담히 해 나간다. 유능한 건 인정할 수밖에 없지만 감정이 없으면 인간이 아니라 컴퓨터나 마찬가지 아닐까.

"미하루 사무관."

"아, 네."

"내 얼굴에 뭐라도 묻었나? 우리는 지금 휴일을 희생해 가며 일하고 있어. 집중하지 않으면 일하는 의미도 없을 텐데."

"……죄송합니다."

"할 일이 없으면 이걸 읽어 둬. 오늘 초건 안건이니."

후와가 가까이 다가와 책상 위에 두꺼운 파일을 내려놨다. 오늘 초건이라면 내용물은 경찰이 작성한 진술서와 수사 기록일 것이다.

검찰 송치에는 피의자의 신병을 인도하는 신병 송치와

서류만을 보내는 서류 송치가 있다. 신병 송치의 경우 사건의 개요를 파악하기 위해 초건 전에 담당 검사에게 서류가 송부된다. 그것을 읽고 내용을 숙지해 두는 것도 당연히 사무관의 책무다.

미하루는 파일을 펼치고 나서 곧장 깨달았다.

몇 주 전 세간을 떠들썩하게 한 사건이었다.

4월 15일 니시나리구 기시노사토의 주택가에서 사건이 일어났다. 밤 11시 30분경, 2층 다세대 주택 '그랑카사르 기시노사토' 203호에서 남자에 이은 여자의 비명 소리를 같은 층 끝에 사는 206호실 남자가 들었다. 그곳에는 평소에도 문제 있는 주민이 많았고 늦은 밤이 되면 동거인과 말싸움을 벌이거나 술에 취한 큰 소리를 듣는 것이 일상다반사라 206호에 사는 남자도 웬만한 소리로는 놀라지 않을 터였다. 203호에는 젊은 여자가 살았고 이따금 남자가 찾아와 하룻밤 자고 갔다고 한다.

그러나 그때 들린 두 사람의 비명은 말다툼 소리도, 교성도 아니었다. 마치 온몸에서 생명을 토해 내는 듯한 외침과 신음. 206호 남자는 범상치 않음을 느꼈다고 했다.

그때는 금요일 밤이기도 해서 '그랑카사르 기시노사토' 주민의 절반 정도가 집을 비우고 있었다. 또 남은 절반도

헤드폰으로 음악을 듣거나 술에 취해 일찍 잠자리에 들어서 비명을 들은 사람은 이 206호 남자뿐이었다.

그리고 다음 날 오후 5시 25분경 206호 남자는 그 집 앞을 지나칠 때 이상한 냄새를 맡았다.

불안은 호기심을 증폭시키는 법이다. 그가 별생각 없이 문손잡이에 손을 얹자 203호의 문이 스르르 열렸다고 한다.

집 안에는 남녀 한 쌍의 시신이 바닥에 누워 있었다. 집에서 비명이 들리고서 열여덟 시간이 지났다. 그가 맡은 이상한 냄새는 바로 시신이 부패하는 냄새였다.

남자의 신고를 받아 니시나리 경찰서의 경찰이 출동했고 현장을 확인한 경찰은 이 사건을 살인 사건으로 판단했다.

소지품을 통해 피해 여성은 203호에 세 들어 살고 있던 25세의 스마 나쓰미 씨로 판명됐다. 목 부분을 칼에 베인 상처가 치명상이 되어 즉사했다. 한편 피해 남성은 34세의 구스바 미네타카 씨. 전부터 스마 나쓰미와 반동거 상태로 지내던 회사원이었는데 그는 가슴 부위를 칼이 깊숙이 파고든 상처가 치명상이었다.

집 안에는 몸싸움을 벌인 흔적이 있었지만 누가 집 안을 뒤지거나 물건을 훔쳐간 흔적은 없었다. 두 사람의 지

갑에도 손을 대지 않아서 경찰은 원한에 의한 살인으로 보고 수사를 이어 갔다. 현장에 흉기로 추정되는 등산용 나이프가 남아 있던 것도 원한 살인 가능성을 보충하는 증거가 되었다.

꼼꼼한 수사를 통해 전부터 집 주변을 어슬렁거리던 수상한 남자가 있었다는 제보를 받아 원한 살인 가능성은 더욱 커졌다.

그리고 탐문에서도 눈에 띄는 성과가 있었다. 스마 나쓰미는 올 1월부터 구스바를 집에 들였지만 그전에는 다른 남자와 교제했다는 정보였다.

수사 선상에 오른 사람은 야타가이 사토시. 시내 대형 마트에서 근무하는 35세 남자였다.

니시나리 경찰서가 야타가이를 찾아가 임의 동행을 요구하자 그는 망설인 끝에 경찰을 따라갔다. 야타가이의 진술에 따르면 그는 스마 나쓰미와 3년을 사귀었지만 작년 말에 그녀의 입에서 처음 헤어지자는 이야기가 나왔고 그날 이후 관계를 회복하기 위해 계속 대화해 왔다고 했다. 그러나 그의 말은 스마 나쓰미의 동료의 증언으로 백팔십도 뒤집혔다. 동료는 스마 나쓰미가 평소 야타가이와 사귀기는커녕 그에게 그저 스토킹을 당했을 뿐이라고 진술했다.

상황이 이렇게 되자 야타가이에 대한 심증은 최악이 되었다. 니시나리 경찰서는 사건을 스토커에 의한 살인 사건으로 보고 야타가이를 본격적으로 조사하기 시작했다.

야타가이는 알리바이를 주장했지만 뒷받침할 증거는 없었다. 그러기는커녕 경찰에 출두할 때 야타가이가 입고 온 점퍼에서 스마 나쓰미의 머리카락이 나와 혐의는 더욱 굳어졌다. 결국 야타가이는 두 사람을 살해한 혐의로 체포됐고 경찰은 자백 조서를 받지 못한 상태에서 사건을 검찰에 송치했다.

생전 스마 나쓰미에게서는 스토커 피해 신고가 접수되지 않았지만, 수집한 증언들을 봐도 사건은 망상에 시달린 야타가이의 잔인한 스토커 살인이었다. 언론은 곧장 선정적인 제목과 언뜻 봐도 수상해 보이는 야타가이의 사진을 사용해 사건을 보도했다. 하필이면 사건이 일어난 타이밍이 또 다른 스토커 살인 사건이 발생한 직후이기도 해서 여론이 즉시 들끓었고 야타가이에게 비난의 화살이 쏟아졌다. 그들의 분노는 곧장 수사를 담당하는 니시나리 경찰서와 오사카 지방 경찰청에 압력이 되었고, 수사본부가 야타가이 체포를 서두른 원인이 되기도 했다.

미하루는 진술서를 읽기 전부터 피의자 야타가이 사토시에게 혐오감을 품었다. 수사에 예단은 금물이지만 피해자와 같은 독신 여성으로서 야타가이를 용서하기가 어려웠다.

진술서를 다 읽자 그런 마음은 더욱 강해졌다. 경찰이 주도해서 쓴 조서라 피의자에게 불리하게 쓰인 것을 감안해도 조서에서는 야타가이의 이기적인 집요함이 눈에 띄었다.

스마 나쓰미가 손님으로 마트를 찾았을 때 야타가이는 그녀와 처음 만났다고 한다. 그 뒤로 두 사람이 사귀기 시작했다고 하는데, 주관적인 내용이어도 읽는 이의 눈에는 야타가이의 망상이 훤히 들여다보였다. 손님과 점원 사이인데도 이상하리만큼 싹싹하게 접근하는 태도, 갑작스러운 선물, 일방적인 억측.

결국 참지 못한 스마 나쓰미가 마트에 정식으로 불만을 접수했고 야타가이는 점장에게 불려 가서 주의를 들었지만, 그 일을 계기로 야타가이의 망상은 더욱 심해졌다. 조서에는 야타가이가 '원래 장애물이 많을수록 사랑은 더 뜨거워지는 법'이라고 진술했다고 적혀 있었는데, 그것은 객관적으로 보면 전형적인 스토커의 심리였다.

점장의 경고를 무시하고 야타가이의 스토커 행위는 갈수록 도가 심해졌다. 편지, 미행, 우편물 절도. 통신사에서 온 청구서를 보고 스마 나쓰미의 전화번호를 입수한 뒤로는 그녀의 핸드폰에도 전화를 걸어 대기 시작했다. 횟수는 무려 하루 평균 75회. 스마 나쓰미는 참지 못하고 결국 마트에 두 번째 불만을 접수했다.

재범에게는 정상 참작 여지도 없다. 특히 손님을 상대하는 서비스업에서 이런 종류의 클레임은 치명적이다. 마트는 즉시 야타가이를 해고했지만 그 일을 통해 되려 야타가이의 스토커 행위는 걷잡을 수 없어졌다. 이제는 할 일도 없으니 스물네 시간 내내 스마 나쓰미를 노릴 수 있게 된 것이다.

올해 접어들어 스마 나쓰미는 구스바와 반동거 생활을 시작했는데, 이는 야타가이의 스토커 행위를 견제할 목적도 있었다고 한다. 스마 나쓰미는 중견 금융회사에 다녔고 사진을 보면 외모도 제법 예뻐서 그녀가 보디가드를 대신해 구스바를 집에 들인 것도 이해 못할 일은 아니다. 문제는 피해자의 이런 방어 행위가 스토커에게는 더없는 발작 원인이 돼 버린다는 점이다. 이를테면.

"너무해……."

무심코 입에서 그런 말이 새어 나왔다. 소리 없는 집무실에서는 헛기침 소리조차 크게 울린다. 후와가 미하루 쪽을 돌아봤다.

"뭐가 너무하다는 거지?"

"야타가이라는 피의자의 이기적인 행동이요."

같은 여성으로서 분노와 곤혹스러운 감정이 부글부글 끓어올랐다. 스마 나쓰미는 정신적인 고통을 넘어 목숨마저 빼앗겼다. 세상이 살해당한 두 남녀에게 동정을 느낄 만하고, 피의자 야타가이 사토시에게 증오를 느끼는 것도 당연하다고 생각했다.

"피해자가 명백하게 거부 의사를 표시했는데도 피의자는 그녀의 태도를 줄곧 자신에게 유리하게 해석하며 졸졸 따라다녔어요. 심지어 장벽이 생길수록 더욱 비극의 주인공이라도 된 것처럼 굴었던 것 같아요."

"스토커라는 족속들은 원래 그래."

"남자들은 쉽게 생각할지 몰라도 같은 여자 입장에서 보면 이건 정말 크나큰 공포예요. 모든 행동을 자기에게 호의적으로 해석하는 거잖아요. 게다가 마지막에는 진짜 남자친구와 함께 살해되다니, 악몽이에요. 이 야타가이라는 남자는 나이가 서른다섯이라고 하는데 아마 정신 연령은 중학교 2학년보다 낮을 거예요."

미하루는 이야기하는 동안 머릿속에서 실감했다. 미하루는 말하면서 스스로 흥분하는 타입이다. 진술서를 읽을 때는 막연하던 분노는 이야기를 입 밖으로 꺼내자 명확해지는 것은 물론 더욱 커진다. 평소에는 참고 지냈지만 이번 일은 그야말로 남의 일 같지 않아 더욱 와닿았다.

"피의자의 기록도 읽었어요. 5년 전 상해 사건으로 한 번 실형 판결을 받은 적이 있네요."

"그게 뭐 어떻다는 거지?"

"그때도 원인은 엇나간 애정이었다고 해요. 당시 사귀던 여자가 바람을 피우느니 뭐니 하며 상대 남성을 일방적으로 구타해 전치 3주의 부상을 입혔대요. 그런데 재판 기록을 읽으니 이 역시 야타가이의 일방적인 억측이었다는 게 드러났어요. 결국 이 남자는 5년 전에도 비슷한 행동을 해서 실형 판결을 받았는데도 아무것도 배우지 못한 거예요."

"그래서?"

후와의 말투는 화가 치밀 정도로 평소와 똑같았다.

"피의자는 아직 두 사람을 살해한 사실을 인정하지 않았대요. 초건에서 검사님이 자백을 받으면 공판이 훨씬

편해지겠죠."

"편해서 뭐가 달라지나?"

"뭐가 달라지다니요?"

"여성들의 적인 피의자에게 합당한 처벌이 떨어질 테니 속이 시원해지나? 아니면 자네의 정의감이 충족되니 그에게 박수갈채라도 보낼 건가?"

표정이 바뀌지 않는 만큼 말이 더욱 차갑게 느껴졌다.

"저는 그저 앞으로 재판의 향방을……."

"그건 자네가 걱정하지 않아도 돼."

불쾌하게 느꼈는지 아니면 단순히 결론을 내린 건지도 가늠할 수 없어서 미하루는 대답을 망설였다.

"여성의 입장이나 피해자의 정신 연령 같은 건 이번 사건과 상관없어. 법정에서는 사소한 문제에 불과해."

그 말은 그냥 듣고 넘길 수 없었다.

"그 말씀은 좀 지나치지 않나요?"

"응, 지나치지 않아."

머릿속에서 경보음이 울리기 시작했다. 법률 지식이나 직업윤리 같은 면에서 후와에게 이길 수 있을 리 없다.

그러나 이것은 나 자신의 신념 문제다. 다른 직업도 마찬가지겠지만 특히 검사를 목표로 하는 사람이 자신이 생각하는 정의의 기준을 고민해서는 안 된다. 후와의 식견에 미치지는 못하지만 나에게도 정의에 대한 나름의 해석이 있고 지켜야 할 긍지도 있다.

"검사님은 여성들이 스토커 행위 때문에 공포를 느끼는 것만으로는 범죄가 되지 않는다고 말씀하시는 건가요? 실형을 받았는데도 또다시 재범을 저지른 야타가이를 어떻게 다뤄야 할지 아무 생각도 없으세요?"

"자네가 지금 열심히 부르짖는 건 법률가의 의견이 아니야. 저기 어디 길거리 찻집에 앉아 그날 뉴스에 대해 이러니저러니 떠드는 일반 시민들의 의견과 아무 다를 바 없지. 한마디로 쑥덕공론 수준이라는 말이야."

"쑥덕공론이라니요!"

"이번 사건에서 스토커 행위나 피의자에게 전과가 있는지는 문제의 핵심이 아니야. 피해 여성이 함께 살던 상대와 살해됐다는 사실만이 유일한 쟁점이지. 이번 사건이 피의자가 범행을 부인하는 부인 사건이라는 걸 모르나? 피해자의 입장과 피의자의 배경이 문제시되는 건 자백 사건에서 양형을 다툴 때뿐이야."

후와의 말에는 조금도 틀릴 게 없어서 역시 반론할 수 없다.

"누범이라는 사실도 집행 유예가 없는 중형 가능성을 높일 뿐이지 쟁점 자체에 직접 연관되는 건 아니야. 피해자가 여성이니 피의자가 재범이니 하는 것도 그저 감정적으로 용납하지 못해서 하는 말이지 사회 정의가 아닐뿐더러 법이 말하는 정의도 아니지. 법률이라는 건 가해자에게 공평하고 피해자에게도 공평해. 피해자의 성별 차이나 피의자의 정신 연령에 좌우되는 게 아니라는 말이야. 자네는 애초에 검사의 직무가 무엇인지 근본부터 오해하고 있는 것 같군."

"무슨 오해요?"

"검찰은 피의자에게 벌을 주는 기관이 아니야. 피의자의 위법 행위를 입증하고 추궁하는 것. 검사의 책무는 굳이 따지면 그 정도고, 피의자의 행위를 판가름해서 형량을 정해 벌을 내리는 건 판사의 임무라고. 우리는 법의 수호자이기는 하지만 집행자는 아니라는 말이야. 우리가 증오해야 할 것은 죄지, 그걸 저지른 인간이 아니야. 그런데도 피해자에게 과다하게 감정을 이입해 쓸데없는 징벌 의식을 지닌 상태로 법정에 임하는 것이야말로 유치한 정의감을 남용하는 행위지. 중학교 2학년 이하인 사람은 오히려 자네 아닐까?"

열기라고는 조금도 느껴지지 않는 주장. 이것이 바로 후와의 진면목이다. 격한 감정에 사로잡히지 않을뿐더러 요점만을 간략하게 설명하고 논리적으로 상대를 설파한다. 법정은 논리가 지배하는 곳이니 후와의 태도만큼 올바른 태도도 없다. 변호인이 감정을 얼굴에 드러내며 정에 호소해 봐야 후와의 변론 앞에서는 헛수고일 뿐이다.

"자네가 내 밑에 들어온 첫날에도 감정을 일일이 표출하는 사람은 이 일에 어울리지 않는다고 했을 텐데. 그 후로 한 달 가까이 흘렀는데도 아직도 내 말을 이해 못하고 있나?"

"검사는 독자적인 정의의 기준을 지녀서는 안 된다는 말처럼 들리네요."

"누가 그런 말을 했지? 나는 그저 자네의 정의라는 건 육법전서 위에서 성립하지 않는다고 했을 뿐. 피해자와 피의자의 입장에서 이리저리 휘둘리는 게 정의라고 생각하나? 그런 건 정의도 뭣도 아니야. 그저 한 개인의 취향이고 저속한 가치관일뿐더러 변덕스러운 징벌 의식에 불과해. 정의의 이름을 빌린 가학 욕구로 바꿔 말해도 좋겠군. 그걸 고치지 못할 거면 지금도 늦지 않았으니 다른 일을 찾는 게 좋아."

이런 말을 눈썹 하나 까닥하지 않는 상대에게서 한 번도 쉬지 않고 들으면 반박할 말을 찾지 못하는 것은 물론 의지까지 꺾인다. 악의나 상대를 모욕할 의도도 없는 상대에게 나 자신의 성적표를 스스로 드러낸 거나 마찬가지라 자기혐오에 빠질 수밖에 없다.

미하루는 속으로 끙끙 앓으며 수사 자료를 끝까지 읽었다. 상황 증거를 정리하면 피해자의 머리카락이 유일한 물증이다. 수사본부는 검찰 송치 뒤에도 수사를 이어 가고 있다지만 과연 공판 전에 새로운 증거가 나올 수 있을까. 혹은 후와는 야타가이의 자백을 받아 낼 수 있을까.

동기, 기회, 방법. 범죄 행위를 구성하는 3요소다. 이 세 가지가 갖춰지면 적어도 공판을 이어 갈 수는 있다.

야타가이의 경우 알리바이가 없으니 3요소가 갖춰졌다. 이다음은 각각을 보완하기 위한 재료를 얼마나 마련할 수 있느냐에 따라 공판의 추세가 정해진다. 후와는 지금 무엇을 노리고 어떤 계획을 세우고 있는 걸까.

미하루는 만약 자신이 담당 검사라면 어떻게 사건을 진행할지를 떠올리며 파일을 닫았다. 후와에게 돌려주려고 책상에 다가가자 그가 읽는 서류가 눈에 들어왔다.

순간 기이한 느낌에 휩싸였다.

서류는 미하루에게도 낯익은 것이었다. 야기사와 다카히토 사건. 그는 그 사건의 물증 전체에 숫자를 매겨 놓고 있었다.

"검사님. 그 건에 아직도 문제가 남은 건가요?"

"세 가지 증거가 아직 발견되지 않았지."

후와가 말하는 세 가지 증거란 다음과 같다.

A-23. 현장에서 수집한 야기사와 다카히토의 머리카락.

A-24. 현장에서 수집한 야기사와 다카히토의 것으로 추정되는 발자국(사진).

A-25. 현장에서 수집한 흙.

"하지만 검사님. 야기사와 다카히토는 범인이 아니라는 게 증명됐잖아요. 분실된 증거들도 이미 존재 가치를 잃었어요. 이제 와서 그걸 되짚으시려는 거예요?"

가만히 있기만 해도 바쁜 마당에 왜 그런 것에 집착하는 걸까.

"번호와 내용물을 대조해서 알아낸 게 있어. A-23부터 A-25까지는 다른 상자에 보관돼 있었더군. 다시 말해 이 세 가지가 아니라 상자를 통째로 잃어버렸다는 의미야."

"……분실됐다는 사실에는 변함없지 않나요?"

후와는 대답하지 않은 채 다시 서류를 내려다봤다.

미하루는 그가 무슨 생각을 하는지 더욱더 알 수 없어졌다.

초건까지는 아직 시간이 있다. 미하루는 휴식을 받고 한숨 돌리기 위해 집무실을 나갔다. 각진 글자와 법률 용어만 잔뜩 읽다 보니 아직 젊은데도 눈이 피로했다.

후와는 아침부터 한시도 쉬지 않고 기록을 읽고 있다. 물론 익숙하기도 하겠지만 집중력이 그야말로 대단하다. 보통 사람은 흉내도 낼 수 없을 것이다.

벽에 몸을 기댄 채 천장을 올려다보고 있자 복도 건너 편에서 누가 말을 걸어 왔다.

"미하루 씨. 고생이 많네."

손을 흔들며 다가온 사람은 니시나 과장이었다.

"휴일 근무라 힘든 건 아는데 그래도 그런 표정은 짓지 않는 게 좋아."

"네? 제 표정이 어땠는데요?"

"마치 여자의 청춘을 일에 빼앗겼다는 표정. 그 표정이 그대로 얼굴에 가면처럼 새겨지면 어쩌려고 그래. 아무리 부검사를 목표로 한다고 해도 그런 것까지 흉내 낼 필요까지는 없어."

"흉내 내는 게 아니에요."

"그 밑에 들어간 지 한 달인데 이제는 좀 익숙해졌어?"

"무반응에는 많이 익숙해졌죠."

"그것만으로도 대단해. 나도 지금껏 그 사람 앞에서는 긴장하니까. 어디서 어떻게 점수가 깎이지는 않을까 걱정하다 보면 정말 한도 끝도 없어. 그러면서 정작 상대에게는 단 1밀리미터의 빈틈도 보이지 않으니 반격도 못하지. 후와 검사와 둘이서만 집무실에서 있으면 얼마나 숨이 막힐까."

문득 떠올랐다. 당사자한테는 묻지 못해도 니시나에게는 물을 수 있다.

"후와 검사님은 독신인가요?"

그러자 니시나의 표정이 갑자기 험악해졌다.

"미하루 씨…… 설마 후와 검사님을 채 가려고 그래?"

"말도 안 돼요. 그냥 궁금해서 그래요. 저런 분과 함께 사는 사람은 얼마나 인내심이 강할까 해서요."

"아마 독신일 거야. 본인 입으로는 절대 그런 이야기를 하지 않으니 자세한 건 모르지만. 이혼 경력이 있는지도 불명확해."

그 말에는 미하루도 납득할 수밖에 없었다. 다른 기관이나 민간 기업은 다를지 몰라도 검사의 집안 사정이나 불륜 등의 이야기가 직원들 사이에서 도는 경우는 극히 드물다. 어디선가 함구령이 떨어진 것이 아닐까 의심될 정도다.

"총무과장님도 그 정도밖에 모르시다니."

"애초에 그 사람은 원체 남들과 잘 엮이지 않으니까. 상사가 술자리에 참석하라고 해도 늘 일 핑계를 대며 도망친다고 해. 그런데 정말로 남아서 일을 하는 게 사실이니 상사도 뭐라고 할 수는 없는 노릇이지."

미하루는 꼭 후와가 아니어도 검사들과 얼굴을 맞대고 술 마시는 자리에는 참가하고 싶지 않았다.

최근 한 달 동안 절실히 느낀 것이 바로 검사들 사이의 갈등이었다. 상대의 빈틈이 보이면 어떻게든 공격하고 발목을 붙잡으려는 이들이 너무 많다. 윗자리가 부족하다는 사정도 관련이 있겠지만, 이들은 동료 중 누군가가 실수를 저지르면 반드시 뒤에서 비웃는다. 그리고 누군가가 공을 세우면 하루 종일 언짢아한다. 복도에서 스쳐 갈 때는 인사도 잘 나누지 않는다. 뒤에서 그림자처럼 따라붙는 사무관들이 대신 서로 고개를 숙인다.

"정말 사소한 것까지 일일이 신경 쓰는 사람이니까. 같이 살 부인도 엄청 갑갑하겠지."

"사소한 것까지 신경 쓴다는 말은 동감이에요. 아까도 이미 불필요해진 증거물들을 조사하고 계시더라고요."

"그게 무슨 소리야?"

미하루가 대충 설명하자 니시나는 고개를 살짝 갸웃거렸다.

"흐음. 그건 왠지 수지 타산이 안 맞는 느낌인데."

"네? 하지만 꼼꼼한 성격이니 어쩔 수 없죠."

"꼼꼼한 것과 효율은 달라. 후와 검사는 분명 자잘한 것도 철저히 조사하는 타입이지만, 쓸모없어진 것들은 곧잘 버리기도 하거든. 어디에 어떻게 힘을 쏟으면 가장 큰 효율을 얻을 수 있는지를 늘 계산하고 있어. 그러지 않으면 그렇게 많은 안건을 소화하지도 못해."

"그건 그렇겠죠. 그럼 증거물 분실 책임을 다이쇼 경찰서나 오사카 지방 경찰청에 물을 생각일까요?"

"음, 다른 부서의 실수를 일일이 따지고 들며 소중한 시간을 낭비하는 사람이었다면 지금 자리보다 훨씬 더 높은 자리에 올라가 있겠지."

"……그 말씀도 맞네요."

"미하루 씨. 그 건은 당분간 유심히 지켜보는 게 좋을 것 같아."

니시나는 의미심장하게 목소리를 낮췄다. 미하루도 덩달아 목소리가 작아졌다.

"왜죠? 혹시 후와 검사님이 뭔가 못된 꿍꿍이라도……."

"아니, 그 반대야. 그 사람이 하는 일은 항상 뭔가 의미가 있으니까. 그런데 도중에는 다른 사람들은 잘 깨닫지 못하고 결국 마지막에 가서야 알 수 있어. 당사자가 워낙 그런 걸 잘 드러내지 않아서."

"흐음."

"만약 미하루 씨가 진지하게 부검사를 노린다면 이번 기회에 후와 검사의 일 처리와 사고방식을 확실히 배워두는 게 좋을 거야. 반드시 도움이 될 테니."

2

야타가이의 초건은 오후 1시 정각부터 시작됐다.

형사 세 명이 야타가이를 집무실에 데려왔다. 세 형사 모두 오사카 지방 경찰청 소속으로 경찰차 한 대에 야타가이와 함께 타고 왔다고 했다.

　그 사실 하나만으로도 경찰청이 이번 사건을 엄중히 보고 있다는 것이 잘 드러났다. 세간을 떠들썩하게 한 스토커 살인 사건. 행복한 젊은 커플의 미래를 짓밟아 버린 악랄한 피의자. 아무리 증오해도 부족하지 않을 인간쓰레기. 그러나 오사카 지방 경찰청과 니시나리 경찰서는 지금껏 결정적 증거를 입수하지 못했고 피의자가 범행을 부인하는 상황에서 검찰에 사건을 송치할 수밖에 없었다. 수사본부에는 기대를 배신당한 시민들의 항의 전화가 빗발쳐서 일상 업무에 지장을 초래할 정도였다고 한다.

　앞으로 수사를 이어 간다고 해도 주도권은 이미 검찰로 넘어갔다. 수사본부로서는 담당 검사 후와의 실력에 의지하고 싶을 것이다. 무엇보다 후와는 기대에 부응할 만한 실적을 갖췄다.

　"앉으세요."

　후와의 지시를 듣고 포승줄에 묶인 야타가이가 자리에 앉았다.

　서른다섯 살이라고 했는데 미하루의 눈에는 조금 더 젊어 보였다. 아니, 젊다기보다 어려 보인다고 하는 게 적절할 것이다. 날라리인 척하는 어린 학생이 갖은 고생을 겪다가 얼굴에 주름살이 생겨 버린 느낌이었다.

한눈에 봐도 싸구려임을 알 수 있는 점퍼와 오래 입어서 해진 청바지. 운동화는 대기업 제품이지만 손질하지 않아서 몹시 볼품없어 보였다.

"야타가이 사토시, 35세. 주소는 오사카시 나니와구 시키쓰 45-3. 맞습니까?"

"맞습니다."

"당신은 4월 15일 오후 11시 30분경 니시나리구 기시노사토에 있는 '그랑카사르 기시노사토' 203호에 들어가 당시 집 안에 있던 구스바 미네타카 씨와 스마 나쓰미 씨를 공격했습니다. 들고 온 등산용 나이프로 스마 씨의 목 부근을 찔렀고 구스바 씨의 가슴을 깊게 베어 사망케 했습니다."

"그건 아니에요!"

"이야기를 끝까지 들으십시오. 당신은 두 사람을 살해한 뒤 흉기인 등산용 나이프를 그곳에 버렸습니다. 장갑을 끼고 온 덕에 지문이 묻지 않았기 때문이죠. 두 사람이 죽은 걸 확인한 당신은 집을 나가 주택 계단을 조심스럽게 내려갔습니다. 늦은 밤이었어도 다른 집 창문에서 불빛이 새어 나왔고 누가 듣지는 않았을까 신경 쓰였겠죠.

스마 씨 집에는 이미 그전에도 다양한 시간대에 여러 번 찾아간 덕에 헤매지 않고 행동할 수 있었습니다."

"아니라고요."

"스마 씨의 집에 여러 번 찾아간 건 3년 전 그녀와 처음 알게 된 날부터 시작된 스토커 행위 때문입니다. 당신은 자신이 스마 씨와 사귀고 있다고 생각했지만 실제로는 일방적인 감정이었고 그녀의 핸드폰 번호도 우편함에서 훔친 통신사 청구서를 통해 알게 됐습니다."

그 이야기는 사실인지 야타가이는 침묵했다.

"당신이 근무하던 대형 마트에 스마 씨가 찾아올 때마다 당신은 끈질기게 그녀에게 접근했고 갑작스럽게 선물을 주기도 했습니다. 뭔가 이상한 낌새를 느낀 스마 씨의 불만 신고로 당신은 점장에게 불려 가 질책을 들었는데도 스토커 행위를 멈추지 않았습니다. 오히려 더 집요해졌죠. 우편물 절도, 미행, 수차례의 문자 발신."

야타가이는 고개를 푹 숙인 채 후와의 이야기에 가만히 귀를 기울이고 있다. 살인은 차치하고 스토커 행위는 증거와 목격자가 모두 존재하니 이를 부정하면 검찰이 살인을 부인하는 것마저 허위로 받아들일 수 있다고 판단했을 것이다.

미하루는 그런 그의 모습이 비겁해 보였다. 일방적이고 이기적인 망상에 사로잡혀 사람을 둘이나 죽인 주제에 반성하는 기색이라고는 눈곱만치도 없다.

조금 전 후와는 피해자의 입장을 고려해 이리저리 생각이 뒤바뀌는 건 정의가 아닌 단순한 사적 취향, 또는 비겁한 가치관, 그게 아니면 변덕스러운 징벌 의식이라고 잘라 말했다. 듣고 보면 그런 측면이 있다는 건 부정할 수 없다. 그러나 동시에 야타가이 같은 범죄자를 눈앞에 두고 있을 때 느끼는 분노도 부정할 수는 없다.

미하루는 호기심만 가득한 구경꾼이 아닐뿐더러 사적 보복을 예찬하는 사람도 아니다. 그러나 야타가이의 손에 원통하게 세상을 등진 두 사람의 한을 풀어 주고 싶었다. 이런 마음이 비겁한 가치관이나 변덕스러운 징벌 의식이라면 감정이라고는 없는 공명정대한 자만이 정의를 수행할 수 있다는 말이 된다.

그럴 수 있는 존재는 오직 신뿐 아닐까.

"처음에만 해도 당신은 스마 씨와 대화를 나누는 것만으로 만족했습니다. 그녀와 만날 수 있는 것만으로도 좋았겠죠. 그러나 올해 들어 스마 씨는 구스바 미네타카라는 남자를 집에 불러 반동거 생활을 시작했습니다. 당신은 그녀에게 배신당했다고 느끼지 않았습니까?"

"그야 당연하죠."

야타가이가 서서히 고개를 들었다.

"제가 그렇게 정성을 기울였는데도 그녀는 저를 무시했습니다. 그것도 모자라 제게 보란 듯이 남자를 집 안에 불러들이기까지 했죠. 아무리 저와 갈등이 있었다고 해도 그건 너무 심하잖아요?"

수없이 반복해 온 스토커 행위를 '갈등'이라고 표현하는 것도 당황스럽지만, 그걸 넘어 오히려 자신이 피해자인 척하는 모습에는 분노를 넘어 어이가 없었다. 대체 얼마나 이기적이어야 만족하는 걸까.

"스마 씨와 구스바 씨에게 살의를 품은 건 인정하시는군요."

"아뇨. 살의 같은 건 없었어요. 저는 원래 성격이 온순한 편이고 서로 터놓고 대화를 나누다 보면 스마 씨도 제 마음을 이해해서 결국 그 남자와 헤어질 거라고 믿었으니까요."

"대화 말인가요. 그렇다면 왜 4월 15일 밤에 등산용 나이프를 들고 그녀의 집에 간 겁니까?"

"그런 건 들고 간 적 없어요."

"스마 씨의 집에 간 사실은 인정합니까?"

"집에도 가지 않았어요."

역시 살인만은 부인할 작정인 듯하다.

"검사님, 제 이야기 좀 들어 주십쇼. 저는 스마 씨를 진심으로 사랑했습니다. 그런 제가 그녀를 죽일 리 없잖습니까."

"그렇다면 당신은 무슨 목적으로 4월 15일에 스마 씨의 집에 갔습니까?"

"안 갔다니까요!"

야타가이가 처음으로 흥분하는 모습을 보였다.

"물론 그 집에는 여러 번 가 봤어요. 스마 씨를 만나려고요. 하지만 4월 15일에는 가지 않았습니다. 그건 경찰에서 조사받을 때도 담당 형사님께 확실히 말했다고요."

야타가이의 목소리에 항의가 섞여 있다. 경찰서에서 느낀 억울함을 검찰에서 풀려는 걸까.

그와 함께 온 형사가 무뚝뚝한 얼굴로 야타가이를 노려보고 있다. 수없이 들어 익숙해진 거짓말을 또다시 억지로 듣고 있다는 눈빛이다.

이번 수사본부는 세 형사를 검찰 조사에 참관시키려 했다. 그것을 후와가 거부해 한 명만 남게 되었다.

"그렇다면 사건 당일 오후 11시 30분경에 당신은 어디서 뭘 하고 있었습니까?"

"싸우고 있었어요. 난바에서 취객이 시비를 걸어서 맞붙었죠. 구경꾼 중 한 명이 경찰을 불러서 얼마 안 돼 경찰이 왔으니 기록도 남아 있을 거예요."

만약 그 말이 사실이라면 이 이상 확고한 알리바이도 없다. 무엇보다 경찰이 증인인 셈이다.

"그 취객과 함께 파출소에 갔습니까?"

"아뇨. 아시다시피 저는 이미 전과가 있는 몸이라 또 경찰서에 가면 안 될 것 같아서 경찰이 오기 전에 도망쳤어요. 그때 저랑 싸운 그 취객은 붙잡혀서 파출소에 끌려갔을 거고요."

뒤에서 듣고 있던 형사가 쓴웃음을 지으면서 손사래를 쳤다.

물론 수사본부가 조사하지 않았을 리 없다. 그러나 난바에 있는 모든 파출소의 당일 사안 대응 기록을 확인해봤지만 보고된 사안은 없었다. 난바 주변은 환락가라 하루에 일어나는 트러블이 한두 건이 아니지만 수사본부에 접수된 보고에서도 야타가이의 증언과 일치하는 내용은 발견되지 않았다.

오사카 시민이라면, 그리고 다이고쿠초에 사는 사람이라면 난바가 그런 종류의 크고 작은 사건이 끊임없이 일어나는 지역임을 누구든 알고 있다. 그러니 야타가이도 이야기를 대충 날조해서 속일 수 있겠다고 판단한 것 같은데 그야말로 안일한 생각이다.

"안타깝지만 그런 사실은 보고된 바 없습니다."

"그럴 리 없어요! 다시 한번 확실히 확인해 주세요."

"그때 싸움이 일어난 장소와 상대의 외모를 정확히 기억합니까?"

그러자 야타가이는 이맛살을 찌푸리며 기억을 더듬는 듯했다.

"장소는 도구점 거리에서 일직선으로 쭉 가면 나오는 난바 그랜드가게쓰 건물 앞 좁은 골목이에요. 상대 남자는 나이가 50대로 보이는 회사원이었는데, 저한테 시비를 걸 때부터 이미 거나하게 취해 있었죠. 정수리 쪽 머리가 벗어져 있었고…… 외형상 눈에 띄는 특징은 그 정도겠네요."

센니치마에에 있는 도구점 거리는 이름대로 요리 도구나 주방 기구 전문점이 늘어선 상점가인데 옆 골목길에 크고 작은 음식점이 많다. 오전부터 오후에 걸쳐 사람이 넘쳐나는 곳이지만 저녁 8시에 점포들이 문을 닫으면 사람 왕래도 급격히 줄어든다. 증인이 될 만한 사람이 별로 없으니 11시 이후 일어난 일을 날조하기에 안성맞춤인 곳이기도 하다. 야타가이가 그 사실을 모를 리 없다.

조금 전 쓴웃음을 지으며 손사래를 치던 형사가 이번에는 고개를 절레절레 흔들었다. 얼굴에 적당히 하라고 적혀 있다.

"그럼 15일에 당신은 스마 씨의 집에 가지 않았다는 말이군요. 그렇다면 경찰에 임의 동행했을 때 왜 당신이 입은 점퍼에 스마 씨의 머리카락이 남아 있었죠?"

"그건 15일 전에 스마 씨와 접촉한 적이 있어서예요."

"언제, 어떤 식의 접촉이었습니까?"

"사건이 일어나기 전날이었던 것 같네요. 스마 씨가 집에 돌아가는 길에 그녀에게 다가가 꼭 껴안아 줬습니다. 놀란 스마 씨가 살짝 발버둥을 쳤는데 아마 그때 붙었을 겁니다."

미하루는 이제는 입에서 신물이 났다.

꼭 껴안아 주다니. 24시간 뒤를 졸졸 쫓아다니는 스토커가 느닷없이 나타나 껴안으려 든다면 누구든 놀라서 저항할 것이다.

진술을 들으면 들을수록 야타가이에게 품었던 선입견이 더 강해지는 느낌이었다. 진술 내용을 컴퓨터에 입력하면서 마음이 점차 어둡게 가라앉았고 이내 부글부글 끓어올랐다.

그러나 후와는 여전히 냉철했다.

"14일에 스마 씨와 접촉했다는 말인데 당신이 경찰의 임의 출두에 응한 건 18일입니다. 그렇다면 나흘 동안 점퍼는 한 번도 털거나 세탁하지 않은 겁니까?"

"그건…… 네, 그랬던 것 같네요."

그야말로 비겁한 변명이다. 뒤에 있던 형사가 또다시 쓴웃음을 지었다.

집무실 안에 감도는 분위기를 느꼈는지 야타가이가 조금씩 흥분하기 시작했다.

"검사님. 제 말을 믿어 주세요. 저는 두 사람을 죽이지 않았습니다. 알리바이도 있잖습니까. 사건을 다시 한번 확실히 조사해 주셨으면 합니다."

야타가이는 몸을 앞으로 내밀려고 했지만 형사가 포승줄을 쥐고 있어서 그런지 어중간하게 그쳤다. 미하루의 눈에는 마치 살처분을 기다리는 들개의 저항처럼 비쳤다.

"말하지 않아도 조사하는 게 제 일입니다. 야타가이 씨 자신을 걱정하는 게 더 좋을 것 같네요. 변호인은 구했습니까?"

"아직이요."

"오사카 변호사회에는 4천 명의 변호사가 등록돼 있습니다. 지검이 직접 알선해 드릴 수는 없지만 경제적으로 여유가 있다면 돈을 좀 내더라도 우수한 변호사를 쓰는 게 좋을 겁니다."

그러더니 후와는 "다만" 하고 미리 못을 박듯 말했다.

"누구를 쓰든 결과는 별로 달라지지 않겠죠."

아연실색하는 야타가이를 거들떠보지도 않고 후와는 형사 쪽을 봤다.

"오늘은 이것으로 마치겠습니다. 데려가 주십시오."

형사가 야타가이를 데려간 뒤에도 미하루는 후와에게서 눈을 뗄 수 없었다.

피의자에게 던진 마지막 한마디. 미하루는 가슴이 후련해졌지만 평소 신중을 거듭하는 후와의 입에서는 좀처럼 듣기 어려운 말이다. 얼굴에 드러내지 않았어도 그 스토킹 범이 스스로 자신이 저지른 죄를 참회하길 바라는 걸까.

미하루는 갑자기 후와가 아주 약간 친근해졌다.

"조금 전에 하신 말씀을 듣고 놀랐어요."

"무슨 말?"

"검사님이 그렇게 선전포고하시는 모습은 처음 봤으니까요."

"무슨 말인지 잘 모르겠는데."

표정에서는 읽을 수 없지만 농담이나 겸손으로 하는 말은 아닌 듯하다.

"어떤 변호사를 골라도 결과는 별로 달라지지 않을 거라 하셨잖아요."

"다른 뜻은 없어. 일본에서 형사 사건의 99.9퍼센트는 유죄 판결이 떨어진다는 걸 그대로 설명했을 뿐."

과연 그럴까. 미하루는 속으로 의심했다. 후와는 절대 쓸데없는 말과 행동을 하지 않는다. 니시나가 말한 '효율주의자'라는 표현이 정확할 것이다. 그런 사람이 상식으로 통하는 이야기를 굳이 피의자에게 알릴까.

"지금 상황에서는 증거 불충분이네요."

검사는 피의자의 검찰 송치 이후 스물네 시간 안에 기소 여부를 결정해야 한다.

수사본부가 열심히 수집한 증거 중에 결정적인 것은 없다. 우선 범행 현장에서는 야타가이의 것으로 추정되는 증거물은 발견되지 않았다. 머리카락, 체액, 지문, 발자국은 전부 스마 또는 구스바의 것이었다. 흉기로 쓰인 등산용 나이프는 카라비너라고 불리는 것으로 꼭 스포츠용품 전문점이 아니어도 마트 등지에서도 흔히 구할 수 있는 싸구려 제품이고 심지어 흉기에서는 지문도 나오지 않았다. 시중에 많이 유통된 물건이라 제조원으로 마지막 사용자를 되짚는 것도 사실상 불가능하다.

목격자 문제도 있다. 현장 주변의 집을 일일이 찾아가도 당일 스마와 구스바의 목소리를 들은 사람은 206호실 남자뿐이었고 그 밖의 다른 수상한 사람을 봤다는 사람은 나타나지 않았다.

게다가 스마 나쓰미가 야타가이의 스토커 행위를 신고하지 않은 점도 마이너스 요인이다. 위기의식이 부족했는지 아니면 단순히 경찰을 싫어했는지 몰라도 비극적인 결말을 맞기 전까지 스마가 관할 경찰서에 피해를 호소하거나 상담한 기록은 없었다. 야타가이의 행위가 비겁하고 반사회적이었다는 것은 제삼자의 증언과 스마의 스마트폰에 남은 기록으로 입증할 수 있지만 피해 신고서 같은 공적 기록에 비할 바는 못 된다.

그러나 스마가 피해 신고서를 제출했다면 이번에는 관할 경찰서의 허술한 대응이 문제시됐을 테니 진퇴양난 같은 측면도 있다.

이런 상황에서 미하루는 야타가이가 범행을 저질렀을 가능성이 크다고 보지만 그가 범인임을 나타내는 직접 증거가 없는 이상 정말로 우수한 변호인이 그쪽에 붙으면 형세가 뒤집힐 확률도 있다.

물론 후와는 조금도 개의치 않는 듯했다.

"상관없어."

"그런가요."

"검찰에 송치된 시점에 이미 검찰 안건이야. 증거가 충분하든 충분하지 않든 이길 수 있도록 공판 전에 준비해 둬야지."

그것은 바꿔 말하면 공판을 유리하게 끌고 가기 위해 또다시 후와의 독자 조사가 필요하다는 뜻이다. 그리고 그때는 당연히 미하루가 검찰 사무관 증표를 들고 후와 옆을 따라다녀야 한다.

후와는 대체 어디서 뭘 조사할 생각일까.

미하루가 골똘히 떠올리고 있을 때 후와의 책상 위 전화기가 울렸다.

사무관인 미하루가 아니라 후와에게 직접 전화가 걸려오는 건 긴급한 용건임을 뜻한다.

"네, 후와입니다."

반가운 전화인지 그렇지 않은 전화인지도 가늠할 수 없다. 미하루가 긴장하고 있자 후와는 통화를 마치고 아무렇지 않게 수화기를 툭 내려놓았다.

"차장 검사님이 부르는군."

평소에는 드문 일이다. 무슨 일인지 궁금해할 새도 없이 후와가 미하루에게 지시했다.

"같이 가 줘."

"네? 제가요? 혹시 차장 검사님이 저도 데려오라고 지시하셨나요?"

"아니, 내 지시야."

차장 검사의 집무실은 후와의 집무실보다 조금 더 넓었다. 이따금 피의자 조사에도 쓰이는 집무실과 달리 차장 검사의 집무실은 집기와 인테리어도 한 단계 위의 것들로 채워져 있었다.

"어라? 사무관도 데려왔습니까? 나는 후와 검사님만 부른 것 같은데요."

"검사와 사무관은 한 몸이니까요. 문제가 될까요?"

평온하면서도 반박을 허락하지 않는 듯한 말투에 상대도 그 이상 말을 보태지는 않았다.

오사카 지검의 차장 검사 사카키 무네하루.

재단이 잘된 양복과 온화한 성격이 엿보이는 풍모. 아무 예비지식도 없이 처음 만나는 사람은 이 남자가 오사카 지검의 넘버 투라고는 생각하지 못할 것이다.

그러나 오사카 지검의 차장 검사라면 검찰 관계자 중에는 모르는 사람이 없다. 특히 사카키는 몇 년 전 일어난 특수부 주임 검사의 증거 조작 사건을 계기로 쇄신된 인사의 핵심이었고, 그는 부임하자마자 오사카 지검의 업무 전반과 지휘 계통을 철저히 재검토했다. 지검장을 돕는 기존 직무는 물론이거니와 기자 회견 자리에는 지검 대표로 참석하니 그야말로 오사카 지검의 얼굴이라 할 수 있는 인물이다.

검사로서 이토록 얼굴과 이름이 안팎으로 알려진 사람은 그를 제외하고는 도쿄 지검의 미사키 교헤이 차장 검사 정도일 것이다. 사법 관계자들은 두 사람을 흔히 '동쪽의 미사키, 서쪽의 사카키'라고 부르고, 남 이야기를 좋아하는 호사꾼들은 뒤에서 우스갯소리로 '귀신 같은 미사키, 부처 같은 사카키'라고 평가한다고 한다. 그러나 사카키가 정말로 부처인지 아닌지는 의견이 갈릴 것이다. 그가 미소 띤 얼굴로 처분을 지시한 검사와 직원이 양손을 다 합쳐도 부족하다는 것이 한결같은 소문이었다.

사카키가 권해서 후와는 그의 맞은편에 앉았다. 미하루는 후와의 그림자가 되어 그 뒤에 섰다.

"듣자 하니 그 니시나리 사건, 초건을 이미 다 마쳤다던데요."

"바로 조금 전 마쳤습니다."

"검사님의 심증은 어떻습니까?"

"피의 당사자의 심증을 언급하기 이전에 니시나리 경찰서와 오사키 지방 경찰청의 수사 내용에 부족한 점이 있더군요."

"시간상의 제약 때문에 어쩔 수 없는 부분도 있었을 겁니다. 특히 이번 사건은 여러 방면에서 사건의 조기 해결을 요구하는 목소리가 터져 나온 탓에 수사본부의 의욕이 조금 앞서기도 했겠죠."

"범죄를 수사하는 쪽에서 의욕이 앞서면 좋을 게 있을까요?"

"졸속 일 처리도 꼼꼼히 살피면 장점은 있기 마련입니다. 일단 수사 착수와 진행이 빠르면 비난이 나오기 어렵죠. 특히 여론의 눈과 귀가 쏠리는 사건에서는 빠른 일 처리가 평가 기준이 되는 경우가 종종 있습니다."

"사법에 대한 신뢰를 쌓는다는 의미에서는 그 말씀도 일리가 있다고 생각합니다. 다만 졸속 일 처리 때문에 만들어지는 구멍은 그만큼 더 커집니다. 나중에 그 구멍을 메울 사람의 수고를 고려하면 별로 권장할 건 아닌 것 같은데요."

미하루는 두 사람의 대화를 들으면서 점차 호흡이 가빠졌다.

언뜻 신사적으로 대화를 나누는 것처럼 들리지만 수사 방침에 대한 옳고 그름을 놓고 치열하게 맞부딪히고 있다. 게다가 차장 검사인 사카키가 수사본부를 편드는 것처럼 이야기하는데도 후와는 한 치도 주눅 들지 않고 원리 원칙을 주장하고 있다. 자기보다 위에 있는 사람 앞에서 보일 태도는 아니다. 두 사람 사이에 왠지 불꽃이 튀는 것처럼 보이기도 했다.

"차장 검사님께서 오늘 저를 부르신 건 제 수사를 독려하기 위해서인가요?"

"저희 지검의 에이스를 제가 따로 불러서 독려할 필요는 없겠죠. 애초에 제가 독려해 봐야 후와 검사님은 수사에 필요한 시간과 방법을 전부 파악하고 있을 테니까요. 아, 이건 괜히 추켜세우려고 하는 말은 아닙니다. 지검장님과 저의 공통된 인식이에요."

"감사합니다."

역시나 만만치 않은 상대다. 오사카 지검의 수장과 넘버 투가 입을 모아 좋게 평가하고 있다는 말을 들으면 후와도 지검의 방침을 아예 무시할 수 없어진다. 다시 말해 좋은 평가를 통해 상대를 구속하는 수법이다.

갑자기 사카키의 말투가 바뀌었다.

"실은 지검장님도 이번 안건을 주의 깊게 지켜보고 계십니다. 꼭 여론의 눈과 귀가 쏠린 중대 사건이라서가 아니라 증거 불충분이라는 불리한 조건을 우리 지검이 과연 어떻게 뛰어넘을 것인지를 궁금해하시더군요. 여론의 징벌 의식은 어느새 지검에 대한 기대로 바뀌었습니다. 이는 다시 말해 만에 하나 감형이나 무죄 판결이 떨어지면 여론과 언론의 비판이 우리 지검에 집중될 거라는 뜻입니다. 굳이 말할 것도 없겠지만 비판을 두려워하는 것은 아닙니다. 다만 재판에서의 패배로 지검에 대한 신뢰, 더 나아가 사법에 대한 신뢰가 흔들리는 상황을 염려하시는 겁니다."

비장한 이야기처럼 들리지만 미하루에게도 그 말에 담긴 또 다른 함의가 읽혔다. 지검장과 사카키는 현재 다음

직위를 눈앞에 두고 있다. 이대로 별일 없이 순조롭게 시간이 흐르면 내년 인사에서 지검장은 고검 차장 검사로, 그리고 사카키는 어느 지검의 지검장으로 승진할 것이다.

다만 이는 모든 일이 순조롭게 풀릴 경우의 이야기다.

재판에서 단 한 건 패배한다고 해서 그것이 지검장과 차장 검사 인사에 영향을 미칠 가능성은 작다. 그러나 경력에는 명백한 오점으로 남는다. 다음 직위를 눈앞에 둔 자로서는 아주 작은 불안 재료도 없애고 싶을 것이다.

그러니 이번 건은 평소보다 더욱 패배가 용납되지 않는다. 다른 관점에서 보면 그런 이유로 후와를 담당 검사로 임명했다고 추측할 수도 있다.

"물론 후와 검사님이 사건을 맡은 이상 그런 식의 '만에 하나'는 없겠지만, 그만큼 무거운 사명을 지고 있다는 걸 알아 주셨으면 합니다. 오늘 이곳에 검사님을 부른 건 그런 이유 때문입니다. 이해하시겠습니까?"

"네. 잘 알겠습니다."

"그럼 가 봐도 됩니다."

후와는 가볍게 고개를 한 번 숙이고 곧장 등을 돌렸다. 미하루도 인사하고 서둘러 후와를 뒤쫓아 갔다.

미하루는 집무실에서 나가 종종걸음으로 후와에게 다

가가 옆에 나란히 섰다.

"검사님, 하나만 여쭤도 될까요?"

"뭐지?"

"저를 데려오신 이유가 뭔가요? 검사님은 차장 검사님이 무슨 말을 꺼낼지 미리 아셨을 것 같은데요."

"그래서?"

"용건을 예상하고 저에게 같이 가 달라고 하신 건 현재 오사카 지검이 처한 상황을 저에게 인식시키려는 의도였나요?"

"아니."

후와는 딱 잘라 부정했다.

"부적 대용이야."

"네? 부적요?"

"일대일로 만나면 더 내밀한 이야기가 나올 것 같더군. 하지만 그 자리에 다른 누가 함께 있다면 차장 검사도 깊이 파고드는 이야기는 못 하겠지. 실제로도 그렇게 됐고."

3

부적 대용으로 쓰인 건 그야말로 자존심이 상할 일이지

만 차장 검사의 이야기를 직접 들은 것은 수확이라 할 만했다. 사카키의 말은 곧 지검장의 뜻이나 마찬가지고 오사카 지검의 총의라 해도 과언이 아니다.

"그런데 검사님. 내밀한 이야기라는 게 도대체 어떤 거예요?"

"위협. 재판에서 구형대로, 또는 그에 준한 판결을 거머쥐어라. 그러지 못하면 네 거취를 심각하게 고려하겠다."

미하루는 어안이 벙벙해졌지만 후와의 목소리에 높낮이라고는 없었다.

"그럴 수가……. 그럼 그건 최후통첩이나 마찬가지 아닌가요?"

"마찬가지가 아니야. 최후통첩이지."

듣고 보니 그건 분명 내밀한 이야기이고 자신을 부적대용이라고 한 이유도 이해할 수 있었다.

"하지만 굳이 불러서 그런 이야기를 하지 않아도 그냥 인사이동 시기에 인사권을 행사하면……."

"미리 그렇게 말해 두면 나중에 딴소리를 할 수 없으니까. 차장 검사가 자주 쓰는 수법이지."

후와는 태연하게 툭 내뱉고 뚜벅뚜벅 걸어갔다.

미하루는 그의 뒤를 쫓으며 남모를 공포심을 느꼈다.

검사들 사이의 갈등과 반목은 이미 피부로 느끼고 있었지만, 그렇게 노골적인 징벌 인사가 횡행한다는 이야기를 들으니 역시 무서워졌다.

아마 지난번 주임 검사가 일으킨 사건의 후유증일 것이다. 아직 신출내기 사무관에 불과한 미하루가 그렇게 생각할 만큼 그 불상사는 오사카 지검에 깊은 생채기를 남겼다.

특수부 검사가 자신이 맡은 안건에서 증거를 조작해 증거인멸 혐의로 붙잡혔고, 그 뒤로 특수부 부장과 부부장 검사가 범인 은폐 혐의로 체포돼 모두 면직 처분을 받았다. 처분은 그것에 그치지 않고 감봉 네 명, 계고 한 명, 훈고 한 명으로 이어졌다. 특수부는 검찰청의 얼굴인 동시에 자타가 공인하는 엘리트 집단이다. 그런 엘리트들조차 숙청의 피바람 앞에서 산산이 무너졌으니 당시 검사들이 느꼈을 동요는 상상하기 어렵지 않다. 니시나 과장은 작은 소리로 "오사카 지검의 모든 검사들에게 그 일은 완전한 트라우마가 됐어"라고 평했을 정도다.

그러나 모처럼 참신한 인물들로 인사를 쇄신했는데 이번 사건으로 또 여론의 비난을 받으면 틀림없이 오사카 지검의 평판은 땅에 떨어질 것이다. 자칫 잘못하면 지난 처분과 마찬가지로 대검찰청에서 인사권을 행사할 가능성도 있다. 니시나가 말한 대로 지난 징벌 인사가 트라우마가 됐다면 더더욱 그렇다. 예민해진 상처는 약간의 자극에도 금세 반응하고 만다.

뒤늦은 긴장감으로 미하루의 얼굴이 굳었다. 나도 사정을 이해할 정도이니 후와는 더욱 심각하게 사태를 인지하고 있을 것이다.

스물네 시간의 시간제한이 평소보다 더 절박하게 느껴졌다.

후와는 집무실에 돌아가자마자 다시 한번 야타가이 사건의 파일을 펼쳤다. 검사가 조사를 마치고 내용을 재확인하는 건 막바지 단계에 접어들었다는 뜻이다. 차장 검사의 충고를 들은 직후 기소 준비에 착수하는 모습을 보니 후와도 역시 기회를 포착하는 데 재빠르다며 미하루는 새삼 감탄했다.

그러나 후와는 파일을 잠깐 훑어보기만 하고 다시 책상 위 서가에 꽂더니 외출 준비를 시작했다.

"검사님, 어디 가시려고요?"

"니시나리 경찰서."

"기소장은 작성하지 않으세요?"

"같은 말 두 번 하게 하지 마."

그렇게 대답하고 후와는 재킷을 걸치며 문 앞으로 향했다. 검사의 그림자인 미하루는 그 뒤를 따를 수밖에 없다. 후와의 말과 행동에는 아직 이해하기 어려운 부분이 많지만 한 가지 확실한 것은 지금 당장 야타가이를 기소할 생각은 없어 보인다는 것이었다.

미하루는 오사카 태생이지만 니시나리구는 생활 반경이 아니어서 지금껏 가 본 적이 없었다. 따라서 니시나리 경찰서 건물을 보는 것도 이번이 처음이었다.

후와와 함께 경찰서를 몇 군데 가 보기는 했지만 니시나리 경찰서는 건물 외관만으로 압도되는 느낌을 받았다.

이것은 마치 요새 아닌가.

주변이 높은 울타리와 철책으로 둘러싸여 있고 문도 철문이다. 도저히 친근감을 느낄 만한 건물이 아니다. 듣자하니 이 일대에서 노동자들의 시위가 자주 일어나서 보안 차원에서 이런 건물을 지었다고 한다.

"어마어마하네요."

미하루가 조용히 중얼거렸지만 후와는 들었는지 못 들었는지 반응하지 않았다.

1층 접수창구에서 방문 목적을 알리자 창구 직원은 대

기실에서 기다려 달라고 했다. 직원이 안내해 줄 줄 알았는데도 오지 않아서 후와는 혼자 발걸음을 뗐다.

"검사님. 대기실이 어디 있는지 아세요?"

"전에도 여러 번 와 봤어."

자기 집 앞마당처럼 말하는 것을 보면 혹시 이 남자는 오사카부에 있는 모든 경찰서에 가 본 게 아닐까 생각될 정도다. 후와는 헤매지 않고 정확히 대기실을 찾아갔다.

안에서 기다리기를 15분. 그러나 누가 올 기색이 없다. 설마 지검의 담당 검사를 이유도 없이 기다리게 하지는 않겠지만 그래도 너무 늦었다.

"원래 유독 바쁜 곳인가요?"

미하루는 그의 기분을 떠보듯 슬쩍 물었지만 후와는 여전히 가면을 쓴 얼굴이라 기분이 좋은지 나쁜지 가늠할 수 없었다.

"그건 상관없겠지."

"그럼 왜 이렇게 오래 기다리게 하는 걸까요?"

"간단해. 미워하니까."

"……저희를 미워할 이유가 있는 건가요?"

"자네는 다른 사람에게 미움받아 본 적이 없나?"

그의 질문을 듣고 미하루는 서둘러 기억을 되짚어 봤

다. 초등학생 때는 친구가 많은 편이었지만 반에서 나를 싫어하는 아이도 한두 명 정도 있었다. 중학생 때도 마찬가지다.

"누구나 마찬가지일 텐데 저를 좋아하는 사람도 미워하는 사람도 있었어요."

"미움받은 이유에 대해서는 아나?"

"……아뇨. 잘 모르겠네요."

"원래 사람들은 상대가 알지도 못하는 이유로 좋아하기도 싫어하기도 하지. 취향이라는 건 원래 그래."

거짓말이라는 것을 직감했다.

후와는 자신이 미움받는 이유를 안다. 인격적인 면이 아닌 사건의 담당 검사로서 눈엣가시 취급당하는 이유를 알고 있다.

5분 정도 더 기다리자 그제야 대기실 문이 열렸다. 안에 들어온 사람은 살집이 있는 중년 남자였다.

"이런. 오래 기다리게 해서 죄송합니다. 야타가이 사건을 맡았던 오야라고 합니다."

"오사카 지검의 후와입니다."

그는 후와와 첫 대면인지 명함을 내밀었다. 명함에는 '오사카 지방 경찰청 니시나리 경찰서 형사과 강력계 경부보 오야 도모노리'라고 적혀 있다. 계급으로 추측건대 직책은 계장 정도일까. 신경 쓰이는 것은 그가 사건을 '맡았던'이라고 과거형으로 말한 점이다. 검찰에 송치했으니 야타가이 사건은 이미 자기 손을 떠났다고 생각하는 듯하지만 관할 수사에 만족한다면 후와가 여기 올 리도 없다.

"그런데 정말 소문대로군요. 후와 검사님은 관할에 자주 들르신다고 들었는데."

"그게 제 일이니까요."

"야타가이 사건은 이미 검찰 송치가 끝났습니다만 관할에는 무슨 일로?"

"증거물들을 직접 보고 싶습니다."

그러자 오야는 뜻밖이라는 듯이 눈을 크게 떴다.

"증거물이라면 검찰 송치 때 피의자 신병과 함께 전부 넘겼을 텐데요."

"파일에 담기지 않은 것들도 있죠. 이를테면 흉기로 쓰인 등산용 나이프와 피해자 두 사람의 혈흔, 체액, 머리카락 등을 보고 싶습니다."

"사진으로 충분하지 않나요? 그렇게 부피가 큰 물건을 꼭 실물로 보낼 필요는 없잖습니까. 그런 수고를 덜기 위해 문서로 정리하는 거고요."

"네. 그래서 굳이 이렇게 찾아왔습니다. 수사는 경찰청과 합동으로 했지만 검찰 송치 시점에 모든 자료가 니시나리 경찰서에 돌아왔을 테니까요."

"그건 그렇습니다만."

오야는 당황한 듯했다. 상대의 얼굴이 그야말로 무표정해서 진심인지 농담인지를 구분 못하고 있다. 미하루는 속으로 박수를 쳤다.

"제 업무 방식이 이렇습니다. 종이를 기반으로 한 것은 읽어도 머리로 좀처럼 납득이 안 되어서요."

"저희가 제출한 수사 자료를 백 퍼센트 믿지 못하신다는 말씀인가요?"

오야의 말투에서 공격성이 느껴졌다. 아무리 검사여도 경찰의 위신과 관련된 발언은 그냥 넘어갈 수 없다는 태도다.

"이건 신뢰의 문제가 아니라 어디까지나 업무 방식의 문제입니다. 검사는 기소장을 쓸지 말지를 스물네 시간 안에 결정해야 하죠. 그러기 위해 필요한 절차 정도로 이해해 주십시오."

"하지만."

"검찰에 안건을 송치한 뒤에는 경찰이 검찰에 협력하는

건 당연한 것 같습니다만. 혹시 뭐 다른 사정이라도 있습니까?"

"……그럼 잠깐만 기다려 주십시오."

"이곳에 도착하고 나서 20분, 경부보님과 대화를 나누며 5분을 더 기다렸습니다. 도대체 얼마나 더 기다리라는 말입니까?"

목소리가 지극히 담담해서 오싹함이 더했다. 오야는 당황한 얼굴 그대로 후와의 진의를 가늠하는 듯했다.

"기다리게 한 건 죄송합니다. 하지만 검사님. 검사님도 아시겠지만 니시나리 관할에서는 사건이 끊임없이 일어나는 탓에 형사들이 눈코 뜰 새 없이 바쁩니다. 아마 오사카 지방 경찰청 산하 경찰서 중에 저희가 가장 바쁠걸요. 그런 곳에 사전 약속도 없이 불쑥 찾아오셔서 자료를 내놓으라고 하셔도……."

"경부보님이 직접 현장을 뛰어다니시지는 않을 것 같은데요."

"그야 그렇죠. 저처럼 지휘 계통에 있는 사람이 경찰서나 수사본부를 어슬렁거리면 통제하는 것도 어려워지니까요."

"다시 말해 머리는 열심히 쓰지만 몸은 별로 쓰지 않는다는 말이겠죠. 그렇다면 경부보님께 직접 협력받는 것으로 할까요?"

"아니, 저기요, 검사님. 아까 기다리게 한 건 사죄드릴 테니 부디 마음에 두지 말아 주십쇼. 저도 부하들에게 지시만 내리고 끝이 아니라 여러 방면으로 바쁘게 뛰어다니고 있습니다. 바빠서 정말 지푸라기라도 잡고 싶은 심정입니다."

"지푸라기는 아니지만 제 사무관이라면 빌려드릴 수 있습니다."

후와는 선뜻 미하루를 손으로 가리켰다. 설마 자신이 지목될 줄은 예상도 못했지만 검사의 지시에 반항할 처지는 아니다. 미하루는 먼지 냄새가 폴폴 풍기는 자료실 안에 갇히는 상황을 각오했다.

오야는 계속 저항했다.

"현재 자료실 관리가 일원화돼 있어서 강력계인 제 독단으로 외부인을 들이는 건 불가능합니다."

그야말로 정당한 원칙론이지만 미하루의 귀에는 변명으로만 들렸다. 검사의 조사에 협력하기가 그렇게 내키지 않는 걸까.

"그렇다면 관리자분께 직접 부탁할 수밖에 없겠군요."

"아, 사실 그 관리자가 지금 부재중이라."

"관리자의 계급과 성함을 알려 주십시오."

후와와 오야의 대화는 마치 외통 장기 같았다. 이러면 안 된다는 것을 알면서도 미하루는 호기심을 억누르지 못했다.

오야는 진퇴양난에 빠졌는지 이제는 항복이라는 듯이 양손을 앞으로 내밀었다.

"알겠습니다, 알겠습니다. 그럼 관리자에게 연락해 보겠습니다."

말하기가 무섭게 오야는 핸드폰을 꺼내더니 두 사람에게 등을 돌린 채 누군가와 통화를 시작했다.

"오야입니다. 검사님이 야타가이 사건의 증거물을 꼭 보고 싶으시다고…… 네. 그렇게 말씀드렸는데…… 네, 네. ……아뇨, 그건…… 네, 네…… 그럼 그렇게. 그럼 끊겠습니다."

오야는 후와를 돌아보더니 성가셔하는 표정을 숨기지 않았다.

"자료실은 이곳 지하에 있습니다. 다만 열쇠를 관리 책임자가 들고 있는 탓에 들어가려면 직접 열쇠를 받으러 가야 합니다. 자료실 앞에서 기다리셔야 하는데, 아니면 제가 다녀올 때까지 여기서 기다리시겠습니까?"

"여기서 기다리죠."

후와의 대답을 듣고 오야는 대기실을 나갔다.

보안에 신경 쓰는 민간 기업이라면 제삼자의 침입을 막기 위해 대체로 전자식 자물쇠를 도입한다. 사원증의 IC 칩을 읽어 문을 여닫는 방식인데 사원증을 빼앗기지 않는 한 제삼자가 침입할 수 없고 입퇴실 기록도 온라인에 남는다.

그러나 그런 기업들보다 더 보안에 일가견이 있을 것 같은 경찰서가 대부분 지금껏 아날로그 자물쇠에 의존하는 상황은 이상하다고 할 수밖에 없다. 경찰서 안에는 경찰관들만 있으니 내부 보안이 필요하지 않다고 여기는 걸까. 아니면 단순히 예산이 부족한 걸까.

미하루는 속으로 어이없어하면서 오야가 돌아오기를 기다렸지만, 5분이 지나고 10분이 지나도 그는 나타나지 않았다. 미하루는 어릴 때부터 성질이 급하다는 소리를 자주 들었고 자기도 모르는 사이에 표정에 초조함이 고스란히 드러난다. 사무관 일을 하면서 최대한 억눌러 왔지만 이토록 무례한 대접을 받으니 자제심이 점차 바닥을 보이기 시작했다.

"서장님께 항의하러 가죠."

미하루의 흥분한 목소리가 대기실 안에 울려 퍼졌다.

"이런 푸대접을 받고 가만있어서야 되겠어요? 그리고 서장님을 통하면 자료 확인 같은 건 금방……."

"목소리 좀 낮춰 주겠어?"

후와는 눈앞에 있는 파리를 쫓듯 손을 휘휘 저으며 말했다.

"중요할 때 쓸데없이 체력을 낭비하지 마."

"하지만 이대로라면 검사님의 체면이……."

"체면? 그런 건 개나 갖다주라 그래. 아니, 개도 싫어하려나."

"신경 쓰이지 않으세요?"

"그런 것 말고도 신경 써야 할 게 많아. 체면이니 위신 따위는 위에 있는 녀석들에게 맡기면 되지. 그들은 그런 걸 지키려고 월급을 받고 있으니."

"그럼 검사님은 대체 뭘 신경 쓰시는 건가요?"

"그걸 자네에게 설명할 필요는 없지 않겠나."

함께 맞서 싸우려고 했지만 단칼에 거절당했다. 그림자라면 그림자답게 순순히 본체를 따르라는 뜻일까.

그 뒤로 15분이 더 지나 미하루의 인내심이 한계 직전에 도달했을 때 오야가 돌아왔다.

"이런, 거듭 죄송합니다. 자료실 관리 책임자가 영 늦게 와서요."

당신이 조금 전 통화한 상대가 책임자 아니냐며 멱살을 움켜쥐고 싶었다.

"수고를 끼쳤습니다."

후와는 아무렇지 않다는 듯이 몸을 일으켰다.

이토록 시간을 듬뿍 쓰게 했으니 우리도 앞으로 니시나리 경찰서에서 송치된 사건은 음미하고 또 음미해 주겠다. 그런 비아냥거림 정도는 날려 줘야 하지 않을까 싶었지만 후와는 그럴 생각이 없어 보였다.

오야가 앞장서서 계단을 내려가 복도를 걸었다. 자료실은 지하층 끝에 있었다.

"이쪽입니다."

이쪽이라는 건 위에 달린 플레이트만 봐도 알 수 있다.

오야는 문을 열고 후와와 미하루를 먼저 안에 들였다.

오래된 종이 특유의 곰팡내 섞인 공기가 코를 훅 찔렀다. 햇빛이 들지 않아서인지 형광등의 희뿌연 불빛이 어렴풋하게 보였다.

자료실은 제법 넓지만 잡다하게 늘어선 철제 서가들 때

문에 갑갑한 느낌이었다. 서가와 서가 사이에는 사람 한 명이 간신히 지나갈 공간이 있었다.

서가 위에는 골판지 상자가 대충 쌓여 있다. 미하루는 그제야 이해했다. 이렇게 쌓여 있는 상자가 형광등 불빛을 막는 것이다. 광원이 많은데도 방 안이 어두침침한 건 그래서일 것이다.

내 역할은 후와의 팔다리가 되어 지금껏 쓸데없이 소요한 시간을 만회하는 것이다. 그래서 미하루는 오야에게 직접 물었다.

"야타가이 씨의 수사 자료는 어딨죠?"

오야가 직접 해당 상자를 꺼내거나 수납 장소를 가르쳐 줄 것으로 예상했지만 이번에도 깨끗이 배신당했다.

"음, 그게, 저도 잘 모릅니다."

"네?"

"일단 사건이 너무 많고 사건 번호나 발생일 순으로 정리한 것도 아니라서요. 검찰에 송치한 안건이 종결되면 그때 비어 있는 자리에 둡니다. 상자에는 물론 사건명을 적어 두지만 윗부분에만 적는 탓에 쌓아 올린 상자를 하나씩 내려서 확인해야 해요."

"관리를 왜 그렇게……."

"변명처럼 들리시겠지만 정말로 사건이 많아서 그렇습니다. 지금 일어난 사건에만 집중하기도 바쁜 마당이라 이미 끝난 사건에까지 신경 쓸 겨를이 없습니다. 그리고 끝난 사건의 수사 자료는 보관 연수가 지나면 주인에게 돌려주거나 처분하니까요."

"그럼 어떻게 임의 수사 자료를 찾죠?"

"그때그때 대처하는 거죠. 강력계가 모두 와서 인해전술을 펼친다고 할까요."

"그럼 저희가 찾는 자료도……."

"아, 죄송하지만 지금은 수사원들이 모두 자리를 비워서요. 저 역시 다른 사건 때문에 시간이 없고요."

오야는 미안하다는 듯이 머리를 긁적였지만 마음에도 없는 말을 한다는 것이 훤히 보였다.

"일단 문은 잠가 두겠습니다. 끝나면 내선 전화로 1층 접수처에 알려 주십쇼. 아, 그리고 사건 하나에 상자가 여러 개일 경우에는 사건명 뒤에 ①이나 ② 같은 번호가 붙어 있으니 참고하시고요."

설마 했지만 오야는 지체 없이 발걸음을 돌리더니 곧장 자료실을 나가 버렸다.

"말도 안 돼……."

뒤에 남은 미하루는 아연실색하며 자료실 안을 둘러봤다. 잔뜩 늘어선 철제 서가에 골판지 상자가 비좁게 쌓인 모습은 자료실이라기보다 창고에 더 어울렸다. 잔디밭에서 바늘 정도는 아니지만 못 하나를 찾는 수준으로 어려워 보였다.

아직 손을 대기도 전부터 탄식이 절로 새어 나왔다.

"검사님, 이건 의도적인 괴롭힘이에요."

자연스럽게 입 밖에 그런 말이 튀어나왔다.

"이 안에서 야타가이 사건의 수사 자료를 고작 둘이서 찾으라니요. 말도 안 돼요. 저쪽도 말이 안 되는 걸 알면서 던진 거예요."

이번에야말로 인내심이 바닥나 버렸다. 절반은 두려움, 절반은 기대를 품고 후와의 행동을 지켜봤지만 그는 역시 분노도 체념도 보이지 않은 채 철제 서가 쪽에 다가갔다.

"검사님."

"입보다 손을 움직이는 게 좋을 거야. 두 개를 다 움직이면 두 배로 힘드니."

"사람을 바보 취급하는데도 화가 나지 않으세요?"

"그렇게 느끼면 이 안에서 찾으려는 물건을 확실히 찾으면 돼. 그게 가장 큰 복수가 될 테니."

"정말로 둘이 하실 생각이세요?"

"자네가 돕지 않으면 혼자 해야겠지."

후와는 들고 온 가방에서 파일 하나를 꺼냈다. 파일 안에는 사건명이 적힌 일람표가 있었다.

"이건……."

"니시나리 경찰서가 과거 3년간 검찰에 송치한 안건 일람표. 송치 날짜순으로 돼 있어."

"그런데 지금 우리가 찾는 건 야타가이 사건의 수사 자료잖아요."

"주목적은 그거지만 모처럼 우리를 위해 자료실을 개방해 줬어. 호의에는 최대한 부응해 줘야지."

"대체 뭘 하려고 그러세요?"

"간단한 조회 작업. 서가에서 꺼낸 상자가 이 목록 안에 있으면 체크하면 돼. 작업을 계속하다 보면 찾으려는 상자가 어딨는지도 자연히 알게 되겠지."

"그런 작업에 무슨 의미가 있죠?"

"사무관은 검사의 그림자 아니었나?"

후와는 이미 작업에 착수해서 미하루 쪽을 돌아보지도 않았다.

"그림자가 본체에게 일일이 움직이는 이유를 묻나?"

이러쿵저러쿵하지 말고 그냥 따르라는 뜻이다.

미하루는 하마터면 화를 버럭 낼 뻔했지만 꾹 참고 후와를 도왔다. 대조 작업은 간단하지만 상자를 서가에서 꺼내는 것이 중노동이었다. 자료실 구석에 세워진 사다리를 타고 올라가 서가 위에 쌓인 상자를 아래로 내리는 작업을 반복한다. 미하루는 여자치고는 힘에 자신 있는 편이지만 수사 자료가 잔뜩 담긴 상자의 무게가 만만치 않아서 한 개를 내릴 때마다 팔이 비명을 지르는 느낌이었다.

그뿐만이 아니다. 거의 방치된 창고 같은 곳이라 그런지 평소에 청소를 거의 하지 않은 것으로 보였다. 천장 부근 상자 위에 먼지가 잔뜩 쌓인 탓에 미하루의 머리카락과 옷이 점점 하얘졌다.

윗옷을 벗고 소매를 걷어붙이자 연말 대청소를 하는 기분이 들었다. 엄격한 채용 시험을 거쳐 검사를 보좌하는 검찰 사무관이 왜 짐이나 나르는 작업을 해야 하는지 자문해 봤지만 상관인 검사조차 말없이 팔다리를 움직이고 있으니 불만을 토로할 수도 없다.

처음에는 화가 나서 힘이 바짝 들어갔던 다리와 허리에도 시간이 갈수록 점차 피로가 느껴졌다. 그러다가 얼마

지나지 않아 상자 네 개당 한 번꼴로 사다리에 걸터앉아 잠시 휴식을 취하게 되었다.

그 사이에도 후와는 쉴 새 없이 움직였다. 쉬고 있는 미하루가 눈에 들어올 테지만 주의를 주거나 잔소리를 하지도 않는다. 그 모습을 보고 있자 문득 머릿속에 '대체 이 남자를 이렇게 움직이게 하는 원동력이 뭘까?' 하는 의문이 떠올랐다.

"검사님."

"뭐지?"

"좀 쉬시는 게 어때요?"

"자네가 말하지 않아도 필요하면 쉴 거야."

"이제는 슬슬 목적을 알려 주세요."

미하루는 굳게 마음먹고 그렇게 운을 뗐다.

"그림자가 일일이 본체에 이유를 물으면 안 되는 건 알아요. 하지만 이렇게 시간과 노력을 들이다 보면 역시 의미를 바라게 돼요."

"자네는 내가 아무 의미 없이 상자를 올렸다가 내렸다가 하는 것 같나?"

후와는 미하루 쪽을 쳐다보지도 않았다.

"그건 아니겠죠."

"그냥 내 지시에 따르는 것만으로는 부족한가?"

"그게 아니라……."

"동기가 필요한 거면 하나는 제시해 주지. 작위가 느껴져서야. 작위가 있다면 밝혀내야 안심하고 다음 단계에 들어설 수 있어."

"어떤 작위요?"

"조금 전부터 이미 수없이 맛보고 있지 않나? 니시나리 경찰서의 작위 말이야. 그토록 비협조적으로 구는 건 바쁘다는 이유 외에 또 다른 뭔가가 있어서 아니겠어?"

그 뒤로도 후와는 몇 시간 동안 말없이 작업에 몰두했다. 미하루는 그의 집중력에 새삼 감탄했다. 쓸데없는 잡담은커녕 한 번도 쉬지 않고 끊임없이 팔다리를 움직이는 모습이 그야말로 기계 같았다.

일람표에 적힌 사건명 옆이 연달아 체크 표시로 채워졌다. 그리고 80퍼센트 정도 확인했을 무렵 미하루가 마침내 찾으려는 상자를 발견했다.

"검사님, 찾았어요! 야타가이의 수사 자료예요!"

미하루의 말을 듣고 후와가 사다리에서 내려왔다.

후와의 표정이 다소 누그러지지 않을까 기대했지만 가면에는 조금도 변화가 없었다.

"어디 있었지?"

미하루가 그곳을 손가락으로 가리키자 후와는 주변 상자를 물색했다.

"왜 그러세요?"

"없어."

"네? 야타가이 사건의 수사 자료는 여기……."

"사건명에 ①이 붙어 있잖아. 오야 경부보가 한 말을 떠올려 봐. 숫자가 붙은 건 상자가 여러 개일 경우야. 그러면 당연히 ① 옆에 ②도 있어야겠지. 그런데 ②가 보이지 않아."

후와는 그 뒤에도 잠시 상자를 뒤적였지만 이내 체념한 듯했다.

자료실 안을 얼추 다 뒤지고 일람표의 사건명에도 체크 표시가 거의 채워졌다. 목록을 전부 확인한 미하루는 고개를 갸웃거릴 수밖에 없었다.

①밖에 없는 야타가이 사건도 이상했지만 그 밖에 자료가 보이지 않는 안건이 두 개나 더 있었다.

"잃어버리기라도 한 걸까요?"

"잃어버린 게 아니면 없앤 거겠지. 자, 이만 정리하지."

후와는 바닥에 내린 골판지 상자를 다시 서가 위에 되

돌리는 작업을 시작했다. 처음부터 무작위로 놓여 있었으니 따로 정리할 필요까지는 없지만 이번에도 체력과 정신력이 소모되는 건 마찬가지였다.

미하루가 내선 전화로 작업을 마쳤음을 알리자 이번에는 희한하게도 채 2분도 되지 않아 오야가 찾아왔다.

"역시 두 사람의 힘만으로는 무리였습니다."

후와는 오야를 보자마자 그렇게 입을 열었다.

"상자가 너무 많아 도무지 찾을 수 없더군요. 4분의 1 정도 뒤지다가 결국 포기했습니다. 헛수고였네요."

"이런, 안타깝습니다."

오야는 말과 다르게 왠지 안심하는 듯한 목소리였다.

"바쁘지만 않았더라도 저희도 도왔을 텐데⋯⋯."

거짓말하지 마.

미하루는 무심코 그를 째려봤지만 오야는 시치미 떼는 얼굴로 태연하게 말했다. 이렇게까지 철면피를 잘 뒤집어쓰는 것을 보니 후와의 가면 쓰는 실력과 겨뤄도 되지 않을까.

"그런데 이번 일로 혹시 검사님 업무에 지장이 생기지는 않을까요?"

"그냥 단순 확인 작업이었으니 이렇다 할 영향은 없을

겁니다. 아무튼 폐를 끼쳤습니다."

후와는 그렇게 툭 내뱉고 오야 앞을 지나쳐 갔다. 그대로 1층으로 이어지는 계단을 뚜벅뚜벅 올라간다.

그의 뒷모습을 바라보던 오야가 저도 모르는 듯이 중얼거렸다.

"신사인지 아닌지 통 분간이 안 되는 사람이네."

미하루는 그와 처음으로 의견이 일치했다.

1층에서 후와를 따라잡아서 둘이 함께 니시나리 경찰서를 나왔다.

"수사 자료 일부가 없다는 걸 왜 오야 경부보님께 알리지 않으셨어요?"

"그럴 이유가 없으니까."

"야타가이 사건뿐만 아니라 검찰 송치 안건을 모두 조사한 건 다른 목적이 있어서겠죠?"

대답이 없다.

미하루는 최근 들어서야 깨달은 게 있다. 후와는 원체 말수가 적기는 하지만 이렇게 대답조차 제대로 하지 않을 때는 뭔가 꿍꿍이가 있다는 증거다. 무슨 이유인지 정확히 알 수는 없어도 계획에 대해 언급할수록 계획의 성공률이 떨어질 수 있음을 염려하는 것 같았다.

후와가 가면 아래에서 도대체 뭘 꾸미고 있는지 미하루는 궁금하기 짝이 없었다.

4

니시나리 경찰서에 다녀온 다음 날 아침, 미하루가 사무실에 들어가 인사를 건네기도 전에 후와가 지시했다.

"야타가이의 구속 영장을 청구해야겠어."

어제 일로 대충 예상해서 그런지 미하루는 그리 놀라지 않았다.

검사는 사건의 검찰 송치 이후 스물네 시간 이내에 피의자를 기소할지 말지 정해야 하는데, 판단 재료가 부족할 경우 법원에 구속 영장을 청구하면 피의자의 신병을 구속한 상태에서 수사를 이어 갈 수 있다. 청구일을 포함해 최장 열흘의 구속 기간이 주어지지만 그 열흘의 가치가 얼마나 될지 미하루는 가늠하지 못했다.

"검사님. 영장 청구는 할 수 있겠지만 과연 니시나리 경찰서와 오사카 지방 경찰청이 그 소중한 열흘을 유의미하게 써 줄까요?"

어제 오야에게 받은 푸대접이 다시 떠올랐다. 오야의

태도는 협력과는 거리가 멀었고 오히려 우리를 방해하는 것처럼 보였다.

"세세한 부분까지 검증하고 싶은 검사님의 심정도 이해하지만, 정작 중요한 수사본부가 의욕이 없으면……."

거기까지 말했을 때 후와가 대답으로 내뱉을 말이 어렴풋이 떠올랐다. 지금까지의 말과 행동, 사고방식으로 추측하면 반드시 그런 결론이 나온다.

"열흘이라는 시간을 호락호락하게 그들에게 다 던져 줄 생각은 없어."

역시 그런 거였나.

"검사님이 직접 수사하실 생각인가요?"

"내키지 않으면 자네는 집무실 안에서 사무 업무를 봐도 돼."

여전히 반응이 심술궂다. 그런 말을 듣고 네, 그러겠습니다, 하고 대답할 수 있을 리 없다. 미하루의 성격을 훤히 알면서 하는 도발이기도 했다.

이런 도발은 정정당당하게 응수해 줘야 한다.

"사무관은 검사의 그림자이니 검사님과 동행하겠어요."

미하루는 그 자리에서 즉시 법원에 제출할 구속 영장 청구서를 작성했다. 물론 영장 청구권자는 검사이고 미하루는 대필자에 지나지 않는다.

구속 영장 청구서는 다음의 세 가지 필수 서류로 구성된다.

1. 체포장 청구서

2. 체포장

3. 형사소송법 60조 1항에서 인정하는 구속 사유가 있음을 인정할 수 있는 자료

이중 미하루가 작성하는 것은 3번 문서인데, 자료라고 해도 담당 검사의 의견서로 충분하니 후와의 말을 그저 옮겨 적으면 된다. 사전에 이미 외워 놨는지 후와는 단 한 번도 막힘없이 구속 이유를 설명했다. 그가 내뱉는 말을 입력할 뿐이니 기계적인 작업이다. 영장 청구서 작성은 채 10분도 걸리지 않았다.

검사에게 구속 영장 청구서를 받은 법원은 청구의 정당성을 확인하기 위해 피의자를 불러 영장 실질 심사를 한다. 심사라고 해 봐야 거창한 것은 아니고 판사가 체포 용의를 담담히 낭독한 후 피의자에게 의견을 묻는다. 이때 피의자가 죄를 인정하든 인정하지 않든 판사는 역시 담담히 듣기만 하고 질문과 답변을 따로 주고받는 것은 아니다. 모든 것은 사법 체계상의 요식 행위에 불과하고 핵심

은 역시 검경의 수사에 있다.

판사의 영장 실질 심사를 거쳐 청구가 기각되는 경우는 거의 없다. 내일이면 야타가이는 니시나리 경찰서에서 법원에 이송돼 심사 시간까지 법원 안 대기실에서 기다리게 된다. 그리고 심사가 끝나면 곧장 구속 영장 발부 소식을 듣게 될 것이다.

적어도 즉시 기소되지는 않는다는 것을 알게 된 야타가이는 어떤 반응을 보일까. 목숨을 건졌다며 환희할까. 아니면 공포의 시간이 연장됐을 뿐이라며 하늘을 원망할까. 흥미진진한 상상이지만 후와와 함께 움직이는 미하루는 알 도리가 없다. 야타가이가 수감돼 있는 니시나리 경찰서의 오야를 통해서나 그의 희망이나 불안감이 전해질 것으로 예상했다.

그러나 구속 영장 청구에 대한 반응은 전혀 뜻밖의 부서에서 전해졌다.

법원에 구속 영장 청구서를 제출한 다음 날 후와의 책상 위 전화기가 울렸다. 수화기를 집어 든 후와는 상대와 한두 마디 주고받는가 싶더니 곧장 자리에서 일어섰다.

"어디서 걸려 온 전화인가요?"

"차장 검사 호출."

후와는 그 이상 덧붙이지 않고 집무실을 나갔다.

그림자이자 팔다리이며 부적 대용인 사무관은 검사를 뒤따를 뿐이다.

"용건이 뭐죠?"

"듣지 못했지만 대충 예상은 되지."

구속 영장을 청구한 지 얼마 되지 않았다. 용건은 십중 팔구 그와 관련됐을 것이다.

차장 검사의 집무실에 들어가자마자 미하루는 지난번 과 분위기가 사뭇 달라진 것을 깨달았다.

"거기 앉으세요."

소파에 앉은 사카키는 전과 마찬가지로 맞은편 자리에 후와를 앉혔다. 미하루는 글자 그대로 그의 그림자가 되 어 후와의 바로 뒤에 섰다.

사카키는 온화해 보이는 미소를 짓고 있지만 그 아래에 서는 싸늘한 냉철함이 언뜻 엿보였다.

"야타가이 사건으로 법원에 구속 영장을 청구했더군요."

"네."

"기소를 결정하지 않은 이유가 뭐죠?"

"전에도 말씀드렸다시피 경찰 수사가 충분하지 않기 때

문입니다. 피의자의 점퍼에 붙은 피해자의 머리카락에 대해 피의자의 진술을 뒤집을 만한 재료가 없습니다."

"오래전부터 스토커 행위를 해 온 점을 고려하면 상황 증거는 야타가이의 범행을 암시합니다. 그 정도로는 기소 결정에 이르지 못하는 건가요?"

"물증에 불안 요소가 있는 이상 더 견고하게 만들고 싶습니다. 그러기 위해서는 열흘간의 구속 기간이 필요했습니다."

그러자 사카키는 흠 하고 가볍게 콧숨을 내쉬었다.

"지난번에 제가 졸속에도 의미가 있다고 말한 걸 기억하나요?"

"네."

"이렇게 여론의 눈과 귀가 쏠린 중대 사건에서는 속공 전략이 좋은 평가를 듣는다는 것도."

"네."

"후와 검사라면 수사에 필요한 시간과 방법을 숙지하고 있을 거라고도 했습니다."

"네."

"이번 구속 영장 청구가 필요한 방법이었습니까? 검사님이라면 공판이 진행되는 동안 수사를 진행해서 혐의를 견고하게 할 수도 있을 거라 예상했는데요."

사카키의 말은 몹시 끈적끈적하게 느껴졌다. 그와 직접 얼굴을 마주하고 있지 않은 미하루의 살갗에도 축축이 들러붙는 느낌이었다.

"검찰이 패배할 수는 없습니다."

맞은편에 앉은 후와도 평소의 의연한 태도를 무너뜨리지 않았다.

"차장 검사님은 아무래도 저를 조금 과대평가하시는 것 같습니다. 저는 견고하지 못한 토대 위에는 서지 못하는 겁쟁이입니다. 백 퍼센트의 승률이 보증되지 않는 이상 공판 절차에 들어가기를 꺼립니다."

"백 퍼센트라는 건 조금 극단적이지 않나요?"

"지금 이 나라의 재판 사정에서는 형사 사건의 유죄율이 99.9퍼센트입니다. 겁쟁이라는 소리를 들을 각오로 말씀드리자면 저는 그 0.1퍼센트가 되고 싶지 않습니다."

"후와 검사님이 그럴 리는 없을 텐데요."

"그게 바로 과대평가 아닐까요?"

겉으로는 서로 예의 바르게 말을 주고받고 있지만 실제로는 질책과 반론이 이어지고 있다. 단지 뒤에 서 있을 뿐인 미하루 눈에도 두 사람 사이에 튀는 불꽃이 보이는 듯했다.

"검사님이 스스로를 너무 과소평가하는 것 아닌가요?"

"자기 자신을 과대평가하는 사람 중에는 소통 능력에 문제가 있는 사람이 많다고 합니다."

"정당한 평가라면 다르겠죠."

"타인에게서 평가를 받는 상황이 영 서툴러서요."

"후와 검사님을 어떻게 평가하느냐에 대해서는 다른 기회에 천천히 말씀드리도록 하지요. 그러나 이번 중대 사건은 오사카 지검의 위신과도 관련된 문제입니다. 여론은 야타가이의 체포만으로는 도저히 만족하지 못할 거예요. 기소가 늦어질수록 소극적이니 기회주의니 하는 비판을 듣겠죠."

사카키가 천천히 고개를 흔들었다.

"아무 문제가 없는 지방 검찰청이라면 당연히 졸속 일 처리를 경계하고 잡음을 신경 쓰지 않아도 되겠죠. 그러나 오사카 지검 특수부의 불상사는 여전히 시민들의 기억 속에 생생히 남아 있고, 인사 쇄신을 거친 지검의 일거수 일투족을 모든 사람들이 주목하고 있습니다."

그러니 야타가이 사건을 빨리 기소하라는 뜻이다.

검사는 한 명 한 명이 독립된 사법기관이다. 따라서 아무리 상사여도 다른 검사의 결정에 개입하지 않는 것이 원칙이지만 실상은 그리 단순하지 않다. 조직에는 체면과 위신이 있고 지시와 통솔 체계도 있다.

사카키의 충고에는 틀림없이 지검장의 의사가 담겨 있다고 해석해도 좋을 것이다. 한가한 증거 조사는 기소 뒤에도 할 수 있다. 그러니 어쨌든 야타가이를 한시라도 빨리 기소하라. 그래야 스토커 범죄자를 향한 시민들의 분노를 잠재울 수 있다.

미하루의 눈에도 훤히 보이는 지검장의 의도를 후와가 읽지 못했을 리 없다. 그러나 후와는 자신이 맞선 상대가 피의자든 차장 검사든 가면을 뒤집어쓴 채로 분위기에 편승하려 하지 않는다.

이유는 명백하다. 어제 니시나리 경찰서에서 수사 자료가 불충분하다는 사실을 두 눈으로 직접 목격했기 때문이다.

지검에 돌아온 직후 후와는 자기 앞으로 온 수사 자료와 실제 조사 결과를 대조해 봤다. 그러자 후와가 처음 언급한 것처럼 물증의 3분의 1가량이 상자째로 사라졌다는 것이 판명됐다.

②라고 적힌 상자에는 아마 야타가이를 제외한 다른 신

원 불명의 머리카락과 발자국, 그리고 가장 중요한 물증인 등산용 나이프가 담겨 있을 것이다. 흉기는 이미 감정을 마쳤고 결과가 문서로 남아 있지만 역시 현물이 사라진 것은 문제다. 공판이 시작되면 변호인에게도 수사 자료가 제공된다. 실제 물증을 보고 싶어 하는 변호사가 그리 많지는 않지만 그래도 문제라는 사실에는 변함없다.

차라리 사카키에게 사실대로 털어놓는 게 낫지 않을까. 순간 그런 생각이 미하루의 머릿속을 스쳤지만 후와가 결정할 일이지 사무관인 내가 왈가왈부할 사안은 아니다. 정작 후와 본인은 전혀 언급할 생각이 없어 보였다.

"이번 사건에 안팎의 주목이 쏠려 있다는 건 저도 알고 있습니다. 다만 저는 제 한 몸 지키는 게 가장 중요한 사람이라서요. 돌다리를 두드리다 못해 깨뜨리고 가는 성격입니다. 그리고 사건을 맡은 이상 저는 완벽한 승리를 거머쥐고 싶습니다. 더 나아가 그것이 오사카 지검의 명예를 지키는 일이라고 믿습니다."

궁지에 몰렸는데도 목소리가 평온하고 감정의 기복이 전혀 드러나지 않는다. 시종일관 평온한 사카키의 얼굴에 초조해하는 기색이 약간 비치는 것은 미하루의 착각일까.

"구속 청구로 받은 열흘을 쓸데없이 낭비할 생각은 없

습니다. 송구스럽지만 이대로 사태의 추이를 조금 더 지켜봐 주셨으면 합니다."

강압적인 요구에 정론으로 맞선다. 옆에서 보기에는 후와가 정의로워 보일 수 있겠지만 적어도 공무원의 논리는 정반대다. 모든 것을 조직 방어 관점에서 이야기하는 사카키에게 후와는 어디까지나 자신만의 윤리를 밀어붙이려 하고 있다.

두 사람 사이에 잠시 침묵이 감돌았다. 양쪽이 냉랭한 시선을 주고받고 있지만 집무실 안 공기는 더욱 무겁고 날카로웠다.

조직의 이익이 먼저인가, 개인의 윤리가 먼저인가.

먼저 꺾인 쪽은 사카키였다.

"추이를 지켜보는 건 제 직책상 당연한 일입니다."

사카키는 그렇게 말하고 짧게 탄식했다. 미하루의 귀에도 분한 감정이 깃든 한마디로 들렸다.

"구속 기간 열흘은 어디까지나 최장기간이라는 걸 검사도 알고 있겠죠. 단축할 수만 있다면 그보다 좋을 건 없습니다."

사카키 입장에서는 자신의 주장을 굽힌 셈이니 이는 최대한의 양보라고 해도 좋을 것이다.

그러나 후와는 답례 미소를 짓기는커녕 고개도 *끄덕이*지 않았다.

미하루는 그 순간 후와의 생각을 이해했다.

열흘의 유예를 받기 위한 구속 영장 청구가 아니다. 후와는 그 뒤에도 구속 기간 연장을 통해 열흘을 더 염두에 두고 있다. 게다가 구속 기간 연장은 심사 없이 서류만으로 정해지니 훨씬 간단하다.

당연히 사카키도 후와의 속내를 읽고 있다. 그러니 구속 기간 열흘이 최장이라고 미리 못을 박은 것이다.

"노력하겠습니다."

"그럼 잘 부탁합니다."

두 사람이 마지막 인사를 나눴다. 후와는 고개를 한 번 숙이고 천천히 몸을 일으키더니 뒤도 돌아보지 않고 문으로 성큼성큼 걸어갔다. 그림자인 미하루는 본체의 실수를 대신 사과하듯 고개를 깊숙이 숙인 다음 후와를 뒤쫓았다. 뒤에서 사카키가 혀를 차는 소리가 들리는 듯했다.

빠른 걸음으로 간신히 후와 옆에 따라붙었을 때 후와는 정면을 바라본 채로 입을 열었다.

"계속 뒤에 서 있기만 했으면서 뭘 그렇게 헐떡이지?"

"그냥 뒤에 서 있기만 해도 몸에는 나쁜 영향을 끼친답니다."

"의외로 연약하군."

"그래도 여자치곤 체력에 자신 있는 편이에요."

"정신력 말이야."

이대로 집무실로 돌아가는 줄 알았는데 아니었다. 후와
는 엘리베이터에 올라타더니 1층 버튼을 눌렀다.

"만약을 위해 물어보는데 혹시 지금 사무관 증표 가지
고 있나?"

"네. 항상 갖고 다니라고 배웠으니까요. 외출하시나요?"

"어제 날짜로 구속 영장을 청구했어. 이미 하루가 낭비
됐지."

"어디 가시는데요?"

"센니치마에에 있는 도구점 거리."

사건 발생 당시 야타가이가 취객과 시비가 붙어서 싸웠
다는 알리바이를 주장한 곳이었다.

두 사람이 그곳에 도착한 시간은 정오가 되기 전이었
다. 센니치마에에는 도구점뿐만 아니라 도구를 납입하는
식당과 점포도 많다. 이런 시간대에는 점심을 먹으러 오
는 이들이 이곳저곳에서 몰려든다.

튀김꼬치집에서 풍기는 소스 냄새는 오사카 태생인 미하루에게는 어머니의 집밥 냄새보다 익숙하다. 식당 포렴 밑을 지나고 싶은 욕구를 꾹 참고 미하루는 후와의 등 뒤에서 물었다.

"야타가이의 알리바이를 증명하시려는 거죠?"

"절반은."

절반이라는 단어가 의문스러웠지만 어차피 물어봐야 대답해 주지 않을 것이다.

"그런데 수사본부는 이 주변 파출소에 보관된 사안 대응 기록을 조회했는데 그런 건 적혀 있지 않았다고 보고했어요."

"니시나리 경찰서는 상자 한 개 분량의 수사 자료를 분실했어. 그렇다면 지역 파출소가 사안 대응 기록 한두 개쯤 본부에 보고하는 걸 깜빡했을 가능성도 없다고는 할 수 없지."

"……경찰을 믿지 않으시는군요."

"그들도 공무원이니."

"이런 말씀 드리기 뭐하긴 하지만 검사님과 저도 공무원이에요."

"공무원은 원래 아무렇지도 않게 거짓말을 해. 조직을

위한다는 핑계를 대고. 아까도 실제 사례를 직접 보지 않았나?"

후와는 이곳 지리에 대해 잘 아는지 망설임 없이 난바 그랜드가게쓰 건물 쪽으로 걸어갔다. 양옆에 식기와 주방기구 판매점, 철물점이 늘어서 있다. 덩치 큰 사람끼리 마주치면 스쳐 지나가기도 힘들 만큼 좁은 거리다.

조금 더 걷자 얼마 안 돼 난바 그랜드가게쓰 건물이 눈에 들어왔다. 그 앞에 있는 '가게쓰도'라는 도구점과 튀김 꼬치집 사이에 골목길이 있다. 야타가이의 증언과 조건이 일치하니 그 골목길이 최종 목적지일 것이다.

다만 증언의 장소가 실제로 존재한다고 해서 야타가이의 증언을 오롯이 인정할 수 있는 것은 아니다. 여기는 오사카의 번화가 한복판이라 외국인 관광객도 많이 찾는 곳이다. 오사카 시민 중에는 이 일대를 모르는 사람이 드물 테니 야타가이가 즉석에서 떠올린 거짓말일 가능성을 버릴 수 없다. 후와가 조사를 열심히 한다고 해서 그가 덜 수상해지는 것도 아니다.

미하루의 눈에는 야타가이가 수상쩍기 그지없었다. 스마 나쓰미를 향한 비뚤어진 구애 행동을 떠올리는 것만으로 온몸에 소름이 돋았다. 뒤틀린 애정과 집요함. 스토커에게 필요한 자질을 모두 갖춘 남자에게 일말의 동정심도 들지 않았다.

후와와 함께 움직이고 있기는 하지만 알리바이 증명은 헛수고에 그칠 거라는 예감이 들었다. 아니, 헛수고에 그치면 좋겠다는 기대감이 가슴속 한구석에 있었다. 후와도 아마 마찬가지일 것이다. 야타가이를 조사할 때 후와는 누구에게 변호를 의뢰해도 결과는 똑같을 거라고 했다. 바로 그 한마디에 후와의 진심이 담겨 있지 않을까.

골목에 들어서자 각 점포들의 뒷문이 보였다. 이곳을 쭉 나아가면 사카이스지 대로로 나갈 수 있으니 지름길로 이용하는 사람도 있을 것이다. 골목 한쪽에 치우지 않은 구토물이 그대로 남아 있다. 평소 취객이 다니는 곳이라는 유력한 증거다.

야타가이의 증언과 장소의 특징은 일치했다. 찜찜하기는 해도 인정할 수밖에 없다. 골목 정중앙에 서서 주위를 둘러보던 후와도 납득한 것처럼 고개를 끄덕였다.

"여기서 가장 가까운 파출소가 어디지?"

"총 세 군데가 있어요. 에비스바시 파출소, 센니치마에 파출소, 그리고 도톤보리 파출소. 가장 가까운 곳은 센니치마에 파출소예요."

"가까운 곳부터 확인하도록 하지."

센니치마에 파출소는 네거리에서 왼쪽으로 꺾어 난바 그랜드가게쓰 건물 뒤를 60미터 정도 지난 곳에 있었다. 이곳이라면 신고를 받고 5분 내에 목적지에 도착할 수 있을 것이다.

파출소 앞에는 경찰 한 명이 외국인 관광객에게 길을 가르쳐 주고 있었다. 관광지 구역 파출소에서 근무하려면 외국어도 배워야 할 테니 힘들지 않을까. 미하루는 속으로 경찰관을 칭찬하고 싶어졌지만 유심히 보고 마음을 바꿨다. 모국어로 질문을 퍼붓는 외국인에게 경찰관은 완벽한 오사카 사투리로 응대하고 있었다.

"그러니까, 이리로 쭉 가면 막다른 골목이에요. 막다른 골목. 아시죠? 음, 영어로는 데드엔드라고 하나."

"오, 데드엔드. 오케이."

"오른쪽 길, 라이트, 라이트. 오른쪽으로 꺾으면 작은 네거리가 나오는데 거기서 왼쪽, 즉 약국 대각선 맞은편 빌딩이 가시려는 곳입니다."

외국인은 무슨 말인지 알아들었는지 감사 인사를 하고 파출소를 나갔다. 미하루는 그와 교대하듯 경찰관 앞으로 가서 검찰 사무관 증표를 내밀었다.

"검찰 수사 일환으로 왔습니다. 수사에 협력 부탁드립니다."

그러자 풀려 있던 경찰관의 표정이 단숨에 굳어졌다.

이제는 후와가 나설 차례다.

"오사카 지검의 후와라고 합니다."

"아, 네. 고생하십니다."

"지난달 기시노사토에서 일어난 스토커 살인 사건 때문에 왔습니다."

"아, 그 사건요. 저도 압니다."

"4월 15일 오후 11시 30분경 난바 그랜드가게쓰 근처에서 싸움이 벌어졌다는 신고가 들어오지 않았나요? 사안 대응 기록이 있다면 확인하고 싶습니다만."

"잠깐만요."

경찰은 카운터 뒤로 돌아가 열쇠를 꺼내더니 책상 서랍을 열었다. 안에서 잽싸게 꺼내 든 것은 대응 기록을 모아 둔 바인더였다.

"확인 좀 하겠습니다."

후와는 경찰에게서 바인더를 받아 들고 해당 일자 페이지를 찾기 시작했다. 미하루가 어깨 너머로 엿보자 4월 15일 날짜가 보였다.

해당일의 첫 번째 페이지.

하마터면 앗 하고 소리칠 뻔했다.

신고 내용 오른쪽 위에 사안 발생 시각이 적혀 있다.

오후 11시 32분.

난바 그랜드가게쓰 근처 거리에서 중년 회사원과 젊은 남자가 몸싸움을 벌였다는 내용이었다. 거리를 지나던 사람의 신고를 받고 경찰이 현장에 도착했을 때 회사원 같은 남자가 거리 위에 웅크리고 있었고 수상한 사람이 사카이스지 쪽으로 도망치고 있었다. 경찰은 남자를 뒤쫓았지만 이미 거리가 멀어졌고 주위가 어둡기도 해서 쓰러진 사람의 안전 확보를 우선했다. 남자는 온몸을 얻어맞고 걷어차여 멍투성이였지만 다행히 큰 부상을 입지는 않아 응급처치를 하고 잠시 휴식을 취한 뒤 경찰 조사를 받았다.

남자의 이름은 나가쿠라 히데야, 47세. 난바 센니치마에에서 동료와 술잔을 기울인 뒤 집에 돌아가는 길에 젊은 남자와 어깨가 부딪혔다. 남자 쪽에서 먼저 시비를 걸어서 맞대응을 하다가 상대에게 일방적으로 얻어맞았다고 했다.

기록을 엿보는 동안 미하루는 저도 모르게 얼굴이 굳었

다. 사안 대응 기록 내용은 야타가이의 증언과 거의 일치했다. 취객 쪽에서 먼저 시비를 걸어 싸움이 일어났다는 것만 야타가이의 일방적인 주장으로 해석하면 될 것이다.

정말로 알리바이가 있는 걸까.

그렇다면 모든 파출소에 조회했으나 해당 내용이 없었다는 수사본부 보고는 어떻게 된 걸까.

뜻밖의 전개 때문에 판단력이 흐려지는 와중에 후와의 냉랭한 목소리가 미하루의 귓가를 스쳤다.

"이 피해자의 증언을 들어야겠어."

3
수가 맞지 않는 자료

1

나가쿠라 히데야가 일하는 곳은 긴테쓰난바 빌딩 안에 있는 스포츠용품점이었다.

후와와 미하루는 평일 정오가 조금 지난 시간에 가게를 찾았는데 가게 안은 손님들로 붐비고 있었다. 조깅화와 골프용품 코너에는 중장년 손님들이 모여 있어서 후와의 모습이 자연스럽게 녹아들었다. 그러고 보니 후와는 근육질 체형이라 그의 입에서 운동이 취미라는 말을 들어도 의문스럽지는 않을 것이다.

점원 한 명에게 용건을 전하자 그는 곧장 나가쿠라를 불러 주었다. 50대 초반 정도로 보이는 노안의 남자가 두 사람에게 다가왔다.

"바쁘신데 죄송합니다."

미하루가 대신 후와의 신원을 밝히자 나가쿠라는 깜짝 놀라는 듯했다.

"오사카 지검 검사님께서 제게 무슨 볼일이 있으셔서?"

놀라움 속에는 두려움도 섞여 있어서 미하루는 부랴부랴 사정을 설명했다.

"놀라게 해서 죄송합니다. 실은 4월 15일에 나가쿠라 씨가 폭행당한 사건으로 여쭤볼 게 있어서 왔습니다."

"4월 15일……. 아아, 난바 그랜드가게쓰 건물 근처에서 얻어맞은 그 일 말인가요."

"조용히 이야기를 나눌 수 있는 곳이 있을까요?"

"저희 직원 전용 구역으로 가시죠."

나가쿠라는 후와와 미하루를 점포 안쪽에 있는 방으로 데려갔다. 직원 전용 구역이라고 해서 휴게실을 예상했건만 방 안에는 직원용 로커와 제품이 담긴 상자들 때문에 발 디딜 틈조차 없었다. 컴퓨터가 놓인 책상이 하나 있는데 그 책상 앞만이 유일한 휴식 장소로 보였다.

하는 수 없이 후와와 나가쿠라가 마주 보고 앉았고 미하루는 후와 뒤에 섰다.

"그런데 그날 일을 왜 또다시⋯⋯. 혹시 녀석이 붙잡혔습니까?"

"그것도 같이 확인하려고 합니다. 4월 15일 오후 11시 32분경 나가쿠라 씨는 난바 그랜드가게쓰 옆 골목을 걷다가 어떤 남자 옆을 지나쳤을 때 그와 어깨가 부딪혔습니다. 그리고 그 일이 원인이 되어 싸움이 벌어졌고 남자에게 폭행을 당했습니다. 이 사실이 틀림없습니까?"

"싸움이 벌어져서 폭행을 당했다기보다 그쪽에서 먼저 시비를 걸었고 일방적으로 얻어맞았다고 하는 게 더 정확하겠네요."

나가쿠라는 그렇게 말하고 갑자기 몸을 일으키더니 셔츠를 벗었다. 미하루는 순간 당황해서 고개를 돌리려 했지만 그보다 먼저 나가쿠라는 자신의 배 쪽을 보여 줬다.

살짝 살집이 있는 복부에는 총 여섯 개의 크고 작은 상처가 있었다. 나가쿠라가 몸의 방향을 돌리자 등 쪽에도 상처가 두 개 있었다.

자기 손으로는 상처를 낼 수 없는 곳이고, 틀림없는 폭행 증거였다.

"됐습니다."

후와가 말하자 나가쿠라는 셔츠를 다시 입고 의자에 앉

왔다.

"얼굴에 난 멍은 없어졌지만 배와 엉덩이, 다리 쪽에는 아직 멍이 많습니다. 그 뒤로 이틀 정도는 몸을 일으키기도 힘들었고요."

"그렇게 심하게 얻어맞았다면 당연히 상대 얼굴도 기억하시겠군요."

후와는 미하루에게 가방을 받아 안에서 다섯 장의 사진을 꺼냈다. 다섯 장 다 전과자의 얼굴 사진인데 그중 하나가 야타가이고 나머지 네 장은 다른 사람이었다. 피해자에게 범인의 얼굴을 보여 줄 때는 억측에 따른 오인 가능성을 없애기 위해 일부러 여러 장의 얼굴 사진 중에서 고르게 한다. 후와도 그 방법을 그대로 썼다.

"나가쿠라 씨를 폭행한 사람이 이 중에 있습니까?"

"이 녀석입니다."

나가쿠라는 한 치의 망설임도 없이 다섯 명 중 한 명을 손가락으로 가리켰다. 예상대로 야타가이의 얼굴이었다.

"그때는 저도 술에 취해 있어서 기억이 어렴풋한데, 이 양아치 같은 얼굴만은 확실히 기억합니다. 이 녀석이 틀림없어요."

나가쿠라는 자신만만하게 단언했다.

"그런데 검사님. 제가 이런 말씀 드리기 뭐하지만, 고작 이 정도 일로 오사카 지검 검사님께서 직접 수사하시는 겁니까? 이런 수사는 경찰들이 하는 줄 알았는데."

이번 사안은 조금 다르다고 미하루가 설명하려 했지만 후와가 눈빛으로 제지했다.

쓸데없는 소리 하지 말라는 뜻이다.

"그래서, 이놈 이름은 도대체 뭐랍니까? 역시 건달 자식이었나요?"

"죄송하지만 아무리 피해자여도 수사 정보를 알려 드릴 수는 없습니다."

나가쿠라는 순간 불만스러운 듯이 얼굴을 찌푸렸지만 억지로 납득하듯 고개를 끄덕였다.

"그야 그렇겠죠. 가해자가 사는 곳이나 이름을 다 알려 주면 경찰과 법원 같은 곳도 필요 없을 테니까요."

"이해해 주셔서 고맙습니다."

"그런데 이놈 얼굴 사진이 검사님께 있다는 건 놈에게 이미 전과가 있다는 뜻이겠죠?"

"죄송하지만 그런 질문에도 답해 드릴 수 없습니다."

"흐음. 엄격하시군요."

나가쿠라는 미련이 남았는지 살짝 원망하는 듯한 눈빛

으로 후와를 봤다.

"네. 하지만 엄격한 건 피의자에게도 마찬가지입니다. 이번 사건을 어영부영 넘길 생각은 절대 없고 반드시 범인을 밝혀내 기소할 겁니다."

후와의 말에는 두 가지 의미가 있다. 야타가이를 폭행죄로 기소하는 것과 동시에 스마와 구스바를 살해한 진범을 밝히겠다는 뜻이다. 그러나 그의 진의를 알 리 없는 나가쿠라는 제 뜻대로 되었다는 듯이 고개를 연신 끄덕였다.

"검사님, 믿음직스럽네요. 제 억울함을 꼭 풀어 주십쇼."

두 사람은 나가쿠라에게 감사하다고 하고 가게를 나섰다. 후와는 여전히 감정을 읽을 수 없는 얼굴이지만 미하루는 속으로 크게 동요하고 있었다.

"경찰의 오인 체포였을까요."

"그렇겠지."

"앞으로 어떻게 되는 거죠?"

"어떻게 되기는. 야타가이는 무혐의로 불기소. 사건은 원점으로 돌아가겠지."

미하루의 가슴속이 또다시 크게 요동치기 시작했다.

일반적으로 불기소는 크게 네 가지 사유로 나뉜다.

1. 죄가 되지 않음

2. 혐의 불충분

3. 기소 유예

4. 무혐의

우선 1번의 죄가 되지 않는 경우는 몸싸움이 조금 지나쳤을 뿐인 사안을 폭행 사건으로 검찰에 송치했을 경우 등 애초에 범죄 요건이 성립되지 않는 사례를 뜻한다.

2번의 혐의 불충분은 구속 기간 연장에도 불구하고 피의자를 범인으로 결론 내릴 증거가 발견되지 않아서 시한이 초과돼 버릴 경우다. 이는 검찰과 경찰에 치명적인 불명예를 안긴다.

3번의 기소 유예는 혐의나 확증이 있어 기소 요건이 갖춰졌는데도 검사의 온정 판단으로 형사 절차를 종료시킬 경우다. 다만 그것은 대외적인 구실일 뿐이고, 애초에 혐의가 불충분한 사안을 경찰의 체면을 세워 주기 위해 기소 유예로 하는 경우도 적지 않다.

마지막 무혐의는 말 그대로 오인 체포를 의미한다. 경찰이 자신만만하게 제출한 답안지를 0점으로 돌려보내는 거나 마찬가지라 사건을 검찰에 송치한 경찰에게 이보다

더한 수치는 없다. 담당 수사원뿐만 아니라 관할 경찰서 전체의 위신이 땅에 떨어진다. 그 네 가지 사유 중 무엇이든 간에 불기소 처분을 내린 후와에게는 반발이 예상되는 상황이다.

"……엄청난 사태로 발전하겠네요."

그러나 후와는 조금도 겁내지 않는 듯했다.

"호들갑 떨 것 없어. 당연한 수사를 통해 당연한 결론에 이르렀을 뿐."

지검에 돌아간 미하루는 곧장 불기소 절차에 착수했다. 통상 불기소 처분은 구속 기간 만기일에 내리므로 그전까지 석방 지휘서가 구속된 곳 형사 시설에 전달된다. 피의자는 그 뒤 영치품 인도와 압수물 처리 등 자잘한 절차를 거치지만 형사 절차는 그것이 마지막이고 당당히 자유의 몸이 될 수 있다.

미하루는 석방 지휘서를 작성하면서 이것을 받아 든 니시나리 경찰서와 오사카 지방 경찰청의 반응을 예상해 봤다. 0점 처리된 답안지를 받은 학생은 보통 자기 자신을 부끄럽게 여기지만, 만약 그 시험에 자신이 있었다면 크게 경악하고 실의에 늪에 빠지는 것으로 모자라 심지어 채점자를 원망하기도 한다.

자신이 옳다고 믿는 것을 부정당한 사람은 이따금 이성을 잃는다. 그것은 조직도 마찬가지다.

미하루는 키보드를 두드리며 형용하기 어려운 불안감이 엄습하는 것을 느꼈다.

석방 지휘서를 보낸 다음 날 후와는 또다시 사카키의 호출을 받았다.

후와는 미하루에게 짧게 "가지"라고만 하고 자리에서 일어섰다. 사카키가 부르는 이유는 대략 예상이 됐다. 미하루는 떨리는 마음을 억누르고 그 뒤를 따랐다.

"바쁠 텐데 자꾸 불러서 미안합니다, 검사님."

차장 검사 집무실에 들어가자 예상과 달리 사카키는 얼굴에 옅은 미소를 짓고 있었다. 그 미소를 보고 미하루는 더욱 으스스해졌다.

"조금 전 오사카 지방 경찰청에서 연락이 왔습니다. 피의자 야타가이의 석방 지휘서를 보냈다더군요."

"네."

불길한 미소를 머금은 사카키에게 후와는 여전히 무표정으로 응수했다.

"불기소를 결정했다고도 들었습니다."

"제가 수사한 결과 혐의가 없다고 판명돼서요."

"그렇게 판명한 이유를 알려 주시겠습니까?"

"야타가이에게는 알리바이가 있었습니다. 체포 당시 어떤 남자와 다퉜다고 주장한 알리바이입니다."

파출소의 사안 대응 기록에 야타가이의 진술 내용이 그대로 남아 있었다는 점. 그리고 피해자 나가쿠라가 사진을 보고 가해자가 야타가이임을 증언했다는 점. 후와가 사실을 담담히 설명하자 사카키의 얼굴에서 웃음기가 조금씩 사라졌다.

"그럼 피의자가 입고 있던 점퍼에 피해자의 머리카락이 붙은 이유는 뭐죠?"

"그 역시 야타가이의 진술을 믿으면 전날 피해자와 접촉했을 때 붙은 것으로 판단하는 것이 타당하겠죠."

대화 도중에 미하루는 눈치챘다. 후와가 야타가이를 이름으로 부르는 것에 반해 사카키는 여전히 피의자라고 부르고 있다. 이 차이가 두 사람의 인식을 고스란히 드러냈다.

"이 같은 사실을 통해 야타가이 사토시에게는 혐의가 없다고 최종 판단했습니다."

"분명 그때 거리에서 싸운 상대가 나타났다면 공판에서

다투기 어려워질 수 있겠네요. 하지만 피의자에게 의혹은 여전히 남아 있지 않나요?"

미하루는 내심 깜짝 놀랐다. 사카키는 아직 야타가이에게 미련이 남은 듯했다.

"혐의가 없다고 판단 내리기에는 아직 재료가 부족한 느낌이 드는데요."

"구체적으로 어떤 말씀이십니까?"

"나가쿠라라는 남자에게 시비를 걸고 폭행을 가한 사람이 피의자라는 건 사진을 통해서만 밝혀진 사실이고, 그가 사진을 고를 때 착각했을 가능성도 부정할 수는 없습니다. 그가 그 시각 난바 그랜드가게쓰 옆 골목에서 맞닥뜨린 사람이 피의자라는 물증이 없는 한 야타가이가 완전히 결백하다고 할 수는 없지 않을까요?"

정곡을 찌르는 주장처럼 들렸지만 후와는 조금도 개의치 않는 듯했다.

"네. 이 정도로 야타가이가 완전히 결백하다고 하기는 어려울 수 있겠습니다. 다만 제대로 된 변호사만 붙는다면 이 증언은 무죄를 거머쥘 수도 있는 증언입니다. 무엇보다 이쪽이 확보한 물증은 야타가이의 옷에 붙은 피해자의 머리카락뿐인데, 나가쿠라는 제삼자이고 야타가이에게 폭행당한 엄연한 사실이 있으니 그의 증언이 더욱 힘을 받겠죠. 처음부터 상황 증거만을 쌓아 입건시킨 사안입니다. 증언 하나로 뒤집힐 위험성을 내포하고 있었죠. 그대로 공판이 진행되면 무죄 판결이 나왔을 겁니다. 오사카 지검과 경찰청, 니시나리 경찰서는 재기하기 힘들 만큼 크나큰 타격을 입었을 테고요."

목소리에 높낮이가 없는 차분한 말이지만 사법 체계에 대한 불신을 더 심화할 수 있는 심각한 내용이었다. 그러나 그런 말을 들어도 사카키는 여전히 납득하지 못하는 듯했다.

"공판은 그럴지도 모르겠네요. 불기소를 하면 적어도 검찰이 법정에서 수치스러운 꼴을 당하지는 않겠죠. 그러나 한편으로 오사카 지방 경찰청과 니시나리 경찰서의 위신은 더욱 땅에 떨어지게 됩니다. 검찰에 송치한 피의자가 무혐의로 불기소 처분된다면 수사 방법과 수사원의 능력에 문제가 있었다는 말이 되니까요. 체면이 깎이는 것으로 모자라 원죄 사건까지 만들려 했으니 당연히 비판받을 수밖에 없습니다."

사카키는 마침내 얼굴에서 미소를 지우고 이맛살을 찌푸리기 시작했다.

"안 그래도 이번 사안은 또다시 발생한 스토커 범죄라는 점 때문에 시민의 주목이 쏠린 사건입니다. 범인이 체포돼 사람들이 이제야 조금 마음을 놓기 시작했는데 그것이 오인 체포라면 전보다 더욱 경찰에 대한 비난이 거세지겠죠. 단지 체면을 구길 뿐만 아니라 한바탕 뒤집어질 거라는 말입니다. 여론의 십자포화도 맞게 될 테고요. 자업자득이라고 해도 후와 검사에게 반감을 느낄 수사원이 나올 수밖에 없어요."

"차장 검사님. 그 점만큼은 안심하셔도 좋을 것 같습니다. 꼭 이번 일 때문이 아니라 저는 이미 경찰청과 관할에서 차고 넘칠 만큼 미움을 받고 있으니까요."

"그렇게 당당히 할 말은 아닌 것 같은데요."

"당당한 건 아닙니다. 그냥 새삼스러울 뿐."

"뭐가 새삼스럽다는 거죠?"

"검찰은 경찰이 아닌 법질서를 지키기 위해 존재합니다. 오인 체포로 억울한 피해자가 나오는 상황이야말로 비정상적인 것 아닐까요? 조금 전 차장 검사님이 말씀하신 수사 방식과 수사원의 능력이 비판받는 결과가 나온다면 오히려 그것을 더욱 드러내는 것이 좋습니다. 쇠약한 체계와 능력은 수사 기관에도 언젠가 반드시 악영향을 끼칠 테니까요."

후와의 이야기를 듣는 동안 사카키의 눈썹이 조금씩 위아래로 움직이는 것을 미하루는 놓치지 않았다.

"후와 검사. 숭고한 이상론은 귀담아들을 만하지만, 경찰청과 관할의 입장을 고려하면 다소 동정심도 생기지 않나요? 검경 유착은 엄히 금해야 하지만 똑같이 범죄를 적발하는 조직으로서 불필요한 갈등은 피하는 게 좋습니다."

"갈등할 생각은 없습니다. 일반인을 수사하고 체포하는 권한을 지녔다면 그에 합당한 식견과 능력도 지녀야 한다는 극히 당연한 이야기를 하고 있을 뿐이죠. 그러지 못할 거라면 경찰과 검찰 일을 그만두는 게 이 세상을 위해 더 낫다고 생각합니다."

그야말로 후와다운 말이라고 생각했다. 가끔은 지나치게 신랄하고 가차 없게 들리지만 그런 말을 입에 담아도 될 수준의 업무 능력을 갖췄다. 업무에 태만하거나 불성실한 자에게는 눈엣가시 같은 존재겠지만 이상을 중시하는 사람에게는 좋은 나침반이 된다.

과연 사카키는 어느 쪽에 선 사람일까. 원체 감정을 읽을 수 없는 후와를 앞에 두고 사카키는 서서히 초조해지기 시작한 듯했다.

"그야말로 후와 검사다운 말이군요. 타인의 이야기를 곧이곧대로 받아들이지 않고 세부까지 파헤친다. 돌다리는 두드리면서 건너고 감정에 결코 휩쓸리지 않는다. 훌륭한 동시에 검찰관에게 합당한 태도라고도 생각합니다. 다만 이 세상에는 후와 검사처럼 완벽주의자만 있는 건 아니에요."

"적어도 사법에 종사하는 자라면 완벽을 목표로 해야겠죠. 어쨌든 저는 기소, 불기소를 판단할 때 경찰 측 사정을 참작할 생각은 없습니다."

미하루는 문득 오싹해졌다. 후와의 의도가 어떻든 경찰의 체면을 고려하는 사카키에게 이런 말은 정식으로 이의를 제기하는 거나 마찬가지기 때문이다.

사카키의 눈썹이 또다시 꿈틀거렸다.

"……어쨌든 검찰의 패배를 미연에 방지할 수 있는 건 다행이라고 해야겠지요. 후와 검사는 앞으로도 이 건을 더 수사할 생각인가요?"

"불기소 처분을 받아 든 경찰에서도 재수사가 이뤄지겠지요. 저는 그저 송치된 안건을 꼼꼼히 확인할 뿐입니다."

"시간을 빼앗아 미안합니다. 이만 돌아가도 됩니다."

사카키의 분노가 느껴졌을 텐데도 후와는 눈썹 하나 까

닥하지 않았다. 피의자나 변호사 앞에서는 가면을 쓴 얼굴이 효과적일지 모르지만 상급자 앞에서도 가면을 벗지 않는 건 심술궂은 심보다. 역시나 사카키는 못마땅한 얼굴로 후와의 뒷모습을 노려봤다.

집무실을 나간 미하루는 참지 못하고 후와에게 말을 걸었다.

"모든 사람에게 다 그럴 수는 없어도 적어도 부장이나 차장 검사님을 대할 때는 조금 더 싹싹하게 구시는 건 어때요?"

"왜 싹싹해야 하지?"

"꼭 시비를 거는 것 같아요."

"그럴 생각은 털끝만큼도 없어."

"검사님은 그럴 생각이 없으셔도 옆에서 보면 그렇게 보여요."

"문제 있나?"

후와는 그제야 멈춰 서서 미하루를 돌아봤다.

"검사의 직무는 팀워크를 우선해야 하는 일이 아닐뿐더러 협조성이 중시되는 일도 아니야. 영업이나 서비스업과도 다르지. 주변에서 어떻게 생각하는지는 문제가 되지 않아. 표정을 통해 상대에게 속내를 읽히느니 차라리 거리를 두는 게 낫다고."

"하지만 적어도 같은 청사 안에 있는 동료분들을 상대할 때만큼은……."

"나에게는 만나는 상대에 따라 표정을 달리하는 재주가 없어."

"차장 검사님 앞에서까지 상대를 무시하듯 말하는 건 조금 그렇잖아요."

"무시? 나는 그저 차장 검사의 말에 대답했을 뿐인데."

"수사본부의 수사에는 분명 문제가 있었어요. 불기소도 타당하다고 생각해요."

"자네에게 타당한지 아닌지를 판단 받을 생각은 없어."

"네, 그 말씀이 맞아요. 그리고 검사님이 경찰청과 관할의 사정을 참작할 필요도 없겠죠. 하지만 굳이 적을 만들 만한 말과 행동은 삼가시는 게 좋지 않을까요?"

후와는 미하루를 지그시 바라봤다. 마치 눈동자를 통해 마음속을 헤집는 듯한 눈빛이었다.

"아무래도 나를 걱정하는 것 같군."

"사무관이니까요."

"일부러 적을 만들려고 그러는 건 아니야. 그냥 나 자신이 납득할 수 있을 때까지 일할 뿐."

억양 없는 목소리를 듣는 동안 불현듯 이해되는 느낌이 들었다.

후와는 정말로 앞만 보고 있는 것일지 모른다. 이 남자의 머릿속에는 검찰에 송치된 안건을 꼼꼼히 살펴 어떤 형법에 저촉되고 얼마나 중한 형량을 구형할지를 떠올리며 사법 체계의 일원으로서 기능하는 것 외에는 아무것도 없지 않을까.

경찰과 검찰 모두 사법 체계의 일부다. 법을 관장하는 것은 윤리와 논리지만 검찰과 경찰 모두 인간인 이상 동정심과 공감, 반발과 혐오, 그리고 속박을 느낀다. 후와는 그 모든 것을 거부하고 오로지 순수한 사법 기계만을 목표로 하는 것이 아닐까.

"검사님은 고립이 두렵지 않으세요?"

굳이 물어야 할 질문은 아니지만 저도 모르게 입 밖에 튀어나오고 말았다.

"경찰은 물론 검찰청 동료와 상사들까지 어느 하나 검사님을 편들지 않게 되면 어떻게 할 생각이세요?"

질문을 받은 후와는 가면 쓴 얼굴로 미하루를 바라보며 침묵하고 있다. 그가 감정 없는 눈빛으로 쳐다봐도 이제는 아무렇지 않지만 후와의 눈동자가 오늘 따라 유독 깊어 보여 시간이 갈수록 미하루는 점차 쑥스러움을 느꼈다.

"검사 한 명 한 명이 독립된 사법기관이야. 다른 걸 신경 쓸 필요는 없어."

후와는 그렇게 말하더니 다시 앞을 돌아보고 발걸음을 뗐다.

"잠깐만요, 검사님."

"뭐지?"

"조금 전 차장 검사님께 하신 말, 그러니까 기시노사토 사건에 더는 관여하지 않을 거라는 건 진심으로 하신 말씀인가요?"

"자네 귀는 들은 말을 있는 그대로 담을 수 없는 건가? 나는 그런 말을 한 기억이 없어. 경찰은 재수사를 하고 나는 송치된 사건을 꼼꼼히 살피겠다고 했지."

그렇다면 경찰 움직임과 상관없이 따로 수사할 거라는 뜻일까.

"그렇지만 가장 중요한 피의자가 사라졌으니 수사를 처음부터 다시 해야 해요. 지금 검사님이 맡고 있는 안건 수를 고려하면 도저히 그럴 여유는······."

"아무래도 뭔가 착각하고 있는 것 같군."

후와는 미하루 쪽을 돌아보지도 않았다.

"수사는 이제 막 궤도에 도달했어. 단서는 얼마든지 있지."

미하루는 그가 무슨 말을 하는지 전혀 이해하지 못한 채 말없이 후와의 뒤를 쫓았다.

몇 시간 후 미하루는 휴식 시간을 이용해 니시나가 일하는 총무과를 찾았다. 꼭 평소 친하게 지내서는 아니고 궁금증을 해결해 줄 사람이 검찰청 안에 니시나밖에 없었다.

"대체 무슨 일이야? 미하루 씨가 먼저 날 찾아오다니."

"니시나 과장님은 마당발이시죠?"

"응? 딱히 그런 건 아니야. 그냥 가만히 있는데도 정보가 들어오거든. 총무과라는 곳이 원래 그런 부서이기도 하고."

"궁금한 게 있어요."

"혹시 야타가이의 불기소를 결정한 후와 검사를 뒤에서 사람들이 뭐라고 하는지 궁금해서?"

"어떻게 그걸……."

"미하루 씨가 지금 궁금해할 건 그것밖에 없을 테니."

"네……. 어때요?"

"뭐 호의적이지는 않지."

니시나는 자못 곤란한 듯이 관자놀이에 검지를 갖다

댔다.

"검찰 내부에 변호인을 뛰어넘는 적이 있다, 분위기 파악을 못한다 등등. 원래 이런 종류의 이야기는 시간이 갈수록 과장되는 법이라 곧이곧대로 해석할 필요는 없지만 아무튼 기본적으로 부정적인 것만은 확실해."

"경찰 입장에서 피의자의 변호인은 천적이나 마찬가지인데, 그 이상이라면……."

"경찰과 검찰은 일심동체라는 의식이 있으니 더 뒤통수를 맞은 느낌일 거야."

"뒤통수라뇨. 그쪽에서 먼저 수사를 날림으로 했으니 이 지경이 된 건데요. 검사님이 불기소를 결정하지 않았다면 아마 공판에서 패했을 거예요. 그리고 패하지 않았더라도 원죄 사건 사례가 하나 더 늘었겠죠. 번지수를 잘못 짚어도 한참 잘못 짚은 거 아닌가요?"

"지금 미하루 씨가 하는 말은 어디서든 부끄럽지 않을 정론이지만 오사카 지방 경찰청이 있는 오테마에라면 사정이 좀 달라. 원래 사람이 감정적이 되다 보면 논리 같은 게 잘 통하지 않잖아. 이게 기분이 좋으니 나쁘니로 끝날 문제도 아니고."

니시나는 내키지 않는 것처럼 고개를 흔들었다.

"담당 검사에게 오인 체포 같은 말을 듣고 석방 지휘서까지 받으면 문제는 윗선의 책임 문제로 발전해. 벌써 수사본부의 몇 명은 교체될 거라는 이야기가 나오고 있고. 꼭 징계까지 가지는 않아도 경력에 오점으로 남겠지. 원망의 목소리가 원래라면 범인에게 향해야 하는데 지금은 피의자도 없으니 후와 검사에게 쏠리는 형국이야. 승진, 좌천 문제에서는 남자들이 더 집요한 면이 있기도 하고."

미하루는 마음이 점차 무거워졌다. 다른 검사들과 달리 후와는 현장과 관할 경찰서를 매일 찾는 것도 마다하지 않는다. 그러나 경찰 쪽에서 불만이 터져 나오고 있는 지금 느긋하게 관할 경찰서를 찾아가는 것은 너무 위험하다. 게다가 그림자인 나는 그와 항상 동행해야 한다.

"후와 검사는 철저한 현장주의자니까 상황이 어떻게 되건 전과 다름없이 관할을 돌아다닐 거야. 한신 타이거스 팬들 속에 요미우리 자이언츠 유니폼을 입고 가는 거나 마찬가지지."

그 정도 예시는 오히려 평화롭다. 아니, 별로 평화롭다고 할 수는 없을까.

"평소부터 오사카 지검의 에이스로 불리고 누구 앞에서도 늘 무표정한 얼굴 등은 이런 상황에서 악재가 될 수밖에 없어. 수사본부에서 떨어져 나가는 형사 중에는 이미 나이가 지긋한 사람도 있다고 하니 그런 사람들의 원망은 특히 대단하겠지. 늘 검사 뒤를 쫓아다녀야 하는 미하루 씨도 관할 경찰서에 갈 때만큼은 단단히 각오해 두는 게 좋을걸."

"그런 말씀은 좀……. 겁주지 마세요."

"물론 대놓고 뭇매를 맞거나 하지는 않겠지만 고분고분한 협력은 기대하지 않는 게 좋을 거야."

그러고는 니시나는 "그런데" 하고 다시 덧붙였다.

"후와 검사는 이미 이런 상황을 다 예상했을지도 몰라. 그 사람은 원래 다른 사람이나 관할 경찰서, 경찰청과 연대하며 일하는 타입이 아니니까. 좋든 나쁘든 한 마리의 늑대 같은 사람이지. 그나저나 당사자의 반응은 어때?"

"자신은 일부러 적을 만들려는 게 아니라 스스로 납득할 수 있을 때까지 일하는 것뿐이라고……."

"그 사람답네. 후와 검사는 검사로서 포용이라는 처세술을 스스로 거부하고 있어. 고집스럽다고 하면 고집스럽겠지만 법의 수호자는 원래 고집스러워야 한다는 말이 있기도 하고, 이런 곳에서 일하는 사람이 스스로 납득될 때까지 일하지 않는 게 오히려 이상하지."

검사가 스스로 납득될 때까지 일하려는 것을 주위에서 용납하지 않는 환경이야말로 이상하다는 뜻이다.

"이상론이네요."

"응. 더할 나위 없는 이상론이지. 그러니 다른 검사들과도 어울리지 못할 테고. 연수에서 아무리 숭고한 이상론을 가르쳐도……. 응? 방금 나 살짝 째려봤지?"

"연수 때 제게 검찰이 지향해야 할 목표를 가르쳐 주신 분이 바로 니시나 과장님이에요."

"응, 맞아. 하지만 실제 현장을 돌아다니다 보면 그런 게 통하지 않고 주변 사람들의 결정과 분위기 같은 것에 휩쓸리기 마련이야. 그쪽이 더 능률적이고 갈등도 회피할 수 있으니 정석처럼 굳어지는 거지. 그런데 말이야."

니시나는 불현듯 목소리를 낮췄다.

"다른 사람과 어울리지 못한다고 했지만, 실은 이곳 지검 안에도 후와 검사의 숨은 팬이 꽤 많아. 그걸 드러내면 모난 돌 취급을 당하니 공개적으로 표현은 못 하지만."

말투에서 니시나 자신도 후와의 숨은 팬 중 한 명이라는 점이 엿보였다.

"어떤 조직이든 마찬가지인데 이상을 추구하는 사람은 원래 눈엣가시 취급을 당해. 대부분 실제로 그런 걸 지켜

나가는 건 어렵다고 생각하니 자연스럽게 거부 반응을 보이지. 그러니 주야장천 겉발림 소리나 해 대는 거야. 하지만 말이지. 좋고 멋지고를 떠나서 이상이라는 건 추구해야 해. 더욱이 어려운 걸 알면서도 몸과 마음을 소모하고 인간관계를 어그러뜨리면서까지 이상을 향해 가려는 사람을 비난해서는 더욱 안 되고. 그런 사람이 한 명도 없으면 조직과 구성원들은 썩어빠지기 십상이거든. 직접 얼굴을 맞대고 이런 이야기를 해 본 적은 없지만 후와 검사도 분명 그걸 알고 있을 거야. 숨은 팬들도 그 사람의 그런 면모에 끌리는 거야."

2

후와는 사카키에게 충고를 들은 직후부터 행동을 개시했다.

오사카 지방 경찰청은 제1방면에 14개, 제2방면에 11개, 제3방면에 12개, 제4방면에 14개, 마지막 제5방면에 14개까지 합쳐 총 65개의 관할 경찰서가 있는데 놀랍게도 후와는 무려 이 관할 경찰서를 일일이 다 돌겠다는 말을 꺼냈다.

"다 돈다니……. 그렇게 다 찾아가서 대체 뭘 조사하시려는 건가요?"

"니시나리 경찰서 때처럼 자료실을 뒤져야지."

"네? 예순다섯 곳 전부를요? 한 군데를 뒤지는 데만 하루가 걸렸잖아요."

"자료실의 모든 걸 다 뒤지겠다는 건 아니야. 이 목록의 해당 부분만 조사하면 돼."

후와는 가는 길에 미하루에게 스테이플러로 철한 종이 세 장을 내밀었다. 훑어보니 사건 이름이 쭉 나열돼 있다.

"이게 무슨 목록인가요?"

"데이터베이스를 보고 만들었어. 오사카 지방 경찰청과 관할 경찰서가 합동 수사를 펼친 사건 중 미해결 안건만을 종합했지."

세어 보니 전부 합쳐 2백 건 가까이 된다. 담당 관할 경찰서도 여러 방면에 산산이 흩어져 있다.

"안건 수는 한정되지만 니시나리 경찰서 때처럼 자료실이 정리되지 않았다면 결국 똑같지 않나요? 그리고 이번에도 관할 경찰서의 저항이 예상돼요. 저희 두 사람의 힘으로는 도저히……."

"둘이서만 조사하겠다고 한 기억은 없는데."

"네?"

"예순다섯 곳을 둘이서만 조사하는 게 어렵다는 건 나도 알아. 이번에는 자네 외의 다른 사무관의 손도 빌릴 거야. 검사 휘하 사무관들은 하나같이 바쁘니 총무과와 특수부의 도움도 받기로 했어."

깜짝 놀랐다. 얼마 전 니시나가 이야기한 후와의 숨은 팬 이야기와도 이어지는 걸까.

"그렇지만 특수부 소속 사무관들은 더 바쁘지 않나요?"

"나한테 빚이 있거든."

후와는 태연하게 툭 내뱉었지만 엘리트 검사 집단이라는 평가를 받는 특수부가 후와에게 대체 무슨 빚을 진 걸까. 미하루는 몹시 궁금했지만 간신히 질문을 집어삼켰다. 현재 맡는 안건이 아닌 다른 건에 대해 물어봐야 후와가 무시할 것이 뻔하기 때문이다. 지금껏 여러 번 겪은 바 있다.

"혹시 일제 수사인가요?"

"이런 건 일제히 하지 않으면 의미가 없지."

"차장 검사님과 지검장님 허가는 받으셨어요?"

"허가받을 필요가 있나? 검사의 직무 범위인데."

후와의 목소리에서는 여전히 각오나 긴장감 같은 것은

읽히지 않는다. 이 남자의 몸에는 대체 인간의 피가 돌기는 하는 걸까. 미하루는 평소의 의문과 불만을 가슴에 묻은 채 첫 번째 방문지인 소네자키 경찰서로 향했다.

뒤늦게 듣기로는 이날 각 관할 경찰서에 총 열두 명의 사무관이 찾아갔다고 한다. 목적은 자료실 조사였지만 사전 통보를 하지 않은 탓에 관할에서는 하나같이 당황하는 모습을 보였다. 개중에는 서장이 직접 지검장에게 전화를 걸어 확인한 사례도 있다고 한다.

지검장과 차장 검사가 사건 담당 검사들의 일정을 일일이 관리하는 것은 아니니 전화를 받은 그들도 당황했다고 하는데 그 시점에 이미 관할 경찰서 자료실은 검찰 사무관들이 점거하고 있었다.

"목록에 적힌 사건 자료가 있는지 없는지만 확인하면 되니 전문 지식은 필요 없어. 사전 통보 없이 가는 거라 그쪽에서 우리를 미리 경계해서 꿍꿍이를 세울 여유도 없을 테고."

소네자키 경찰서에 도착하기 직전 후와는 미하루에게 최소한의 설명만을 해 주었다. 딱히 그가 친절해서가 아니라 미하루가 이것저것 물어 올 것을 사전에 차단할 목적으로 보였다. 실제로도 자료 조사가 시작되고 나서 후와는 거의 입을 열지 않았다.

인해전술이 효과를 발휘했는지 아니면 후와가 사람을 잘 골라서인지 몰라도 오사카 지방 경찰청 관할 경찰서 예순다섯 곳의 자료실 수색은 고작 이틀 만에 끝났다. 사무관들의 실력도 놀랍지만 미하루가 무엇보다 놀란 것은 관할과 오사카 지방 경찰청의 반응이었다.

후와와 미하루가 가장 먼저 찾아간 소네자키 경찰서의 반응도 심상치 않았다. 형사과장이라는 구로사와라는 남자가 두 사람을 맞았는데 그는 처음부터 당황하는 기색을 보였다.

"후와 검사님. 이렇게 또 불쑥 찾아오시면 어떡합니까. 접수처 말을 들으니 저희 자료실을 보시겠다고요?"

"네. 안내는 괜찮으니 이대로 들여보내 주십시오. 작업도 저와 사무관 둘이 할 겁니다."

후와가 사무적으로 말하자 구로사와는 의심을 얼굴에 고스란히 드러냈다. 뭔가 숨기고 있다고 해석해도 될 것이다.

"무려 검사님께서 친히 행차하셨는데 저희가 손가락만 빨고 있을 수도 없는 노릇이잖습니까."

"손가락을 빠실 일은 없을 겁니다. 그냥 평소 하시는 일을 그대로 하시면 됩니다. 제 일 때문에 소네자키 경찰서의 업무에 영향이 생기는 상황은 저로서도 결단코 피하고 싶습니다."

"듣자 하니 다른 곳에서는 안내가 소홀했다고 하던데요. 저희는 한두 명쯤 붙여 드릴 수 있습니다."

"그럼 말이 나온 김에 제가 원하는 걸 말씀드리겠습니다. 저와 사무관 말고는 그 누구도 자료실에 들어오지 못하도록 감시를 부탁드립니다."

바짓가랑이를 붙잡고 늘어지는 구로사와를 보면서 후와는 간단한 겉치레 인사조차 할 생각이 없는 듯했다. 그러나 구로사와도 만만치 않았다.

"그럼 검사님. 명확한 사유를 좀 알려 주십쇼. 저도 위에 보고해야 해서요."

"검사의 범죄 수사권은 검찰청법에 명시돼 있습니다. 그것으로는 부족한가요?"

"그것만으로 모든 사정이 설명되지는 않으니까요."

"검찰에 송치된 안건의 증거 자료 현물을 확인하려고 합니다."

후와는 소네자키 경찰서의 내부 구조도 이미 꿰고 있는지 구로사와를 돌아보지도 않고 발걸음을 뗐다.

"검찰에 송치한 증거 자료와 같은 것들이 갖춰져 있으면 됩니다. 만약 없다면 다른 곳에 섞였을 가능성이 있으니 그것을 찾는 작업도 포함됩니다."

"사건명만 알려 주시면 저희가 직접 찾겠습니다. 수사 중인 안건이라면 담당자가 그대로 들고 있는 경우도 가끔 있어서요."

"걱정하지 않으셔도 됩니다. 자료가 아예 사라졌을 리는 없지 않겠습니까?"

후와다운 빈정거리는 말이었지만 그 말을 빈정거림으로 해석한 사람은 미하루뿐이고 구로사와에게는 진의가 전해지지 않은 듯했다. 구로사와는 어안이 벙벙한 얼굴로 후와의 뒷모습을 멍하니 바라봤다.

"지금 저희가 조사하려는 건 대부분 발생한 지 1년 이상 지난 사건들입니다."

구로사와는 더는 말로써 후와를 제지하지 못하고 결국 자료실로 향하는 후와와 미하루 뒤를 졸졸 쫓아왔다.

소네자키 경찰서 자료실은 니시나리 경찰서보다는 훨씬 정돈돼 있었다. 자료가 사건 발생순으로 정리된 것만으로도 마음이 놓였다.

자료실에 들어간 뒤에도 구로사와는 끈질기게 후와에

게 들러붙었다.

"간단한 조회 작업이라면 저희 쪽도 할 수 있습니다."

그는 그러면서 미하루가 애써 서가에서 꺼낸 상자를 원위치에 돌리려고 했다. 자꾸만 방해해서 미하루도 결국 참지 못하고 입을 열었다.

"간단한 조회 작업이니 사무관인 제가 맡겠습니다. 구로사와 과장님은 그러지 않아도 공사가 다망하실 테니 저희를 신경 쓰지 않으셔도 돼요."

옆쪽을 힐끗 보니 후와도 자료 대조 작업에 집중하고 있다. 사무관이 실수하면 반드시 지적하는 사람이니 미하루의 이 정도 대응은 허용 범위라고 판단했을 것이다.

반격당한 구로사와의 표정은 그야말로 볼 만했다. 수치심과 분노가 얼굴에 희미하게 드리워졌고 그 뒤로는 할 말을 고르는 것처럼 보였다.

잠시 후 구로사와는 "그럼 실례하겠습니다"라는 한마디만 남기고 자료실을 나갔다.

"검사님. 그냥 내버려 둬도 될까요?"

"우리가 딱히 액션을 취할 필요는 없어. 무슨 일이 있으면 저쪽에서 먼저 움직일 테니."

30분이 흐르자 후와의 예상이 정확히 들어맞았다. 구

로사와가 다른 남자 한 명과 함께 자료실에 돌아왔다. 남자의 왼쪽 가슴에는 경시 계급장이 붙어 있었다.

후와는 그와 면식이 있는지 그를 보고 가볍게 고개를 숙였다.

"오랜만에 뵙습니다. 가리야 서장님."

역시 서장이었나.

"후와 검사. 이게 대체 어찌 된 일인가? 사전 통보도 없이 찾아와서 자료를 뒤지다니."

화난 기색을 숨기지 않는 가리야를 보고도 후와는 전혀 개의치 않는 듯했다.

"죄송합니다. 급한 안건이라서요."

"송치 사안을 재조사하는 거면 우리도 돕지 않을 이유가 없지. 우리 쪽에서 인원을 할당할 테니 두 사람은 그냥 확인만 해도……."

"배려는 감사하지만 그러실 필요는 없습니다. 작업을 이미 끝마쳤으니까요."

후와는 가리야 앞으로 성큼 다가갔다.

"재작년 9월경 시내에서 연속 날치기 사건이 일어났죠. 그중 한 건이 소네자키 경찰서의 관할인 자야마치에서 일어난 것으로 압니다. 그런데 확인해 보니 지금 이곳에는 그 자료가 없네요."

그러자 순식간에 가리야와 구로사와의 낯빛이 변했다.

"또 하나. 이건 무려 4년 전으로 거슬러 가는데, 오사카 지방 경찰청과 합동으로 수사한 연속 방화 사건입니다. 그중 한 건은 우키다 1번지라 소네자키 경찰서의 관할입니다만 이 역시 자료가 상자째로 사라진 상태입니다."

"그건 사건이 아직 해결되지 않아서……."

"수사를 계속 이어 가더라도 수사본부가 축소될 때는 증거물들이 일단 관할에 돌아옵니다. 그리고 서장님. 지금 이 시간에도 오사카 지방 경찰청을 포함해 예순다섯 곳의 관할 경찰서에 거의 동시에 지검 사무관들이 들어가서 확인 작업을 펼치고 있습니다. 만약 해당 수사 자료가 경찰청에도 없다면 서장님은 사태를 어떻게 수습하실 생각입니까?"

평온하고 사무적인 말투였지만 효과는 막대했다. 가리야는 대답을 쩔쩔맸고 구로사와는 심지어 개처럼 끙끙 앓는 소리를 냈다.

"서장님의 지시가 아니란 건 압니다."

그러자 가리야의 눈썹이 위아래로 꿈틀거렸다.

"수사 자료가 보이지 않는 건 합동 수사를 펼친 안건들이더군요. 그리고 다른 관할 경찰서 중에도 자료를 분실한 곳이 있습니다. 오늘 확인 작업에 들어간 사무관들에게도 새로운 정보가 들어오겠죠."

시간이 지날수록 가리야의 고개가 아래로 숙어졌다.

"서장님. 서장님이 형사과장이었을 때 저와 함께 맡은 사건이 있었죠. 기억하십니까?"

"그래. 평생 잊지 못할 경험이었지……."

"그렇다면 저의 업무 방식과 신조 모두 기억하시겠군요."

"그것도 잊을 수 없지."

가리야는 약간 아쉬운 듯이 말했다.

"자네 사전에는 '정'이나 '적당히' 같은 단어가 없지. 오로지 흑과 백, 혐의가 있다, 없다의 양자택일이었고 피의자의 집안 사정이나 자라 온 환경 등은 조금도 고려하지 않았어. 심지어 지검장 아들의 속도위반 사건을 아무렇지 않게 기소하기도 했고."

"정은 없을지 몰라도 일단 품 안에 들어온 새를 목 졸라 죽이지는 않습니다."

"후. 자네는 지금 소네자키 경찰서의 서장을 새 취급 하는 건가. 단 하나도 변한 게 없군, 후와 검사."

볼멘소리지만 왠지 유쾌하게 들렸다.

"자네는 이미 다 감을 잡았겠지."

"서장님. 그걸 말씀하시는 건⋯⋯."

구로사와가 옆에서 부랴부랴 서장을 말리려 했지만 가리야는 한 손을 들어 그를 제지했다.

"경찰청에서 지시가 내려왔겠죠?"

후와가 묻자 가리야는 고개를 딱 한 번 끄덕였다.

"지시가 내려온 게 언제였습니까?"

"그리 오래되지는 않았네. 4월 20일쯤이었나. 우리를 비롯한 경찰청 산하 예순다섯 개 관할에 동시에 지시가 떨어졌지."

"서장님, 그 이상은⋯⋯."

"구로사와 과장, 가만있게. 후와 검사에게 이렇게 뻔한 은폐 공작 따위 소용없네. 어설프게 숨기는 것보다 깨끗이 털어놓는 게 나아."

"하지만."

"그리고 예순다섯 곳에 일제히 사무관이 들이닥쳤다면 우리만 감춰 봐야 소용없지 않겠나."

그 한마디를 듣고서야 구로사와는 입을 다물었다. 가리야는 다시 후와를 돌아봤다.

"지시 내용이 뭐였습니까?"

"그 역시 자네는 이미 대략 눈치채지 않았나. 굳이 내 입을 통해 들어야 속이 시원하겠나?"

"억측 수사는 금물이라고 제게 가르쳐 주신 분이 서장님이었습니다."

"……정말 못 당하겠군. 그래. 지시 내용은 이랬네. '오사카 지방 경찰청에서 대량의 수사 자료 분실이 보고됐으니 해당 사건을 맡은 관할은 즉시 자료실을 확인하라'. 경찰청과 합동 수사를 펼칠 때 수사 자료 현물은 대부분 경찰청 쪽에서 맡게 되네. 그쪽에서 분실했다면 관할에 뭐가 남아 있겠나? 아무것도 없지."

"동시에 함구령도 떨어졌겠군요."

"문서 등으로 전해진 건 아닐세. 기존 지시도 전화를 통해 들었으니. 그걸 떠나 애초에 그런 걸 문서로 남길 리 없지. 이런 불상사는 따로 함구령을 내리지 않아도 중대 과실이라는 걸 다들 아니까. 청장님이 직접 내게 전화를 걸었네. 소상히 설명하지 않아도 서장들은 다들 이해했을 거야. 이런 걸 두고 척하면 딱이라고 하나."

"제가 추린 목록 중에는 10년도 더 된 사건도 있습니다. 수사 자료가 통째로 사라졌다는 건 현재 수사도 지속되고 있지 않다는 걸 의미합니다."

"아마 그렇겠지."

"공소 시효가 가까워졌을 가능성도 있고요."

"그것도 부정할 수는 없지."

미하루는 옆에서 아연실색한 채로 두 사람의 대화를 들었다. 이미 어렴풋이 예상하고는 있었지만 현실은 예상을 훨씬 뛰어넘었다.

다이쇼 경찰서의 증거물 일부 분실, 그리고 얼마 전 니시나리 경찰서에서 겪은 일. 두 가지는 모두 오사카 지방 경찰청과 직결돼 있었던 것이다.

"니시나리 경찰서 사건을 불기소 처분했다는 이야기는 나도 들었네."

"그런가요."

"나뿐만 아니라 오사카 지방 경찰청에 속한 경찰관들은 대부분 알고 있을 거야. 자네가 니시나리 경찰서의 위신을 땅에 떨어뜨렸고, 그런 상황에서 엎친 데 덮친 격으로 일어난 대량의 수사 자료 분실. 이 소식을 자네가 공표하면 아무리 자업자득이라고 해도 경찰청은 자네를 적으로 돌릴 거야. 각오는 돼 있나?"

그 말은 가리야 나름의 위협처럼 들렸다.

전부 공개하고 오사카 지방 경찰청의 잘못을 드러내 경

찰청과 관할 경찰서 모두를 적으로 돌려도 괜찮겠느냐고 묻고 있다. 그런 상황에서 과연 검사 일을 제대로 해 나갈 수 있겠냐고도 묻고 있다.

그러나 상대는 다른 사람이 아닌 후와다.

"거듭 신경 써 주셔서 고맙습니다. 하지만 서장님. 그 말에 제가 뭐라고 대답할지도 이미 아시지 않습니까?"

"그래, 알다마다."

"배려는 이것으로 충분합니다."

후와의 말을 듣고 미하루는 그제야 이해했다. 조금 전 가리야가 내뱉은 위협은 오사카 지방 경찰청장과 그 산하 경찰관 모두에 대한 의리 같은 것이다. 소네자키 경찰서의 서장으로서 최대한 저항하는 모습을 보여 이른바 면죄부를 얻은 것이 아닐까.

"자네와 처음 만난 지 어언 10년. 조금은 둥글둥글해졌을 거라고 기대했건만."

가리야는 못내 아쉬워 보였다.

3

일제 확인 작업을 시작한 지 이틀이 지나자 관할 경찰

서 예순다섯 곳을 조사한 열두 명의 사무관들에게서 연이어 보고가 들어왔다.

절도, 부녀자 폭행, 사기, 치한 행위 등 죄목은 다양하지만 중대 사건이 아닌 것만은 공통됐다. 건수는 무려 마흔두 곳에서 205건에 이르렀고 가장 최근 사건으로는 지난달, 오래된 사건으로는 10년도 더 된 사건도 있었다. 꼼꼼히 조사하자 후와가 지적한 대로 공소 시효가 지난 사건도 포함돼 있어 미하루가 떠올린 최악의 사태가 벌어졌다.

"이건 좀 심하네요. 빈집에서 현금 120만 엔을 턴 사건인데 현장에서 수집한 지문 샘플이 통째로 사라졌대요."

"그렇군."

"이것도 엉망이에요. 연쇄 부녀자 성폭행 사건. 수법이 같아서 동일범 소행 확률이 높은데도 채취한 정액 분석 결과가 사라졌어요. 8년이나 된 사건이라 감식과에 남아 있던 기록도 폐기됐고요."

"그렇군."

미하루는 참담한 심정으로 문서를 읽으며 이따금 비명을 지를 뻔했지만 후와는 의례적인 것처럼 전부 흘려듣고 있다. 미하루는 후와의 속내를 가늠할 수 없어서 저도 모르게 따지는 투로 물었다.

"검사님. 이건 검사님이 밝히신 사안이에요."

"말하지 않아도 알아."

"아마 오사카 지방 경찰청이 창설된 이래 최악의 불상사겠죠."

미하루는 조금의 과장 없이 그렇게 느꼈지만 후와는 평소와 똑같은 표정이었다. 이 남자를 놀라게 하려면 대체 눈앞에 뭘 들이밀어야 할까.

"이 일이 언론에 새어 나가면 그야말로 엄청난 스캔들로 발전할 거예요."

그러자 후와는 그제야 반응다운 반응을 보였다.

"자네는 이 소식을 사법 기자들에게 흘릴 생각인가?"

"그런 건……."

"관할 경찰서나 관계자들이 유출하기 전에 먼저 경찰청에서 직접 공식으로 발표하겠지. 그게 가장 상처를 줄이는 방법이야."

오사카 지방 경찰청을 그 지경으로 만든 사람은 다름 아닌 후와다. 후와는 소네자키 경찰서의 가리야뿐만 아니라 그날 이후 자료를 잃어버린 관할 경찰서 서장 모두에게 전화를 걸었다. 목적은 자료 분실 실태를 서장의 입으로 직접 전해 듣는 것이었는데 이런 일을 메일 교환 등으로 하지 않는 것도 그야말로 후와다웠다.

"검사님이 관할 경찰서를 마흔두 곳이나 찾아가실 테니 오사카 지방 경찰청도 어쩔 수 없겠죠."

"그냥 절차를 밟고 있을 뿐이야. 경찰청을 움직이게 할 의도 따위 없어."

말은 그렇게 하지만 후와가 최근 이틀간 한 행동을 돌이켜보면 몰지각도 이만 한 몰지각이 없었다. 소네자키 경찰서를 시작으로 관할 경찰서 세 곳을 돌며 서장을 만났는데, 보고서를 한 손에 들고 가서 캐물으면 누구든 체념한 듯이 자백할 수밖에 없었다.

후와는 문제가 생긴 관할 경찰서 마흔두 곳을 전부 찾아갈 생각인 듯하지만, 이런 일을 반복하다 보면 경찰청이 움직이지 않을 도리가 없다. 그로부터 며칠 지나지 않아 지검장이 경찰청장과 면담 일정이 생겼다며 후와를 불렀다.

그날 미하루는 후와와 함께 사코타 지검장의 집무실에 불려 갔다. 미하루는 검찰청에 들어온 이래 지검장실에 들어가는 게 처음일뿐더러 사코타의 얼굴을 가까이에서 보는 것도 처음이라 심장이 쿵쾅거렸다.

"자네가 요즘 관할 경찰서를 들쑤시며 특수부 사무관들에게 일을 시킨다는 차장 검사의 보고를 받았네."

사코타는 곤란해하는 얼굴로 후와를 정면으로 쳐다봤다. 오사카 지검의 수장 앞에서도 후와는 평소처럼 긴장도 흥분도 하지 않았다.

"그런데 설마 이런 대형 스캔들이 터졌을 줄이야. 니시나리 경찰서만의 불상사면 모를까 예순다섯 곳 중 마흔두 곳이나 문제가 있다면 한두 명 목이 날아가는 수준으로 끝나지 않겠지."

"관계자들의 목을 치기 위해 하는 일은 아닙니다."

"그야 자네 성격이라면 당연히 그렇겠지. 그러니 더욱 악랄하다고 할 수 있는 거고. 누군가를 몰락시킬 때 가장 질 나쁜 방법이 바로 악의 없이 몰락시키는 거야. 그것으로 모자라 자네에게는 풋내 나는 정의감 같은 것도 없지. 꼭 사무 업무를 처리하듯 타인의 실수나 악행을 폭로해대니 상대가 버틸 재간이 있겠나."

"안건 하나를 정리하는 데 정의감 같은 게 일일이 필요하다고도 생각하지 않습니다."

사코타의 목소리를 듣는 것은 이번이 처음이지만 그는 아무래도 포용력이 있는지 차장 검사 사카키만큼 후와를 경원시하지는 않는 듯했다.

"여전하군."

사코타는 어쩔 수 없다는 듯이 한숨을 내쉬었다.

"곧 오사카 지방 경찰청장이 여기 온다는군. 야나기타니 경찰청장과 만나 본 적이 있나?"

"아뇨."

"나는 그가 경찰청장에 취임하고 몇 번인가 얼굴을 마주한 적이 있네. 속이 검은 남자는 아니야. 오히려 훌륭한 보스처럼 부하들을 챙기는 사람이지."

사코타의 이야기에 후와가 대답할 말이 예상되는 건 그와 오랫동안 함께 일해서일까. 검사를 보좌하는 사무관이라면 입을 틀어박아서라도 발언하게 해서는 안 될 말이지만 미하루는 그러지 못했다.

"아무리 부하를 잘 챙기는 보스여도 조직의 불상사를 은폐하려는 사람은 경찰관으로서 실격입니다."

"역시 그렇게 말할 줄 알았네. 자네라면."

사코타는 후와를 어떻게 다뤄야 할지 모르겠다는 듯이 머리를 긁적였다.

"그게 다 자네에게 딸린 식구가 없어서야. 부장, 차장, 그리고 지검장 자리까지. 위에 오르면 오를수록 할 일과 의무가 느는 법일세. 마찬가지로 책임져야 할 것도 늘지. 그건 검사든 경찰이든 일반 시민이든 크게 다르지 않아.

누군가의 위에 올라선다는 건, 밑에 있는 부하와 그 가족들의 삶까지 책임져 준다는 뜻이 되기도 한다는 말일세."

"저는 위에 올라갈 생각이 없습니다."

"자네에게 그럴 생각이 없어도 언젠가는 그렇게 되겠지."

사코타의 목소리가 노기를 띠기 시작했다.

"큰 감점 요소만 없다면 이 세계에서는 가만히 있어도 위로 올라가게 돼 있어. 자네처럼 에이스로 칭송받는 인물이라면 더욱 그렇지. 자신의 위치를 조금은 자각하게."

지검장 앞이든 누구 앞이든 후와가 기특한 말을 입에 담을 리 없다. 미하루가 이번에야말로 그가 대답하기 전에 끼어들어야겠다고 생각한 순간, 문을 두드리는 소리가 들렸다.

"네, 들어오세요."

실례합니다, 하고 모습을 드러낸 사람은 얼굴에 볼살이 조금 있는데도 인상이 날카로운 남자였다. 어깨에 달린 경시감 휘장을 보니 야나기타니 경찰청장으로 보였다.

"먼 곳까지 오시게 해서 송구할 따름입니다. 청장님."

"아뇨. 당치도 않습니다."

불상사를 일으킨 주체가 경찰청이니 직접 오는 게 당연하다는 식으로 들렸다.

사코타의 소개로 세 사람이 서로 얼굴을 마주 봤다. 'ㄷ'자 모양의 소파에서 후와와 야나기타니가 마주 보고 앉고 가운데에 사코타가 앉았다. 후와 뒤에 선 미하루의 눈에는 후와와 야나기타니의 갈등을 사코타가 중재하는 것처럼 보였다.

실제로 경찰청의 입장이 난처해졌어도 후와가 수사를 중단할 리 없다. 분실한 수사 자료와 그로 인해 발생한 일들을 치밀하게 밝히려 하고 있다. 후와에게는 일상적인 사무 업무나 마찬가지일 테지만 경찰청 입장에서는 한 번 생긴 상처가 앞으로 계속 커지는 거나 마찬가지다. 즉 당사자가 의식하지 않는다고 해도 후와는 경찰청 입장에서 불구대천의 원수가 돼 버린 것이다. 오사카 지검을 총괄하는 사코타로서는 어쩔 수 없이 중재하러 나설 수밖에 없다.

"무슨 이야기가 나올지는 모르겠습니다만."

먼저 포문을 연 사람은 후와였다.

"사무관들이 이번 일에 대해 정리한 보고서가 있습니다. 읽어 보시겠습니까?"

후와가 고개를 돌리자 미하루는 손에 들고 있던 보고서 파일을 후와에게 건넸다. 이럴 때도 사무관은 검사의 그림자이니 야나기타니에게 직접 건네지 않는다.

후와에게 파일을 받은 야나기타니는 몹시 긴장한 얼굴로 파일을 펼쳤다. 나름대로 각오하고 왔을 것이다. 표정에는 변화가 없었지만 입가가 풀린 적은 한순간도 없었다.

파일을 잠시 훑어보던 야나기타니는 내용의 3분의 2쯤을 읽은 단계에서 조용히 파일을 닫았다.

"이제 됐습니다."

그는 그렇게 말하고 무거운 것을 든 것처럼 힘겹게 파일을 앞으로 내밀었다.

"이 보고서, 일제 조사 이후 며칠 만에 완성된 겁니까?"

"사흘 걸렸네요."

야나기타니는 놀라는 한편으로 어이없어하는 표정을 지었다.

"고작 사흘 만에."

"제 담당 사무관 말고도 다른 사무관들의 도움을 받았으니까요."

"그래도 사흘 만에 이만큼 조사했다는 건……."

"아아, 청장님. 후와 검사는 우리 오사카 지검 안에서도 능력이 유독 뛰어나서요. 이런 것을 저희의 평균 수준으로 보시면 곤란합니다."

"후와 검사님이어서 다행입니다. 아니, 다행이라고 할 수는 없을까요."

야나기타니는 짧게 탄식했다.

"아군으로는 이토록 믿음직한 아군이 없을 테고, 적으로는 이보다 더 무서운 적이 없겠지요. 평소에는 사건을 검찰에 송치하면 끝이니 느긋하게 굴다가 이렇게 직접 조사받는 입장이 되니 겨드랑이에서 식은땀이 날 지경입니다."

그렇게 말하며 겨드랑이 쪽을 손으로 가리는 것을 보니 완전히 호들갑은 아닌 듯했다.

"굳이 다 읽지 않아도 알 수 있습니다. 검사님이 조사한 내용은 전부 사실이고 누락된 것도 없겠죠. 맞습니다. 저희 경찰청은 2백 건이 넘는 사건의 수사 자료 일부 또는 전부를 분실했습니다. 이 야나기타니 야스노리, 오사카 지방 경찰청의 못난 수장으로서 능력 없는 저 자신이 부끄러울 뿐입니다."

"아뇨, 청장님."

더는 야나기타니에게 창피를 주고 싶지 않은지 아니면 은혜를 베풀 생각인지 사코타가 불쑥 끼어들었다.

"일부러 이곳까지 오신 건 경찰청 쪽에도 해명할 여지

가 있어서겠죠. 그 이야기를 해 주시겠습니까?"

"아뇨, 해명할 여지 따위 없습니다. 모든 건 제 관리 능력 부족해서 벌어진 일입니다."

옆에서 듣고 있으니 말씨와 표현이 촌스럽기는 한데 일단 책임을 지려는 자세에서는 호감이 느껴졌다. 수사 자료 관리를 경찰청장이 직접 했을 리 없고 부하가 저지른 사고를 감싸려는 모습이 과연 부하를 잘 챙기는 보스다웠다.

그러나 다른 사람의 인품 따위는 안중에도 없는 사람이 있다.

"청장님의 관리 능력이 아닌 수사 자료 관리 책임자의 능력 문제 아닐까요?"

후와는 눈썹 하나 까닥하지 않고 물었다.

"청장님의 구두 지시로 모든 관할 경찰서가 수사 자료 분실 문제에 입을 걸어 잠갔습니다. 엄중한 함구령으로 추정컨대 청장님의 관리 능력은 문제가 있기는커녕 오히려 대단하다고 해야겠지요."

본인에게 악의는 없을지 모르지만 야나기타니 입장에서는 비아냥거리는 소리로만 들릴 것이다. 가면을 뒤집어 쓴 후와의 평소 얼굴을 모른다면 더욱 그렇다.

아니나 다를까 야나기타니는 기분이 조금 상한 듯이 입을 꾹 다물었다.

"굳이 반박할 건 아니지만 제가 따로 함구령을 내린 건 아닙니다."

"꼭 함구령이 아니어도 이렇게 대량의 자료를 분실했다는 사실을 각 관할 경찰서 서장들에게 구두로 전달한 시점에 사실상 함구령이 된다는 건 청장님도 아실 겁니다."

"경찰청에서 분실하기는 했어도 관할에서 보관하고 있을 가능성도 있으니 확인해 달라고 지시했을 뿐입니다."

"확인 작업은 얼마나 진행됐습니까?"

"지시를 내린 지 한 달 조금 넘는 기간 동안 관할에서 나온 건 전부 합쳐 여덟 건입니다."

"그 한 달 조금 넘는 기간 동안 경찰청 자체적으로도 수색했겠죠."

"물론이죠."

"분실물을 찾을 때는 잃어버렸을 당시 상황부터 밝혀야 합니다. 당연히 그쪽 조사도 하셨겠죠?"

후와의 질문을 들은 야나기타니가 갑자기 입을 꾹 다물었다.

"청장님. 모쪼록 기분 나쁘게 듣지 말아 주십시오. 후와 검사는 원래 이렇습니다. 납득되는 대답만 얻을 수 있다면 상대가 검찰 총장이어도 같은 질문을 던질 겁니다."

"정말 그럴 것 같네요."

"청장님이 여기서 말씀하지 않으셔도 직접 경찰청에 가서 모든 책상 서랍 안을 뒤질지도 모릅니다."

"그럴 때 가만히 보고만 있는 것도 기분 좋을 일은 아니겠지요."

제 구역에 남이 멋대로 쳐들어오는 것보다는 낫다고 판단했을 것이다. 야나기타니는 거의 체념한 것 같은 얼굴로 이야기를 털어놓기 시작했다.

"오사카 지방 경찰청이 2007년에 새 청사로 옮긴 건 아시겠죠. 당시 구 청사에 보관 중이던 수사 자료를 전부 그쪽으로 이관했는데, 그때까지만 해도 자료실에 제법 여유가 있었다고 합니다. 그런데 그 뒤 중대 사건과 관할과의 합동 수사로 매년 자료물이 늘게 되었고, 제가 부임할 무렵에는 이미 자료실이 포화 상태가 되었습니다. 그 뒤에도 사건은 끊임없이 늘기만 했죠. 그러다가 마침내 자료실이 아닌 다른 곳, 예를 들어 기계실 같은 곳 구석에 수사 자료를 담은 상자를 놓아두게 되었습니다. 입실과 퇴실 기록을 엄중히 관리하는 자료실과 비교해 기계실 같은 곳은 아무래도 보안이 허술하기 마련이죠. 직원은 물론이고 설비 등을 정비할 때 외부 업자들도 아무렇지 않게 드나들었으니까요. 부품을 교환하거나 수리할 때는 업자가 들고 온 공구나 비품 같은 것도 바닥에 널브러져 있었다고 합니다. 작업에 방해가 되면 자료물이 담긴 상자를 잠깐 다른 곳에 옮길 때도 있었겠죠. 무엇보다 그런 곳에 중요한 수사 자료가 내팽개쳐져 있을 줄은 그들도 꿈에도 생각지 못했을 테니까요."

미하루는 그 광경을 손쉽게 떠올렸다. 청사 건물에 드나드는 외부 업자가 모두 주의력이 뛰어나고 사려 깊은 사람일 리는 없다. 상자가 기계실 등에 방치됐다면 외양도 더러워졌을 테니 도통 중요한 자료가 담긴 상자로는 보이지 않았을 것이다. 그리고 사려 깊지 않은 사람이 꼭 업자들 중에만 있다고 한정할 수도 없다. 경찰청에 근무하는 직원이 더러워진 상자를 폐기했을 수도 있다. 어쨌든 그렇게 허술하게 관리하다 보면 상자가 백 개, 2백 개 사라졌다고 해도 이상할 게 전혀 없다. 205건의 수사 자료는 잃어버릴 만해서 잃어버렸다고 해야 할 것이다.

"잃어버린 걸 깨달은 계기는 뭐였습니까?"

"경찰청 소속 경찰관이 저지른 절도 사건이 일어났고

당사자가 증거를 날조한 혐의가 나왔습니다. 그때 자료실을 조사한 결과 대량의 자료 분실이 발각됐죠."

"그 안에는 10년도 더 된 안건이 있었고 강도, 상해, 도난, 사기, 공갈 등은 이미 공소 시효가 지난 사건도 있습니다."

"책임은 통감하고 있습니다. 내일 당장에라도 기자 회견을 열 생각입니다."

야나기타니의 고개가 조금씩 아래로 내려갔다. 미하루는 왠지 애달팠다. 사죄해야 마땅한 불상사인 것만은 틀림없지만 야나기타니 혼자서 모든 것을 짊어지기에는 너무 큰 실책이다.

언론 발표 전에 당연히 감찰관실이 먼저 움직일 것이다. 야나기타니도 물론 처벌 대상이 되겠지만 자료실 관리 책임자부터 말단 수사원까지 징계 대상은 광범위할 것으로 예상된다.

꼭 검사의 취조실 같은 분위기가 감도는 곳에서 사코타가 측은한 듯이 중간에 말을 보탰다.

"후와 검사. 이건 내가 하는 제안인데…… 조금 전 청장님이 말씀하신 대로 한 경찰관의 증거 날조를 조사하다가 우연히 자료 분실도 밝혀졌다고 발표하는 건 어떨까."

후와에게 쏠린 눈빛에는 기대와 바람이 엿보였다.

"중요한 건 책임을 지는 방식이고 발각 경위가 아니잖나. 후와 검사, 내 말이 틀렸나?"

다시 말해 후와가 밝혀냈다는 사실을 감추라는 지시다. 검사의 수사 결과가 아닌 경찰청 자체의 자정 작용이다. 검사장은 사안을 그렇게 만들고 싶은 듯했다.

미하루는 피가 거꾸로 솟는 기분이었다. 니시나리 경찰서에서 갖은 푸대접을 받으면서도 후와와 함께 꾹 참고 자료실을 뒤졌다. 먼지를 뒤집어썼고 다음 날에는 근육통 때문에 끙끙거리는 것으로 모자라 수면 부족까지 덮쳤다.

아니, 꼭 후와와 나뿐만이 아니라 예순다섯 곳 관할 경찰서를 일제히 조사한 다른 사무관들에게도 여러 폐를 끼쳤다. 그들은 후와의 인품을 보고 협력해 주기는 했지만 결코 시간이 남아돌아서 그랬던 것은 아니다. 관할 경찰서에서 자료를 뒤지며 소비한 시간은 그대로 평소 업무에 대한 압박으로 돌아왔을 것이다. 그러니 후와에게 처음 이야기를 들었을 때 미하루는 속으로 그들에게 진심으로 감사했다. 그러나 사코타는 지금 그들이 소비한 시간과 흘린 땀의 성과를 깡그리 지워 버리라고 말하고 있다. 그런 제안이 납득될 리 없다.

후와는 과연 어떻게 대답할까. 미하루는 후와가 검사장의 제안을 거절해 주기를 바랐다. 아니, 다른 사람의 안색 따위 개의치 않는 후와라면 제안을 받아들일 리 없을 거라 예상했다.

"전 상관없습니다."

뜻밖의 대답을 듣고 미하루는 순간 잘못 들었나 하고 귀를 의심했다.

"저는 제 판단으로 조사를 이어 가겠습니다. 경찰청과 각 관할이 저를 방해하지 않겠다고 약속만 해 주시면 기자 회견에서 뭘 어떻게 발표하든 청장님 재량에 맡기겠습니다."

"검사님."

무심코 목소리가 터져 나왔다. 사코타와 야나기타니가 후와의 뒤에 서 있는 미하루를 처음 발견한 것처럼 흠칫 놀랐다.

"이런 제안은 거절하셔야죠. 검사님뿐만 아니라 저희 사무관들까지 땀 흘려 일한 성과가 전부 없었던 일이 돼 버리는데요."

후와가 천천히 고개를 돌렸다. 감정이 읽히지 않는 눈빛은 그대로인데 심지어 지금은 눈동자 안쪽이 공허해 보이기까지 했다.

"자네는 가만있어."

"하지만 이대로라면 너무……."

"자네가 끼어들 자리가 아니야."

역시 온도가 느껴지지 않는 목소리지만 위압감은 평소보다 심했다. 미하루는 반사적으로 입을 다물었다. 이래서는 파블로프의 개나 마찬가지 아닐까.

사코타와 야나기타니는 겸연쩍은 듯이 얼굴을 마주 봤지만 미하루의 호소를 귀담아들을 생각은 없는 듯했다. 두 사람은 곧 아무 일 없었던 것처럼 대화를 이어 갔다.

"후와 검사도 그러겠다고 하니 기자 회견 내용은 전적으로 청장님께 맡기도록 하겠습니다."

"감사합니다. 앞으로도 잘 부탁드리겠습니다."

"저야말로."

두 사람은 서로 고개를 숙였지만 굳이 말할 것도 없이 야나기타니 쪽이 깊숙이, 더 오래 고개를 숙였다. 오사카 지방 경찰청장과 오사카 지검장 사이에 뚜렷한 상하 관계가 있는 것은 아니지만 이번 밀약으로 경찰청은 지검에 빚을 진 셈이 된다. 그리고 그것은 야나기타니가 이번 불상사에 책임을 지고 교체되어도 똑같을 것이다.

미하루는 순간 흠칫 놀랐다.

머릿속이 번뜩인 느낌이었다. 혹시 후와가 사코타의 제안을 순순히 받아들인 것도 이런 채무 관계를 만들 의도였을까.

"그럼 실례하겠습니다."

마지막으로 고개를 한 번 더 조아리고 야나기타니가 집무실을 나갔다.

"이런 게 바로 이심전심이라는 건가."

소파에 깊숙이 앉은 사코타가 곁눈질로 후와를 봤다.

"오사카 지방 경찰청에는 아직 문제가 많아."

"앞으로 도쿄 경찰청이 아닌 지점에서 오사카 지방 경찰청을 관리하겠다는 말씀이신가요?"

"설마. 그건 명백한 월권행위지. 그런데 언제 어디서든 예측 못할 사태는 일어나. 어떤 형태로든 빚을 만들어 두는 건 나쁘지 않지."

미하루는 새삼 자신의 부족한 관찰력을 절감했다.

사코타는 교활한 너구리다. 포용력은 있을지 모르지만 미래를 위해 그런 능력을 교묘히 이용하고 있다.

"더 용건이 없으시다면 저도 이만."

"그래, 수고했네."

후와는 고개를 한 번 숙이고 발길을 돌렸다. 꼭 업무를 하나 끝마친 것처럼 발걸음이 가벼워 보였다.

복도에 나가자 미하루가 후와 앞에 빙 돌아가 섰다.

"저는 납득할 수 없어요."

"뭘?"

"단지 경찰청에 빚을 만들려고 검사님과 저희가 한 일을⋯⋯."

"일 하나를 마칠 때마다 칭찬해 주기를 원하나?"

후와의 말은 지극히 냉정했다.

"시간을 들이고 제 손도 더럽혀 가며 상대의 중대한 실수를 발견했으니 조금 더 사무관의 일에 주목해 달라. 그리고 성과를 내면 그때마다 머리를 쓰다듬어 달라는 건가?"

"그런 의도로 한 말은⋯⋯."

"그런 의도로 한 말이 아니라면 적당히 하는 게 좋아. 안 그래도 자네는 감정이 너무 얼굴에 드러나니까. 자네를 비롯해 검찰 사무관들의 일은 담당 검사와 사무국이 이미 정당하게 평가하고 있잖나. 아니면 그냥 평가가 아니라 각광을 받고 싶은 건가?"

그 말을 들은 순간 미하루는 얼굴에서 불이 뿜어져 나오는 것 같았다.

좋은 평가를 듣거나 각광이 쏟아지기를 전혀 바라지 않는다고 하면 거짓말이다. 검찰 사무관은 어디까지나 검사의 그림자다. 그림자가 하는 일에 스포트라이트가 쏟아질 리 없다.

그러나 이번 조사만큼은 그래도 조금이나마 인정받고 싶었다. 사무관들의 활약으로 오사카 지방 경찰청이 은폐해 온 실수가 만천하에 드러났다. 예상하지 못한 성과에 눈이 흐려진 것도 틀림없는 사실이다. 이번 일을 계기로 사무관인 우리에게도 시선이 쏠리고, 때에 따라서는 업무 내용이나 평가 자체도 바뀌기를 어렴풋이 꿈꾸기도 했다. 그러므로 후와가 딱 잘라 사코타의 제안을 받아들였을 때 의문과 동시에 분노를 느낀 것이다.

"검사님은 아무렇지 않으세요? 문제를 직접 발견하고 자료를 긁어모은 것으로 모자라 서장들에게 일일이 증언까지 받아 내셨잖아요."

"관심 없어."

허세나 거짓말처럼 들리지는 않았다.

"내 일을 방해하지만 않으면 그걸로 충분해. 이번에는 경찰청장이 직접 보증해 줬으니 이제 적어도 드러내 놓고 방해하지는 않겠지."

"……적어도, 라는 건 어떤 의미인가요?"

"경찰은 전형적인 수직 체계 조직이야. 경찰청장이 지시하면 경찰청 산하 관할 경찰서의 모든 구성원이 순순히 따를 수밖에 없지. 그러나 조직의 감정까지 그럴 거라고 단언은 못 해."

"조직의 감정이요?"

"소속감이 강한 조직일수록 집착과 원한을 공유하기도 쉬우니까. 소속 부서의 수치를 꼭 자신의 명예훼손처럼 여기지."

설명을 듣고서야 비로소 깨달았다.

야나기타니는 내일 당장에라도 기자 회견을 열겠다고 했다. 그 자리에서 오사카 지방 경찰청의 불상사가 만천하에 드러날 것이고, 야나기타니를 포함한 윗선 몇 명과 관련된 관할 경찰서 관계자들은 틀림없이 징계 대상이 된다.

그 시점에 후와는 오사카 지방 경찰청은 물론이고 경찰청 산하 예순다섯 곳 관할 경찰서에서 일하는 모든 이들을 적으로 돌리게 되는 것이다.

미하루는 저도 모르게 "검사님" 하고 입을 열었다. 입안은 바싹 메말라 있었다.

"일을 방해하지만 않으면 된다고 하셨죠. 오사카 지방 경찰청이 205건의 수사 자료를 분실했다는 건 이미 보고서 작성도 마친 상태예요. 검사님은 여기서 뭘 더 조사하시려는 건가요?"

"핵심이라고 하면 궁금증이 풀리겠나?"

"네?"

무슨 말인지 묻기도 전에 후와는 미하루 앞을 뚜벅뚜벅 지나가 복도 너머로 사라졌다.

미하루는 후와의 속내를 전혀 종잡지 못한 채 말없이 그 뒤를 따를 수밖에 없었다.

4

다음 날 후와는 미하루와 함께 니시나리 경찰서를 찾았다.

지난번에 찾았을 때는 영문도 모르고 찬밥 취급을 당했지만 이번에는 접수처에 앉은 여직원의 반응부터 달랐다. 후와와 미하루를 올려다보는 눈빛에서는 적개심이 읽혔고 대기실 방향을 가리키는 손놀림도 거칠었다.

그러나 이번에는 미움받는 이유가 지나칠 정도로 명

백했다. 오늘 오전 10시에 야나기타니 오사카 지방 경찰청장은 기자들 앞에 서서 경찰청이 총 205건의 수사 자료를 분실했다고 발표했다. 아직 1단계 수준의 발표였고 205건의 상세 내역과 향후 대응에 대해서는 자세히 설명하지 않았지만 사법 담당 기자 중 몇 명은 그에게 날카로운 질문을 던졌다.

— 205건의 내역을 현재 조사 중이라고 하셨는데, 사건 발생 연도는 과거 어디까지 거슬러 가는 겁니까?

— 현재 조사 기록을 정밀히 분석 중이라 답변드릴 수 없습니다.

— 답변할 수 없다는 말은 그 안에 5년, 10년이 지난 사건도 포함된다는 뜻으로 받아들여도 될까요? 가령 업무상 과실 치사죄나 강도, 상해죄는 공소 시효가 10년, 절도, 사기, 공갈은 7년, 폭행, 협박죄는 3년입니다. 만약 분실 자료 중에 그런 사건이 있다면 공소 시효가 지날 수도 있다는 말이 되는데요.

— ……이론상으로는 그렇습니다.

— 이론상이라는 게 무슨 뜻이죠? 청장님. 최악의 경우 205건 중 상당수 사건의 공소 시효가 만료돼 사건이 해결되지 못하고 범인이 거리를 당당히 활보할 수 있게 된

다는 뜻 아닙니까?

　—그러니까, 아직 조사를 마치지 않은 단계라 말씀드릴
수 없습니다.

　TV 중계를 보고 있던 미하루는 야나기타니의 대응이
몹시 불만스러웠다.

　조사 기록을 정밀히 분석 중이라니. 분실 자료 205건
에 대해서는 이미 보고서가 완성됐고 누락된 부분도 없
다. 그런데도 분석 중이라고 둘러댄 것은 전부 공개해 시
민의 반발을 사기보다 정보를 조금씩 흘리며 흥분이 차
차 사그라지기를 바라서일 것이다. 그러나 조금씩 공개할
수록 언론 보도도 늦어지게 되고 시민들은 더욱 불신감을
품는다. 폭풍우가 몰아치면 그것이 지나갈 때까지 가만히
숨어 있으면 그만이라고 생각하겠지만, 자신들의 행동이
오히려 폭풍우의 속도를 더 느리게 한다는 건 깨닫지 못
하고 있다.

　야나기타니의 기자 회견은 10분 만에 끝났고 기자들이
불만스러워하는 분위기가 화면 너머로도 전해졌다. 모든
언론사가 후속 보도를 벼르고 있을 것이다.

　후와와 미하루가 니시나리 경찰서를 찾아간 건 공교롭
게도 기자 회견을 한 지 두 시간이 지나서였다. 물론 기자

회견을 하기 전부터 후와가 오사카 지방 경찰청의 수사 자료 분실을 밝혀냈다는 사실은 야나기타니를 통해 모든 관할 경찰서에 전해졌다. 바꿔 말해 모든 경찰 구성원의 실의와 분노가 최고조에 달했을 때 느긋하게 그 한복판에 몸을 던진 셈이다.

후와는 분위기 파악을 못하는 게 아니라 안 하는 것이다. 사전에 예고한 대로 야나기타니가 후와를 방해하지 말라고 지시 내렸다고 해도 경찰 구성원 한 명 한 명의 감정까지 제어하기는 어렵다. 주변 사람들이 악의를 잔뜩 발산하는 곳에서 조사에 나서야 한다. 만만한 상황이 아니다. 실제로 후와와 미하루가 별실에서 기다리고 있는데도 차 한 잔 나오지 않았다.

"이런 사면초가 같은 상황에서 대체 뭘 조사하시려는 건가요?"

"보면 알아."

아무리 사면초가 같은 상황이어도 후와의 태도는 평소와 전혀 다를 바 없었다. 미하루는 이번에야말로 후와의 머릿속을 들여다보고 싶었다. 그의 뇌는 논리를 관장하는 좌뇌만이 발달했고 감정을 관장하는 우뇌는 이미 오래전에 퇴화하지 않았을까.

"이제 곧 자네가 그렇게 궁금해하던 핵심이 나올 거야."

왜 미리 설명해 주지 않는 걸까. 항의하려는 찰나에 별실 문이 열리더니 오야 경부보가 얼굴을 내밀었다.

"오랜만에 뵙습니다, 검사님."

그는 가벼운 인사를 건넸지만 고개는 1밀리미터도 숙이지 않았다. 마음속이 훤히 들여다보이지만 오야는 속내를 딱히 감출 생각도 없어 보였다.

"경찰청에서 지시가 내려왔다더군요. 검사님이 조사할 때 모든 직원들이 최대한 협력하라고요."

"감사한 일입니다."

"최대한이라는 말에는 개인차가 있을 텐데, 아무튼 잘 부탁드립니다."

자신은 협력할 마음이 없다는 의사 표명이나 마찬가지다. 이토록 노골적으로 굴면 오히려 이쪽도 상대하기 편하다.

"그래서 오늘은 뭘 또 조사하러 오신 겁니까? 안타깝지만 지금 자료실에는 아무도 들어갈 수 없습니다."

"왜죠?"

"그야 검사님이 경찰청의 실태를 낱낱이 폭로해 주신 덕분이죠. 오늘 아침에 감찰관실에서 들이닥쳐서 지금껏 자료실을 점거하고 있습니다. 그 양반들 조사가 끝날 때까지는 저희도 못 들어갑니다."

감찰관실은 역시 움직임이 빠르다. 다른 관할 경찰서에도 이미 손길이 뻗쳤을 것이다.

"아무튼 그런 이유로 오늘 저희는 자료실 출입이 불가능합니다. 거듭 죄송하지만 검사님은 이번에도 알아서 조사해 주셔야 할 것 같네요."

"배려는 감사하지만 오늘은 자료실 쪽에 볼일이 없습니다."

미하루는 무심코 후와를 봤다. 오야는 뜻밖이라는 표정을 짓고 있는데 분명 내 얼굴도 같을 것이다.

"오늘 이렇게 찾아뵌 건 오야 경부보님께 이야기를 듣고 싶어서입니다. 일단 앉아 주시겠습니까?"

오야는 수상쩍어하면서 후와의 맞은편에 앉았다.

막상 오야가 앞에 앉아도 후와는 좀처럼 입을 열지 않았다. 오야의 눈을 지그시 보며 마음속 깊은 곳을 읽는 듯했다. 오야는 오싹해졌는지 후와에게 맞서듯 험악한 눈빛을 지어 보였다.

"기왕 이렇게 된 김에 확실히 말씀드리는데, 저는 오사카 지방 경찰청에 충성을 맹세한 경찰관입니다. 후와 검사님의 폭로가 정당할 수는 있겠지만 경찰청 산하 예순다섯 개 관할 경찰서 구성원들의 사기가 땅에 떨어진 것도 엄연한 사실이에요."

"문제가 될까요?"

"검사님도 오사카 지검 특수부가 저지른 불상사 때문에 마음고생을 하셨겠죠. 발각되지 않으면 좋았을 것이라고요. 그러나 이미 드러난 뒤에는 여론의 분노가 하루빨리 가라앉기를 바라셨을 겁니다."

후와가 무표정한 얼굴로 대답하지 않아서인지 오야의 목소리에 점차 열기가 느껴졌다.

"사법 체계에 오류가 있어서는 안 된다. 오류가 생기면 생길수록 사법에 대한 신뢰가 흔들리고, 사법부 결정에 시민들이 납득하지 못하게 된다. 그런 국가는 법치 국가라 할 수 없다."

"정확한 말씀입니다."

"따라서 경찰과 검찰 모두 같은 식구의 불상사는 최대한 눈에 띄지 않게 처리하는 것이죠. 이건 결코 식구를 두둔해서가 아니라 그럼으로써 사법부의 권위를 지킬 수 있기 때문입니다. 그러나 검사님은 한 치의 망설임도 없이 그런 규칙을 어기셨습니다. 실례를 무릅쓰고 말씀드리자면, 자신의 입신양명을 위해 식구들을 배신한 겁니다. 범인 체포와 검거를 도맡고 함께 협력해 사건을 해결하는 동료들의 뒤통수를 치신 거예요."

미하루는 하마터면 비명을 지를 뻔했다.

그것만은 사실이 아니다.

후와가 자신의 출세 때문에 이런 일을 벌였을 리 없다. 그런 사람이었다면 내가 이렇게 고생하지도 않았다. 관습과 상식, 상하관계 같은 것은 모조리 무시하고 그는 그저 자신의 신조대로 일하고 있을 뿐이다.

후와가 배신한 상대는 오사카 지방 경찰청이 아니다. 결과적으로 경찰청이 손해를 보기는 했지만 후와가 진정 노리는 것은 다른 곳에 있다는 생각이 들었다.

"검사님으로서는 훌륭하실지 모르죠. 하지만 인간으로서 저는 검사님을 도저히 존경할 수 없네요."

"그 말씀도 정확할 겁니다."

후와는 오야의 분노를 한 귀로 흘려듣는 듯했다. 미하루는 후와가 새삼 무서워졌다. 아무리 냉정해도 인간인 이상 늘 이성만 앞세울 수 있는 것은 아니다. 안정, 소속감, 공생 같은 기반 없이 살아갈 수 있을 리 없다.

그러나 후와에게서는 그런 일면이 털끝만큼도 보이지

않았다. 얼굴에 쓴 가면을 벗지 않는 것처럼 정신까지 가면에 덮여 있다는 착각마저 들 정도다. 그런 상대에게 존경이니 뭐니 하는 이야기를 꺼내 봐야 코웃음만 치지 않을까.

"저로서는 그게 더 낫기도 합니다."

"뭐라고요?"

"괜스레 저를 신경 쓰느라 증언에 쓸모없는 감정이나 편견 따위가 섞이면 말짱 헛수고니까요. 저에게 적개심을 품어 주시는 편이 오히려 더 낫습니다."

"검사님은 사법 시스템 안에 몸을 두고 있는데도 소속감 같은 건 전혀 없으신가 보군요."

"오히려 오야 경부보님이 소속감이 지나치게 강한 것 같습니다. 야타가이를 잘못 체포한 것에도 그런 영향이 있지 않았을까요?"

그 순간 오야의 표정이 싸늘하게 식었다.

"그게 무슨 말씀이시죠?"

"야타가이는 사건 당일 알리바이가 있었고 결국 무죄가 증명됐습니다."

"아, 네. 네. 검사님이 아주 멋지게 밝혀 주셨죠. 역시 오사카 지검의 에이스라고 칭송받는 분답게요. 네, 저희가 어리석었습니다. 아마 니시나리 경찰서 강력계를 통틀어도 검사님 한 분 능력의 발끝에도 미치지 못하겠죠."

"야타가이가 범인이라고 자신하셨겠죠?"

"그야 당연하죠. 저희도 일부러 억울한 피해자를 만들 생각은 없으니까요. 녀석의 전과와 탐문, 감식 등을 종합적으로 고려해 범인으로 판단한 겁니다. 그런데 검사님은 뭐죠? 저희가 한 번 잘못 판단했다고 평생 저희를 우롱하실 생각입니까?"

"그뿐만이 아니겠죠."

오야가 흥분할수록 후와는 더욱 냉정해지는 듯하다. 그리고 그 냉정함을 눈앞에서 보고 있는 오야는 감정이 더욱 달아오르고 있다.

"검사님, 이 이상 저와 저희 경찰서의 실수를 캐고 들어서 검사님께 무슨 이득이 있습니까?"

"제가 알고 싶은 건 물증이 충분하지 않은데도 굳이 그 사람을 체포해서 검찰에 송치한 니시나리 경찰서의 진의입니다."

"예?"

"야타가이가 범인임을 나타내는 물증은 그의 점퍼에 붙은 피해자의 머리카락뿐이었습니다. 본인이 필사적으로 주장한 알리바이도 마음만 있다면 얼마든지 파출소의 사안 대응 기록을 통해 다시 확인할 수 있었을 테고 그럼 검찰 송치도 포기하셨겠죠. 그런 상황에서도 송치를 서두른 건 기한이 임박한 시점에 수사 자료가 대량으로 분실됐다는 게 니시나리 경찰서 안에서 발각돼서 아닙니까?"

오야는 대답하지 않았다. 아니, 못하는 걸까.

두 사람을 옆에서 지켜보는 미하루도 가만히 입을 다물고 있었다. 정확히 말하면 후와의 말을 머릿속으로 아직 충분히 이해하지 못했다.

"4월 15일 스마 나쓰미와 구스바 미네타카 씨가 살해되는 사건이 일어났고, 현장에서 수집한 증거물은 전부 경찰청이 관리하게 됐습니다. 오야 경부보님을 비롯한 수사본부 구성원들은 얼마 되지 않은 단서로 야타가이를 주목해 그를 체포했죠. 그러나 그로부터 며칠 지나지 않은 20일에 야나기타니 경찰청장에게서 수사 자료가 대량으로 분실됐다는 소식을 듣게 됩니다. 청장에게 지시받은 대로 경찰서 내 자료실을 조사하고 여러분은 소스라치게 놀라셨겠죠. 앞으로 검찰에 송치할 안건의 수사 자료 현물들이 일부 사라진 상태였으니까요."

시간이 갈수록 오야가 얼굴을 찌푸렸다. 옆에서 미하루

도 점차 표정이 굳었다.

"여러분께는 야타가이가 진범이라는 자신감이 있었습니다. 스토커 범죄가 또다시 일어나 세간의 주목이 쏟아진 마당에 체포 사건의 검찰 송치를 포기하면 엉뚱한 의심을 살 수도 있었죠. 그리고 수사 자료가 일부 분실됐다는 것이 발각될 수도 있었습니다. 그러니 수사 자료 현물이 일부 분실된 상황에서도 검찰 송치를 망설이지 않은 겁니다. 수사를 치밀하게 하는 것보다 조직의 불상사를 은폐하는 것을 우선했으니까요."

미하루는 무심코 "그럴 수가……" 하고 중얼거렸다. 오야는 미하루를 곁눈질로 힐끔거리더니 부끄러운 듯이 고개를 돌렸다.

"정말 고작 그런 이유로 야타가이의 알리바이를 묵살하신 건가요? 후와 검사님이 직접 사건을 조사하지 않았다면 야타가이는 피고인이 되었을 테고 심지어 유죄 판결이 떨어질 가능성도 있었다고요."

"……결과적으로는 그렇게 안 됐잖습니까."

"결과가 중요한 게 아니잖아요. 경찰분들께서 늘 그런 식이니……."

그때 옆에서 "사무관" 하는 감정 없는 목소리가 들렸지만 미하루는 말을 멈추지 않았다.

"자네는 가만있어."

"가만 못 있어요. 경찰이 확실한 수사보다 은폐를 우선하다니, 이건 말도 안 되는 일이잖아요. 그러니까 억울하게 죄를 뒤집어쓰는 사람들이 끊임없이 생기는 거라고요!"

"가만있으라고 했어."

미하루는 냉랭한 목소리를 듣고 열기가 단숨에 식었다.

"하지만."

"흥분하는 심정을 이해 못 하는 건 아니야. 그렇지만 나중에 해."

그 말에 담긴 뜻도 이해할 수 없었다. 화를 내더라도 자기 조사가 다 끝나고 나서 내라는 뜻일까. 아니면 그 밖에 또 분노를 향할 대상이 있다는 뜻일까.

"저희 사무관이 실례되는 말을 했습니다. 넓은 아량으로 용서해 주시기를 바랍니다."

"아뇨. 괜찮습니다."

"만약 제 추측에 잘못된 것이 있다면 지적해 주십시오."

"지적이니 뭐니 할 것도 없습니다. 사건이 발생한 타이밍과 수사 자료의 일부 분실, 그리고 경찰청장님 지시를 종합해서 고려하면 그런 결론에 도달해도 이상하지 않죠.

저희가 내세울 수 있는 건 저희의 심정 같은 것뿐이니 입증할 수도 없습니다."

오야의 목소리는 팽팽한 실이 끊어진 것처럼 힘이 없었다.

"저로서는 수사를 확실히 해 나갈 생각이었지만 청장님 지시가 머리를 스친 것도 사실입니다. 지금은 제 마음이 어느 쪽으로 기울었는지도 잘 모르겠네요."

"그런가요."

"하지만 후와 검사님. 저희가 조직을 지키기 위해 힘쓴 건 지나쳤을 수 있지만 틀린 건 아닙니다. 그것만큼은 꼭 말씀드리고 싶습니다."

"그런가요."

"검사님은 아무래도 소속감이 별로 없는 듯하지만 조직에 속한 사람들 대부분은 검사님과 다릅니다. 그들은 조직의 보호를 받고, 조직을 지키려고 하죠. 평범하고 나약한 이들이 많습니다. 그렇다고 해서 그런 이들을 경멸하지는 말아 주십시오. 다들 자신의 나약한 면모를 감춘 채 열심히 범죄와 맞서고 있으니까요."

"경멸한 적은 없습니다."

"아닌 것 같은데요."

"경부보님이 그렇게 느끼셨을 뿐입니다."

후와가 하는 말은 옳다. 그는 얼굴에 가면을 뒤집어썼고 속내를 드러내지 않아서 무슨 생각을 하는지 좀체 알수 없다. 매일 그와 행동을 함께하는 미하루조차 그러하니 한두 번 얼굴을 마주한 오야가 후와의 진의를 가늠할리 없다. 그런데도 후와가 자신들을 경멸한다고 느끼는 것은 그저 열등감에 사로잡혀서일 것이다.

후와의 가면은 후와 자신의 진의를 감추기 위한 것만은 아니다. 그의 가면은 상대방의 마음을 비추는 거울일지도 모른다.

"검사님. 그래서 저희를 앞으로 어떡하실 생각입니까?"

"어떻게도 하지 않습니다."

그러자 오야는 어안이 벙벙해졌다.

"어떻게도…… 하지 않는다?"

"처음에 말씀드렸듯이 저는 합동 수사본부와 니시나리 경찰서 강력계가 야타가이 사건을 어떻게 처리했는지를 확인할 뿐입니다. 그 밖의 다른 목적은 없습니다."

"저희를 처분 대상에 올리는 건……."

"그건 감찰관실에서 할 일이죠."

"검사님은 조직 방어를 우선한 니시나리 경찰서 강력계

를 용서 못 하시는 것 아닌가요?”

“용서는 제 업무가 아닙니다.”

“그럼 검사님은 대체 무엇을 위해 일하시는 겁니까? 검사님께는 정의감 같은 게 없습니까?”

“그것을 경부보님께 답할 의무는 없습니다. 그럼 오야 경부보님, 소중한 시간 내주셔서 감사합니다.”

후와는 멍한 표정의 오야를 내버려 두고 곧장 별실을 빠져나갔다. 미하루는 오야에게 형식적으로 고개를 한 번 숙이고는 후와의 뒤를 쫓았다.

“검사님. 조금 전 그게 핵심이었던 건가요?”

“그렇게 설명했지.”

“이제 조사도 끝난 거예요?”

“끝났다고 하지는 않았어. 자네는 왜 그렇게 일찍 결론에 도달하려고 하나? 자네에게는 이런저런 단점이 많지만 그중 가장 큰 단점이야.”

그야말로 듣는 사람이 화가 날 만한 말이지만 하나같이 맞는 이야기라 미하루는 대꾸할 수 없었다.

“그리고 스마 나쓰미와 구스바 미네타카를 죽인 범인이 아직 밝혀지지도 않았지.”

순간 허를 찔린 기분을 맛보았다.

지금껏 오사카 지방 경찰청의 불상사에 집중하느라 야타가이 사건을 재수사해야 한다는 생각은 떠올리지도 못했다.

야타가이에게 알리바이가 성립한 이상 수사는 원점으로 돌아간다. 수사본부를 다시 세워 사건을 처음부터 재수사해야 한다. 새로운 용의자가 떠오르면 또다시 탐문과 주변 인물, 알리바이도 수사해야 한다.

야타가이 사건 때문에 조직 내 불상사가 발각됐다. 어쩔 수 없이 재수사에 나서게 된 니시나리 경찰서 강력계의 의욕이 어떨지는 쉽게 예상할 수 있다.

"재수사, 어렵겠죠."

"원래 조금은 어려워야 신중해져."

후와는 그런 상황을 바라고 있을 것이다.

크게는 비행기 사고부터 작게는 식중독까지, 무엇이든 사고를 겪은 조직과 사람에게는 긴장감이 돌기 마련이고 평소보다 실수도 줄어든다. 경찰도 마찬가지다. 오사카 지방 경찰청 최악의 스캔들이 터졌으므로 경찰청과 관할 경찰서의 일 처리도 극히 신중해질 것이다. 그런 상황에서 사건이 검찰에 송치되면 오류도 최소한이 될 거라고 기대할 수 있다.

설마 처음부터 그것을 노리고 불상사를 폭로한 것은 아니겠지만, 후와라면 왠지 그럴 수도 있겠다는 생각이 드는 것이 신기할 따름이었다.

그리고 무엇보다 흥미로운 건 오야의 마지막 질문이다.

당신에게는 정의감 같은 게 없느냐.

지금껏 후와가 정의감이라는 단어를 입에 담을 때는 한결같이 부정적인 어감이었다.

네 정의감만 채워지면 그걸로 그만이냐.

유치한 정의감을 남용하는 행위.

자신의 처지에 따라 이리저리 바뀌는 것은 정의감도 뭣도 아니다.

대체 이렇게까지 정의감을 부정하는 사법 관계자가 존재하기는 할까. 사법에는 엄연한 법의 정의가 있고, 검사에게는 질서, 판사에게는 판결이라는 정의가 있다.

설마 후와는 정의를 싫어하기라도 하는 걸까. 사람들이 가슴속에 품은 정의감 같은 건 수상쩍고 모호하다고 단정 짓고 있는 걸까.

당사자에게 직접 물어보고 싶었다. 사적인 관심도 있었지만 향후 검사를 지망하는 미하루로서는 오사카 지검의 에이스로 칭송받는 명물 검사의 신조가 무엇인지 알아보고 싶었다.

그 질문에 그가 순순히 답해 주리라고는 기대하지 않지만 이미 수없이 그런 일을 겪은 마당에 이제 와서 또 무시당해 봐야 별 타격도 없다.

"검사님이 생각하시는 정의는 뭔가요?"

그의 뒷모습을 향해 물었지만 대답이 없다. 미하루는 포기하지 않았다.

"조금 전 오야 경부보님이 한 말을 또 하려는 건 아니지만, 정의를 믿지 않는 검사는 대체 뭘 목표로 해야 하는 거죠?"

역시나 대답이 없다.

"검사님은 혹시 정의라는 걸 믿지 않으시는 건가요? 정의 같은 건 모두가 자신에게 유리하게 해석하는 허울 같은 거라고 생각하시나요?"

그제야 "시끄럽군" 하는 대답이 돌아왔다.

"사법 연수생도 아닌데 언제까지 풋내 나는 정의 타령이나 하고 있을 건가?"

"정의라는 건 기본적으로 풋내가 날 수밖에 없다고 생각해요."

"자네가 그렇게 믿고 있을 뿐이야. 오야 경부보와 다를 바 없지."

"제게는 속내를 알기 쉬운 오야 경부보님 쪽이 더 인간답게 느껴져요."

"그건 자네 생각이 얕아서 그래."

후와는 무슨 생각을 했는지 불현듯 미하루를 돌아봤다.

"알기 쉬우니 속기도 쉽지. 그게 바로 주제넘게 나서는 족속들이 가장 빠지기 쉬운 함정이야. 이 기회에 잘 알아두도록 해."

4 위신 없는 조직

1

수사 자료 대량 분실 사건의 여파는 오사카 지방 경찰
청의 예상과 달리 점차 가라앉기는커녕 오히려 확대됐다.
그러지 않아도 오사카 시민들은 태생부터 권력과 경찰을
혐오하는 성향이 강한데, 그들은 경찰청에서 불상사가 발
생했고 그것을 자체적으로 은폐하려 했다는 사실까지 드
러나자 거세게 반발했다. 지역 신문과 오사카 소재 방송
국도 이런 소식을 놓칠 리 없어 약속한 것도 아닌데 입을
모아 오사카 지방 경찰청을 맹렬히 비판했다.

'수사 자료 대량 분실 사건. 오사카 지방 경찰청의 리스
크 관리는 이대로 괜찮은가?'

'대량 자료 분실. 150건에 달하는 사건의 기소 불가능 가능성'

'구태의연한 은폐 체질, 이번에도 드러나'

신문에 실린 기사 제목이 크고 화려하지는 않은 대신 단발성 기사에 그치지 않았다. 이날 신문은 정기 구독자들 외에도 시중에서 날개 돋친 듯이 팔렸고 가판대의 물량이 바닥나는 진기록을 세우기도 했다.

지역 신문은 신문 판매량을 통해 시민들이 이번 사건을 바라보는 관심이 높은 것을 깨닫고 후속 보도를 결정했다. 지역 방송국도 특집 방송을 편성해 시류에 편승했다. 과격한 비판은 역효과를 부를 염려가 있지만 이번에는 모든 신문과 방송이 보폭을 맞춘 덕에 수위를 조절할 이유도 없었다. 방송에서는 오래전 불상사를 포함해 온갖 비판을 쏟아내며 신문 이상의 신랄한 논평이 이어졌다.

— 이 오사카라는 도시는 보이스 피싱보다 소매치기가 더 많이 일어나는 뒤숭숭한 곳입니다. 그렇다면 그만큼 범인 검거율도 높아야 하는데 이번 자료 분실 사건 때문에 약 150건의 사건을 기소하지 못하게 되지 않았습니까. 이건 바꿔 말해 150명의 용의자가 아무렇지 않게 거리를 활보하게 방치하는 거나 마찬가지입니다.

— 오래전부터 오사카 지방 경찰청은 사건 사고가 잦았고, 뉴스가 터져서 경찰청장이 새로 취임할 때는 거의 정기 인사이동 같은 느낌이었죠. 하지만 이번 분실 사건은 그에 비할 수도 없을 만큼 심각하네요.

— 자료실이 가득 차서 수사 자료를 담은 상자를 기계실에 두었다고 합니다. 이 기계실은 외부 업자들이 정비 등의 이유로 아무렇지 않게 드나들었고 보안 시설도 거의 갖춰지지 않은 곳입니다. 오사카 지방 경찰청의 리스크 관리가 정말 허술하다는 것을 나타내는 사례겠죠? 생각해 보십시오. 악의를 품은 외부 업자에게 기밀 자료 같은 걸 마음대로 훔쳐 가라고 내버려 두는 거나 마찬가지 아닙니까.

— 리스크 관리도 문제지만 역시 가장 심각한 건 자료를 분실한 탓에 기소를 못하는 상태로 공소 시효가 만료되는 사건이 속출할 거라는 점입니다. 용의자나 범인 입장에서는 이런 행운이 또 있을까요. 제아무리 못된 짓을 저질렀어도 체포되기는커녕 재판과 처벌을 받지 않는 범죄 천국 같은 곳이 되는 거예요.

— 실제로 이번 일로 가장 피해를 보는 사람은 현재 수사 중인 사건의 피해자들이라고 봅니다. 열심히 용의자

를 좁혀서 체포 후 검찰에 용의자를 송치하면 재판을 통해 판결이 떨어집니다. 그러면 피해자들도 조금은 마음을 놓을 수 있게 되고요. 그러나 이번 자료 분실 사태로 사건 자체가 아예 사라져 버렸습니다. 피해자들은 깊은 통탄에 빠질 수밖에 없고, 심지어 피의자의 보복까지 걱정할 처지에 놓이게 되었습니다. 이건 말이죠. 실로 무시무시한 사태가 펼쳐진 겁니다. 만약 2차 가해 같은 일이 일어나기라도 한다면 경찰청이 어떻게 책임지고, 어떤 비난의 화살이 쏟아질지 상상하기도 어렵네요.

오사카 지방 경찰청의 첫 번째 기자 회견이 짧게 끝난 것도 영향을 미쳐서 지역 언론은 매일같이 과열된 양상을 보였다. 이런 상황을 도쿄 소재의 언론도 그냥 보고만 있을 리 없어서 4대 민영 방송사와 전국지도 편승하는 형태로 이번 사건을 추적하고 나섰다. 결국 수사 자료 분실 사건은 오사카에서 시작해 전국 단위의 대형 스캔들로 발전했다.

오사카 소재 언론이 다음처럼 이번 사건의 핵심 논쟁 사안을 보도했고, 도쿄 소재 언론도 받아서 썼다.

1. 오사카 지방 경찰청과 수사 자료 관리자가 져야 할 책임은 무엇인가.

2. 분실된 수사 자료를 복원해 수사를 이어 갈 수 있는가.

3. 수사를 이어 가지 못할 경우 원점으로 돌아가 다시 시작할 수는 있나.

4. 자료 분실이라는 사유로 공소 시효가 성립하는가.

5. 한 번 용의자로 특정한 인물을 그대로 방치해도 되는가.

하나같이 고민스러운 문제인 데다가 주체가 전부 오사카 지방 경찰청이다. 그중 해결이 가장 빠르고 영향력이 큰 문제가 바로 1번이었다.

시의성을 중시하는 방송국은 곧장 오사카 지방 경찰청의 책임 문제를 추궁하기 시작했다. 알기 쉽고 선정적인 주제는 시청자의 관심도 높다.

— 수사 자료를 보관한 현장 책임만으로는 끝나지 않는다. 경찰청장도 마땅히 관리 감독 책임을 져야 한다.

— 예전부터 사건 사고가 자주 일어났던 오사카 지방 경찰청에 메스를 갖다 대지 않은 도쿄 경찰청에도 인사 책임이 있다.

— 아니다. 꼭 오사카 지방 경찰청이 아니더라도 경찰의 불상사는 오래전부터 문제시돼 왔다. 국가 공무원회 위원장의 지도력에 문제가 있는 것이 아닌가.

언론에서 갖가지 책임론이 쏟아져 나오는 와중에 경찰청 감찰관실도 움직이기 시작했다. 자료 분실의 주축인 오사카 지방 경찰청과 마흔두 곳의 관할 경찰서에 감찰관이 파견돼 자료실 관리 책임자와 서장을 조사했다. 지금도 조사는 한창 진행 중이고 감찰관실은 수사원들이 총출동하는 바람에 내부가 텅 빈 상태라고 한다.

미하루는 이런 정보를 모두 니시나에게서 전해 들었다. 지검 안에서도 엄청난 정보통인 그녀에게는 오사카 지방 경찰청 내부 소식까지 흘러들어 오는 듯했다.

"총무과는 원래 자연스럽게 정보가 모이는 곳이라 그래."

"그런데 왜 제게 그런 정보를 알려 주시는 건가요?"

"이런 사태를 초래한 당사자인 후와 검사가 자각이 없어도 너무 없잖아."

니시나는 왠지 기쁜 듯이 말했다.

"미하루 씨도 같이 한 일인데 그 일이 어디에 어떤 영향을 끼치는지 모른다면 마음이 영 찜찜할 거 아니야."

"분명 모르고 있으면 마음이 편치 않기는 하지만……."

"하지만?"

"저는 둘째 치고 후와 검사님도 과연 그럴까요? 경찰청에 집중포화가 쏟아지든 어떻든 전혀 개의치 않을 것 같은데요."

"그래도 내부 사정을 아는 것과 모르는 건 천지 차이야. 자기 일을 우선하는 건 괜찮은데 그것 때문에 타격을 받는 사람들이 있다는 것도 알아야지."

"그럴까요?"

"자각은 당연히 필요해. 자각의 '각' 자는 각오의 '각' 자와도 뜻이 같으니까."

니시나는 불현듯 진지한 표정으로 말했다.

"검사 한 명 한 명이 독립된 사법기관이니 후와 검사가 자기 업무 방식을 관철하는 데 불만을 제기할 수는 없을 거야. 하지만 독립된 사법기관인 만큼 그들의 말과 행동에는 그만 한 영향력이 있어. 자각도 못하고 제멋대로 움직이는 건 너무 무책임하다고 생각해."

"저…… 과장님이 그렇게 말씀하실 만큼 이번 불상사에 무거운 처분이 내려질까요?"

"처분이라기보다 숙청이지."

무시무시한 단어에 미하루는 가슴이 철렁했다.

"감찰관실은 경찰청 경비부에 속해 있으니 한 식구나 마찬가지야. 외부에서는 같은 식구를 조사하고 처분을 내리는 거니 적당히 봐줄 거라고 하는 사람도 있다지만 그것도 다 내부 사정을 모르는 사람들이나 하는 이야기지. 경찰청이 항상 똘똘 뭉쳐 있는 조직은 아니야. 야나기타니 경찰청장을 따르는 일파가 있는가 하면, 그 일파의 추락을 노리는 다른 일파도 있어."

"경찰청 안에도 파벌 투쟁 같은 게 있다는 말씀이세요?"

"당연하지. 여기도 마찬가지고."

니시나는 싱긋 웃고 목소리를 낮췄다.

"우리 같은 여자도 세 명이 모이면 파벌이 생길 정도니까. 경찰이든 검찰이든 권력을 지닌 조직에는 자연히 피라미드 같은 계층이 만들어지고, 그런 계층이 있는 곳에는 당연히 파벌도 생겨나. 세상 이치라는 게 원래 그래. 조금 더 구체적으로 말하자면 오사카 지방 경찰청의 경비부장은 반 야나기타니파派야. 오래전부터 경찰청장을 어떻게든 끌어내리려고 호시탐탐 노리고 있는 마당에 이런 대형 스캔들이 터졌잖아. 속으로 음흉하게 미소 지으며 감찰관실 인원들을 움직이고 있겠지. 그런 걸 보면 결국 한 식구이니 뭐니 하는 것도 다 허상이고 오히려 식구라서 더 가차 없이 조사할지도 몰라."

니시나의 이야기를 들으며 미하루는 속으로 지긋지긋해졌다. 오사카 지검에서 일한 지 아직 반년도 지나지 않아서인지 사법기관에 일종의 결벽 같은 것을 바라서일까.

그러나 경찰이든 검찰이든 다 똑같은 인간이다. 인간은 원래 무리 짓기를 좋아하고 이질적인 것을 배척하기를 즐긴다.

"그런데 숙청이라는 표현은 너무 심하지 않나요? 마치 반 야나기타니파가 이번 스캔들을 이용하려는 것처럼 느껴지잖아요."

"느껴지는 게 아니라 그게 사실이야."

니시나는 여전히 목소리를 낮춰 말했다.

"마흔두 곳의 경찰서, 205건의 수사 자료 분실. 숫자와 범위 모두 방대하고 관련된 경찰관도 어마어마하지. 바꿔 말해 감찰관실, 더 나아가서는 오사카 지방 경찰청 경비부장의 손아귀에 이들 모두의 목숨이 달려 있는 셈이야. 훈고에 그칠지, 감봉 처분일지, 아니면 퇴직일지. 이 소동이 끝나기 전까지 오사카 지방 경찰청 소속 경찰들은 감찰관실과 경비부장 앞에서 바짝 엎드려 있을 수밖에 없어."

왠지 위험한 분위기를 풍기는 잡담은 그 말을 마지막으로 끝났지만 니시나의 이야기가 농담도 과장도 아니었다는 것은 며칠 뒤에 판명됐다. 물론 경찰청의 정식 발표는 아니었고 총무부를 경유한 비공개 정보였지만, 수사 자료 분실에 관련된 마흔두 곳 관할 경찰서의 서장과 자료 관리 책임자가 총 아흔일곱 명. 그중 처분 대상이 70명 이상일 거라는 이야기였다. 게다가 그 대다수가 징계 처분에 해당할 것이라고 했다.

경찰관의 처분은 크게 다음 두 가지로 나뉜다.

- 징계 처분 – 면직, 정직, 감봉, 계고
- 내규 처분 – 훈고, 본부장 주의, 엄중 주의, 소속장 주의

당사자들에게 심각한 것은 물론 징계 처분이다. 내규 처분에 그치면 승진에 약간 영향을 미치는 정도지만 징계 처분이 떨어지면 향후 인사이동과 승진 때 큰 걸림돌이 된다. 뒤에서 도는 이야기가 사실이라면 이는 그야말로 처분이 아닌 숙청이라고 할 수 있다.

소식을 듣자마자 미하루는 집무 중인 후와에게 보고했다. 후와는 앞으로도 관할 경찰서를 찾을 일이 많을 것이다. 자신이 저지른 일 때문에 관할 경찰서가 어떤 지경에 놓였는지 그도 알아야 한다고 판단했다.

"숙청이 시작됐다고 하네요."

그렇게 운을 떼자 후와도 역시나 관심을 보였다.

"어느 독재 국가의 이야기지?"

"국가가 아니라 오사카 지방 경찰청 이야기예요. 감찰 관실 조사가 대략 끝나서 자료 분실과 관련된 경찰관 중 70퍼센트 이상이 처분을 받을 거라고 해요. 게다가 그중 대다수가 면직을 포함한 징계 처분이에요."

자신이 저지른 일이 주위에 얼마나 큰 누를 끼쳤는가. 아무리 매일같이 가면을 뒤집어쓴 그라도 다소 겁먹거나 후회는 할 것이라 예상했다.

그러나 후와의 반응은 그야말로 후와다웠다.

"그래서?"

"그래서라니……. 한 가지 사태로 떨어진 처분치고는 요즘 들어 보기 어려울 만큼 규모가 크고 엄격하다고 들 었어요."

"공소 시효에 얽힌 실수를 저질렀고 그것도 모자라 오 랫동안 사실을 은폐했어. 법의 집행자로서 처분받는 게 당연하지."

"구체적인 처분 내용에는 관심이 없으세요?"

"없어."

더 이상의 질문은 허용하지 않겠다는 듯해서 미하루는 입을 다물어 버렸다. 후와가 이렇게 굴 때는 무슨 말을 해 도 효과가 없다는 건 충분히 겪어서 알고 있다.

니시나는 검사가 독립된 사법기관이라고 해도 자각 없이 행동하는 건 너무 무책임하다고 했고 미하루도 그 의견에 동의했다. 후와는 평소에 틀리는 일이 별로 없고 감정에 좌우되는 경우도 드무니 자기 방식대로 일을 해 나가는 것에 문제는 없다. 그러나 그러는 동안 유형무형의 다양한 피해를 보는 사람도 생긴다는 것을 알아야 한다. 그것을 아는 것과 모르는 것으로 앞으로의 행동 양상이 크게 달라질 수 있다.

그러나 후와는 아는 것조차 관심이 없어 보인다. 그는 관심이 없는 것에는 일절 눈길을 주지 않는다.

이래서는 니시나의 조언도 쓸모없어질 거라며 속으로 초조해하고 있을 때 탁상 위 전화기가 울렸다.

"네, 후와입니다.……지금 말인가요. 네, 괜찮습니다. 가겠습니다."

담담하게 대답해서 업무 관련 연락인 줄 알았는데 후와는 미하루를 향해 "지검장님이 부르시는군"이라는 무서운 말을 꺼냈다.

미하루는 또인가요, 하는 불필요한 말은 집어삼키고 후와를 뒤따를 수밖에 없었다.

"지방 경찰청 감찰관실의 방침이 대략 정해졌다는군."

사코타가 그렇게 운을 뗐을 때 미하루는 무심코 비명을 지를 뻔했다. 이게 무슨 우연인가 싶었지만 곰곰이 생각하니 사코타가 지금 후와를 부를 일이라면 경찰청이 얽인 일밖에 없을 것이다.

"그런가요."

후와는 사코타에게 그런 말을 들어도 조금도 관심을 보이지 않았다.

"그런가요, 라니 뜻밖이군. 자네가 직접 씨앗을 뿌린 일인데."

사코타는 의외라는 듯이 말했다. 후와도 그에 못지않게 의외라는 듯이 대답했다.

"씨앗을 뿌렸다고는 생각한 적 없습니다."

"그럼 지뢰를 처리했다고 바꿔 말하지. 지뢰를 처리할 때는 철거하기 어려우니 의도적으로 폭발시킬 때도 있어. 이번 수사 자료 분실 사건이 정확히 그런 사례야. 처리라고 하면 듣기에는 괜찮겠지만 결국 자네는 땅속에 묻혀 있던 지뢰를 모두 폭발시키고 있어."

미하루는 사코타의 비유가 절묘하다고 생각했다. 결과론이기는 해도 후와는 일에 방해가 된다며 오사카 지방 경찰청이 줄곧 감추고 있던 불상사를 만천하에 드러냈다. 그것은 지뢰를 폭발시키는 것과 비슷한 행위지만 정작 당사자에게는 하나의 일을 처리했다는 사무적인 인식밖에 없다.

"지뢰라면 처리하는 사람의 책임이 아니라 처음에 그걸 묻은 사람의 책임 아닐까요? 처리하지 않아도 언젠가 누가 밟으면 폭발하기 마련입니다."

"역시 논리로는 한 수 위인가."

사코타는 못 당하겠다는 듯이 후와를 째려봤다.

"처분 내용에 대해서는 들었나?"

"소문 정도는 지검 내부에서도 오가는 듯하더군요."

"정식 발표는 내달 나오겠지만 합계 76명, 정직과 감봉이 대다수지만 개중에는 징계 면직도 네 건이나 포함돼 있어. 대단히 엄중한 처분이지. 요즘 공무원 사회 전반의 징계와 비교해도 미증유의 사태라고 부를 만해. 특히 경찰청 내부는 더 거센 철퇴를 맞았어. 물론 야나기타니 경찰청장도 철퇴를 피하지 못했고. 한 달 이상의 정직. 그것을 받아들이고 그가 사직을 택할 가능성도 대단히 커."

경찰청장이 사직할 수도 있다는 이야기에 미하루는 화들짝 놀랐다. 관리 책임을 물으면 가능성은 있겠지만 그래도 너무 지나치다고 생각했다.

그러나 후와의 표정에는 한 치의 변화도 없었다.

"저와는 상관없는 일입니다."

"불상사를 폭로한 당사자가 할 말로는 들리지 않는군."

"불상사가 아니라 증거물이 사라진 것을 확인했을 뿐입니다."

"자네답지 않은 궤변이야. 자네에게 그럴 생각이 없었어도 그 일이 초래한 결과가 그야말로 대참사 아닌가."

"못 본 척하고 넘어가야 했다고 말씀하시려는 겁니까?"

"그럴 리 있나. 수사 과정에서 드러난 부정을 못 본 척하면 지검이 은폐에 가담한 셈이 되잖나. 자네의 행위를 대놓고 비난하는 사람은 없네. 그런데 자네에 대한 경찰 관계자들의 평가가 어떤지는 알고 있나?"

지뢰 같은 질문이라고 생각했다. 주변에서 자신을 어떻게 보든 후와는 털끝만큼도 신경 쓰지 않는 사람이다. 그런 안하무인인 사람이 경찰의 평가 따위를 신경 쓸 리 있을까. 사코타도 묻기 전부터 예상했는지 가면을 쓴 후와 앞에서 고개를 절레절레 저었다.

"알 바 아니라는 표정이군. 뭐 그게 자네답다만."

"저를 평가하는 건 차장 검사님 역할이니까요."

"경찰들은 현장에 특수부 사무관까지 동원한 자네의 활

약을 두 눈으로 목격했어. 행위 자체는 정당했더라도 아픈 곳을 찔린 사람들 입장에서 자네는 느닷없이 뒤를 덮친 자객 같은 존재겠지. 적어도 칭찬받을 일은 아니야."

"그렇겠죠."

"이번에 처분 대상에 오른 경찰 중에는 단지 관리를 제대로 하지 않았다는 이유로 오른 사람도 있다더군. 평소에는 부하에게 존경받는 상사도 적지 않다고 하고."

"그렇겠죠."

"경찰 안에는 우리 검찰을 목적이 같은 파트너로 보는 이들이 많네. 그런 사람들 입장에서 이번 일은 파트너가 같은 파트너를 궁지에 내몬 것 같겠지. 경찰은 원체 소속감이 강한 조직이야. 동료를 곤란에 빠뜨린 자에 대한 반감도 다른 조직보다 훨씬 강하고. 이런 말을 들으면 어떨지 모르겠지만 지금 후와 슌타로 검사는 오사카 지방 경찰청 최대의 적이 됐어."

사코타는 이래도 당황하지 않을 쏘냐는 듯이 후와의 얼굴을 살폈다.

"오사카 지방 경찰청에 속한 경찰관들이 제게 그런 감정을 품는 건 이해할 수 있습니다. 하지만 그것과 제 업무 사이에는 역시 아무런 관련이 없습니다."

"그러나 자네는 앞으로도 관할 경찰서에 갈 일이 생기겠지."

"필요하다면야."

"그럴 때 혈혈단신으로 적진에 뛰어들 각오가 돼 있어야 해. 자네는 지금 철천지원수 취급을 받고 있으니까."

후와가 움직일 때는 반드시 미하루가 동행하므로 혈혈단신이라는 말은 정확하지 않지만 아무래도 사코타는 사무관을 인원수에 포함하지 않는 듯했다.

옆에서 미하루가 초조해해도 후와는 전혀 개의치 않는 것처럼 사코타를 정면에서 바라보고 있다. 주눅 들거나 겁먹지도 않고 마치 시험관을 바라보는 화학자 같은 눈빛이다.

"경찰이 저를 어떻게 보든 저는 제 방식을 바꿀 생각이 전혀 없습니다."

"그렇게 대답할 줄 알았네. 후와 검사, 하지만 말이야. 그냥 눈엣가시처럼 취급받던 때와는 상황이 사뭇 달라졌어. 경찰서 안에 들어갈 수는 있겠지만 자칫 분별없는 자에게 불시에 공격을 당할 염려가 아예 없다고 할 수는 없다는 뜻이야."

"공격이라. 조직폭력배 같은 발상이군요."

"조직이 뿌리째 흔들리고 존경하는 선배의 목이 날아가

는 모습을 보면 아무리 경찰이라도 그런 이들과 비슷하게 느끼지 않겠나. 새삼스러운 이야기지만, 상명하복의 수직 사회라는 점과 끼리끼리 문화까지. 경찰과 조폭은 밖에 내거는 기치는 달라도 조직을 구성하는 논리에 큰 차이는 없다는 걸 자네도 알지 않나?"

미하루는 귀를 의심했다. 아무리 다른 조직이라고 해도 지방 검찰청의 수장이 경찰과 조직폭력단을 같은 선상에 두고 말할 줄은 예상도 못 했기 때문이다. 이곳에 야나기타니 경찰청장이 있었다면 그는 어떤 표정을 지었을까.

그러나 한편 냉정하게 떠올리면 그런 해석이 아예 틀리지 않은 것 같기도 했다. 특히 오사카 지방 경찰청 소속 경찰들이 후와에게 퉁명스럽게 구는 지금, 사코타의 지적을 그저 웃는 얼굴로 흘려들을 수만은 없었다.

"당분간 열기가 좀 식을 때까지는 관할 경찰서에 가지 않는 게 어떻겠나?"

사코타는 최대한 양보한다는 듯이 제안했다.

"자네의 업무 방식에 참견할 생각은 없지만 지금 그로 인해 이런저런 지장이 생기고 있잖나. 군자는 위험한 곳에 가지 않는다는 옛말을 모르지는 않겠지. 자네가 직접 나서서 지뢰를 밟으러 가는 사람도 아닐 테고."

이제야 본심이 나오나.

수사 자료 분실 사태로 현재 오사카 지방 경찰청은 비판의 도마 위에 올라 있다. 후와가 자칫 실수라도 저지르면 오사카 지검에까지 불똥이 튈 확률이 없다고는 할 수 없다. 사코타는 그런 상황을 두려워하는 것이다.

"자네도 알다시피 오사카 지검도 얼마 전 특수부 증거 은폐 문제로 엄청나게 두들겨 맞지 않았나. 간신히 수습하고 조직 쇄신을 선언한 지 얼마 되지 않은 상황이야. 이런 시기에는 최대한 몸을 사리는 게 좋지 않겠느냐는 게 솔직한 내 심정일세."

아무리 강인한 피부여도 생긴 지 얼마 안 된 상처를 다시 찔리면 통증을 느끼고 피도 난다. 그것은 인간도 조직도 마찬가지다.

"물론 자네가 걱정되기도 하네. 예측 못할 사태, 아니 이번 경우에는 예상된 사태라고 해야겠지만 나는 일부 몰지각한 몇몇 사람들 때문에 우수한 검사를 위험에 노출시키고 싶지 않아."

사족처럼 느껴질 수도 있는 말이지만 사코타의 인품이 간신히 말의 품격을 유지하고 있다. 후와를 위험에 노출시키고 싶지 않다는 말은 본심이기도 할 것이다.

그러나 후와는 호의나 배려를 고맙게 여길 부류의 사람이 아니다.

"지검장님의 배려는 감사하지만 저는 제 방식을 바꾸거나 거둘 생각이 없습니다."

"……고집이 미덕이 되지 않을 때도 있네."

"특별히 미덕이라고 생각하지 않습니다. 이건 단순히 제 신념 문제니까요."

"단순한 신념 문제로 스스로를 위험에 노출하나?"

"저는 군자가 아닐뿐더러 단순하기는 해도 신념이라는 건 검사 직무를 수행하는 데 있어 꽤 우선 순위에 있습니다."

"그게 바로 고집이라는 거야."

상황이 이쯤 되자 사코타의 목소리도 험악해졌다.

"자네의 신념에 이론을 제기할 생각은 없네. 하지만 주변의 조언을 고집스럽게 거부하는 사람은 언젠가 그 주변에 거부당하게 돼 있어."

"다른 직업이면 몰라도 사법 종사자는 주변에 영합될 필요도, 영합할 필요도 없다고 생각합니다."

후와는 낯빛 하나 바꾸지 않은 채 사코타에게 당당히 말했다.

"어떤 조직에서든 독선은 고립을 초래하지. 일정 부분은 협력이 필요하다는 뜻이야."

"일본의 형사 재판은 시민 감각을 도입하겠다는 취지로 배심원 제도를 채택했습니다. 이후 현황은 저 같은 일개 검사가 굳이 말씀드리지 않아도 아시겠죠. 시민 감각이 아닌 시민 감정이 지나치게 반영되는 탓에 배심원 재판을 거친 판결은 엄벌화 경향이 강해졌습니다. 그 반동으로 하급심 판결이 상급심에서 백팔십도 뒤집혀 현장의 혼란을 부르고 있기도 합니다. 지검장님은 그런 사태가 뚜렷한 형태도 없는 시민의 목소리 같은 것에 영합했기 때문에 벌어졌다고 직접 말씀하신 적도 있지 않습니까? 사법 체계에는 엄정함이 요구되므로 필요할 때는 다소 독선적으로 굴기도 해야 합니다."

"자네는 참 쓸데없는 걸 일일이 기억하는군."

사코타는 쑥스러운 듯이 말하고서 입가를 풀었다.

"고집스러운 데다 융통성마저 없다니. 법률에도 융통성이 발휘될 때가 있는데 말이야."

"성격이 그러해서요."

"그 성격 때문에 지금의 자네가 있는 거겠지. 참 어려운 문제로군."

사코타는 여전히 불만스러워 보였지만 이제는 거의 포기했다는 것이 표정에서 드러났다.

"미리 말해 두지만 조직 방어보다 후와 슌타로라는 검사를 쓸데없는 사고에 휘말리게 하고 싶지 않은 내 마음에 거짓은 없네. 그것만은 알아줬으면 해."

"감사합니다."

말은 그렇게 하면서도 별로 감사하는 것처럼 보이지 않는 것이 평소의 후와답다.

"어쨌든 나는 충고할 만큼 했네. 자네가 어린아이도 아니고 검사의 행동 하나하나를 따지고 들고 싶지도 않아. 자네의 자제심을 믿겠네."

그는 후와가 가볍게 고개를 숙이는 모습을 끝까지 지켜보다가 마지막으로 신경 쓰이는 한마디를 입에 담았다.

"현명한 인간은 실패를 통해서 배운다지. 도쿄에서 이미 한 번 실수를 저지른 바 있는 자네가 오사카에서 똑같은 실수를 반복하지는 않을 거야."

미하루는 그 말을 흘려듣지 않았다.

도쿄에서의 실수라니. 대체 무슨 말일까.

후와는 궁금해하는 미하루를 아랑곳하지 않고 자리에서 일어나자마자 곧장 집무실을 나가 버렸다.

문득 고개를 돌리니 사코타가 연민하는 듯한 눈빛으로 미하루를 보고 있었다.

2

사코타가 무심코 내뱉은 한마디는 그 뒤에도 미하루의 머릿속 한구석을 계속 차지했다. 생각해 보면 나는 후와의 과거에 대해 아무것도 모른다. 내가 아는 것이라고는 오사카 지검에 부임한 이후 후와의 실적과 평판뿐이다.

검사는 국가 공무원이라 정기 인사이동의 대상이 된다. 도쿄에서 오사카, 또는 다른 지역으로 이동할 때도 있다. 이동 방향과 이동한 곳의 규모로 영전인지 좌천인지를 구분한다. 그렇다면 후와가 도쿄에서 오사카 지검으로 옮겨 온 이유는 뭘까.

한 번 궁금해지자 머릿속에서 좀처럼 의문이 떠나지 않았다. 그러나 일개 사무관이 담당 검사의 상벌 이력을 확인할 수는 없고, 같은 구역 사무관 중에 그런 걸 물을 만큼 친한 사람도 없다.

상사의 과거를 알아봐야 무엇할까. 쓸데없는 호기심이라고 할 수 있겠지만 순수하게 후와의 인품을 파악하는 실마리로 삼고 싶기도 했다.

후와만큼 인간관계가 서툰 사람도 없을 것이다. 하루 중 오랜 시간을 그와 함께 보내는 미하루조차 그의 웃는 얼굴은 고사하고 표정이 바뀌는 걸 본 기억이 없다. 사교성이 없는 점에서는 죽은 사람을 뛰어넘지 않을까 생각될 정도다.

그러나 검사 후와에게는 배울 점이 많다. 야기사와 다카히토 사건은 모든 것을 전적으로 경찰에게 맡겼다면 아마 진정한 해결을 바랄 수 없었을 것이다. 후와가 독자적으로 조사했으니 진상을 밝혀낼 수 있었다.

공치사가 아니라 정말로 후와 같은 사람이 검사라면 사무관들도 열심히 옆에서 보좌하고 싶어진다. 그리고 그런 나를 더욱 납득시킬 재료로써 후와의 과거를 비롯해 그에 대해 최대한 알고 싶었다.

본인 입을 통해 들으면 가장 좋겠지만 자네와 상관없는 일이라며 칼 같이 대답을 거절할 것이 분명하다. 미하루는 결국 니시나에게 의지하기로 했다. 검찰청 안의 모든 정보가 흘러 들어온다는 총무부라면 뭔가 알고 있을지도 모른다.

"후와 검사가 오사카 지검에 온 이유?"

니시나는 항상 그러하듯 미하루를 흡연 구역에 데려가

흥미로운 듯이 중얼거렸지만 정작 미하루가 기대한 대답은 들려주지 않았다.

"미하루 씨. 미안하지만 나도 그건 모르겠어."

"니시나 과장님도요?"

그 말을 듣고 니시나는 살짝 머뭇거렸다.

"물론 전에 있던 곳이 도쿄 지검이라는 건 알아. 그렇게 유능한 사람이니 굳이 오사카에 왔다면 부장 검사 등으로 승진해서 오는 게 앞뒤가 맞을 테고. 무슨 좋지 않은 일이라도 저질러서 징벌 인사를 당했다면 그런 쪽 정보가 당연히 우리한테 들어올 텐데 그런 이야기도 못 들었어."

"그렇군요."

"그런데 후와 검사가 실수를 저질렀다면 그게 뭔지 나도 궁금하기는 하네. 그 사람 사전에 실수라는 단어는 없을 것 같잖아. 그런데 미하루 씨. 그런 걸 조사해서 뭐 하려고? 혹시 후와 검사의 약점이라도 잡으려는 거야?"

이런 질문에는 어정쩡하게 답변해서는 안 된다. 미하루는 자세를 가다듬고 신중히 대답했다.

"저는 그저 후와 검사님이라는 분을 이해하고 싶을 뿐이에요. 담당 검사의 충실한 팔다리가 되려면 검사님의 모든 것을 이해해야 할 것 같아서요."

니시나는 미하루를 잠시 빤히 쳐다봤지만 이내 미하루의 진심을 이해했는지 유쾌하게 고개를 끄덕였다.

"역시 미하루 씨의 그런 솔직한 모습이 좋다니까. 나도 도와줄게."

"감사합니다."

"그런데 난 그런 기특한 동기가 아니라 그냥 호기심 때문이지만."

니시나가 혀를 날름 내밀었다.

"나도 그 가면 아래에 대체 어떤 민낯이 감춰져 있는지 궁금해. 일단 크게 기대하지는 말고 기다려 봐."

기대하지 말라고 미리 못을 박기는 했지만 니시나의 정보 수집 능력에는 미하루도 평소 경의를 표하고 있다. 분명히 어떤 정보든 물고 와 줄 거라며 마음의 준비를 했다.

그러나 니시나 역시 멀리 떨어진 곳에서 일어난 일에 대한 정보를 얻기는 어려운 듯했다. 미하루는 사흘 뒤에야 니시나가 근무하는 총무과 집무실로 불려 갔다.

지금껏 주로 복도나 흡연 구역에서 대화를 나눈 탓에 니시나의 집무실에 간 건 이번이 처음이었다.

"이런 이야기는 밀실이 아니고서는 할 수 없으니까."

니시나는 그렇게 이유를 댔다. 다시 말해 같은 지검 안에 근무하는 사람들 귀에도 들어가면 안 되는 이야기라는 뜻이다.

"도쿄 지검에서 연수를 함께 받은 동기가 있는데 걔를 통해 간신히 전해 들었어. 그쪽에서도 알 만한 사람은 다 아는 에피소드였나 봐."

"함구령이라도 내려진 걸까요?"

"응. 그런 비슷한 게 내려졌던 것 같아. 이제는 오래전 이야기라 사건으로 치면 공소 시효도 지났을 거라며 알려 줬어."

희한하게도 니시나의 목소리에 평소처럼 들뜬 기색이 없다.

"아무래도 심각한 이야기 같네요. 저한테 알려 주시기 영 마음에 걸리면……."

"아니, 그런 건 아니야. 미하루 씨가 직접 나한테 부탁했으니 미하루 씨도 끝까지 책임을 져야지."

"……알겠어요."

미하루는 마음을 단단히 먹고 니시나의 맞은편 자리에 앉았다.

니시나는 미하루에게 다음과 같은 이야기를 들려줬다.

그 시기에 도쿄 지검의 젊은 검사 후와 슌타로가 맡은

안건 중 가정 폭력 사건이 있었다. 피해자는 23세의 비정규직 사원이었던 기타지마 가나코. 그녀가 고소한 사람은 당시 동거 중이던 다카하시 가쓰지.

흔한 가정 폭력 사건이었다. 늦은 밤에 가나코가 아다치구 경찰서에 달려왔을 때 그녀는 맨몸으로 집에서 뛰쳐나온 상태였다. 머리카락이 잔뜩 헝클어졌고 얼굴에는 얻어맞은 흔적이 벌겋게 남아 있었다.

그보다 특징적인 것은 이 다카하시라는 남자가 당시 마약류 취급법 위반 용의로 아다치 경찰서 별동대의 감시를 받고 있었다는 점이다. 다카하시는 전부터 마약 판매상이라는 의심을 받아서 그의 진술만 잘 끌어내면 판매 경로를 한꺼번에 적발할 수도 있는 안건이었다.

그러나 관할 경찰서에서는 체포하기에 충분한 증거를 수집하지 못했다. 그런 상황에서 그가 폭행죄로 체포되어 오자 아다치 경찰서 생활안전과가 들뜨기 시작했다. 기대하지도 않은 별건 체포로 다카하시를 구속할 수 있었기 때문이다. 조사 과정에서 마약을 판매했다는 진술만 나오면 즉시 판매 경로를 일망타진할 계획이었다.

그 사건을 맡은 사람이 바로 후와 검사였다. 당시에도 실력이 뛰어난 신인 검사로서 두각을 드러낸 후와에게 많은 이들의 기대가 모였고 후와 역시 주변의 기대에 호응하듯 열심히 뛰었다고 한다.

그러나 후와보다 다섯 살 많고 오랜 세월 거리에서 험하게 살아 온 다카하시에게 경험이 부족한 젊은 검사는 적수가 되지 않았다.

게다가 그 무렵의 후와에게는 노련함이 없었다. 화가 나면 화를 냈고 분하면 손톱을 깨무는 것은 물론 일이 계획대로 잘 풀리면 환하게 웃었다. 다시 말해 당연하게 감정 표현을 하는 사람이었지만 그런 솔직한 모습이 수사에는 감점 요인이 되었다. 그는 표정 때문에 다카하시에게 속내를 읽히고 실컷 농락당했다고 한다.

그때 구속 중이던 다카하시에게는 한 가지 노림수가 있었다. 집을 뛰쳐나온 가나코는 아다치 경찰서에서 일단 신병을 보호했지만 다카하시가 체포된 뒤에는 지인의 집으로 돌아갔다고 한다. 가나코의 증언을 통해 다카하시가 위태로워지는 것은 물론 마약 판매 사실마저 드러날 수 있었다. 최악의 경우 그녀가 알고 있는 모든 것을 진술하면 다카하시와 모든 관계자가 고구마 줄기 나오듯 줄줄이 체포될 가능성이 컸던 것이다. 그러나 그때까지만 해도 다카하시는 가나코가 어디 있는지 전혀 알지 못하고 단서도 쥐지 못했다.

거기서 다카하시는 한 가지 묘안을 떠올렸다. 조사에 성실히 임하는 척하며 후와에게 필요한 정보를 얻어내겠다는 속셈이었다.

남을 속이는 데 능하고 산전수전을 다 겪은 악당과 혈기 왕성하고 감정을 감추는 법을 모르는 젊은 검사의 대결은 처음부터 승패가 정해져 있었다. 조사가 이어지면서 후와는 다카하시에게 조금씩 선동당했고 감정이 흔들리며 결국 그가 이끄는 대로 따라간 것이다. 하지 말아야 할 말을 하고 모순점을 지적당하자 더욱 혼란한 모습을 보이며 대체 어느 쪽이 조사를 받는지 모를 정도로 추태를 보였다.

특히 다카하시가 교활했던 건 후와가 자각하지도 못하는 사이에 가나코가 현재 있는 곳을 후와의 입에서 끌어냈다는 점과 그 정보를 외부에 있는 동료에게 전달한 점이었다. 검찰 조사를 다 받고 다카하시가 아다치 경찰서에 돌아간 지 얼마 되지 않아 그의 어머니를 자처하는 노파가 경찰서에 면회를 왔다고 한다. 아다치 경찰서 직원은 규정대로 대처하며 다카하시와 노파에게 20분의 시간을 주었는데, 이 노파는 실은 그의 어머니가 아니라 조직의 말단에 있던 여자였다.

그들은 가나코가 지금 있는 곳을 전해 듣자마자 신속하게 움직였다. 그러고는 수사진의 감시가 느슨해진 틈을 타 가나코를 납치했다.

납치되고 나흘이 지나 가나코는 아라카와 강변에서 끔찍한 모습으로 발견됐다. 그로써 경찰은 마약 경로를 규명하기 위한 피해자의 증언을 얻지 못하게 된 것은 물론 다카하시를 폭행죄로 기소할 수도 없게 되었다.

후와 검사와 도쿄 지검의 완패였다. 후와는 크게 상심한 듯했는데, 가나코의 장례식 때 후와는 그녀의 영정 사진 앞에 가만히 서서 30분 동안 꿈쩍도 하지 않았다고 한다.

그를 아는 관계자는 그날이 바로 후와가 변하게 된 기점이었다고 증언했다. 가나코의 장례식을 계기로 후와는 말수가 줄었고 표정에 극도로 변화가 없어졌다. 어떤 사람은 자기혐오 때문이라고 했고 어떤 사람은 상대에게 감정을 읽히지 않기 위한 고육지책이라고 결론 내렸다. 어쨌든 그 일 때문에 도쿄 지검과 아다치 경찰서의 위신이 땅에 떨어졌고 후와는 이듬해 인사이동 때 오사카 지검으로 발령받았다. 열기를 식히기 위한 냉각기인지, 아니면 더 경험을 쌓으라는 식의 징계 인사인지는 확실하지 않지만 영전이 아닌 것만은 누가 봐도 명백했다.

"······아무튼 대략 그렇다고 해. 사안이 후와 검사 개인이 아니라 도쿄 지검과 아다치 경찰서와도 연관돼서 다들 입이 무거웠던 것 같아."

이야기를 전해 들은 미하루는 곧바로는 몸을 일으킬 수 없었다. 자신의 실수 때문에 증인 한 명이 죽음을 맞이한 데서 오는 후회와 분노가 어떤 것일지를 상상했다.

좀처럼 상상이 되지 않았다. 잠깐 떠올리기만 했는데도 몰려오는 책망과 자기혐오로 심한 압박과 공포가 느껴졌다. 기타지마 가나코의 이름과 얼굴을 떠올릴 때마다 위축되고 어떤 일도 손에 잡히지 않았을 것이다.

"아이러니하게도 그 실수 직후부터 후와 검사가 승승장구하기 시작했어. 승승장구라고 하면 본인은 기분 나쁘겠지만 아무튼 표정 없는 검사라고 불리기 시작한 것도 그 무렵부터라고 해."

미하루는 초연하게 니시나의 설명에 귀를 기울였다.

─상대는 질문자의 안색을 살피며 통찰력과 배짱을 가늠해. 감정을 쓸데없이 얼굴에 드러내는 사람이 그런 직무를 맡을 수 있다고 생각하나?

처음 만났을 때 후와에게 들었던 말이 다시 떠올랐다. 그 말은 미하루에게 하고 싶은 말인 동시에 자기 자신에

던지는 경고였을지도 모른다.

"아무튼 눈물 없이 들을 수 없는 이야기지?"

니시나는 지친 것처럼 툭 내뱉었다.

"검사나 검찰 사무관은 피의자를 기소하는 게 일이니 사건 발각 이후에는 새로운 비극을 목도할 기회가 그리 많지 않아. 하지만 후와 검사는 그런 상황을 제 손으로 직접 만들어 버렸어. 업무를 대하는 태도나 사고방식이 백팔십도 달라질 만하지. 가면도 어쩔 수 없이 쓸 수밖에 없었을 테고. 어쩌면 그 가면은 후와 검사의 속죄의 징표일지도 몰라."

미하루는 니시나의 집무실에서 나가자 발걸음이 왠지 무거웠다. 이제 다시 후와의 집무실로 향해야 할 텐데 어떤 표정으로 그를 대해야 좋을지 알 수 없었다. 자신도 가면을 쓰고 싶어졌다.

후와가 저지른 실수가 대체 뭘까. 처음 궁금해할 때만 해도 이렇게 참담하고 막중한 것일 줄은 상상도 하지 못했다. 쉽게 생각하고 이기적으로 답을 찾으려 한 나 자신이 참을 수 없이 한심하게 느껴졌다. 누구든 되새기고 싶지 않은 과거가 있기 마련이다. 후와에게는 가나코 일이 그에 해당할 것이다.

나는 아무 준비도 하지 않고 무턱대고 맨발로 후와의 내면에 발을 들이고 말았다.

집무실에 들어가자 후와는 여전히 무표정한 얼굴로 미하루를 맞았다.

"늦었군."

"니시나 총무과장님께 다녀왔어요."

그러자 후와는 "그런가"라고만 하고 그 이상 캐묻지 않았다. 그가 묻기만 한다면 무엇이든 대답하겠다고 다짐했는데도 후와는 조금도 신경 쓰지 않는 것 같았다.

잠시 후 후와는 서류를 가방에 집어넣고 미하루를 보며 말했다.

"경찰청에 다녀오지."

3

후와는 미하루와 함께 오사카 지방 경찰청이 있는 오테마에를 찾았다.

수사 자료 대량 분실 사건에 대한 처분 내용은 다음 달에 정식 발표되지만, 비공식적인 사전 통보는 당사자들에게 이미 내려졌을 터였다. 다시 말해 후와는 지금 앞으로 처분을 당할 사람들이 아직 이전 소속 부서에 머물러 있는 곳에 당당히 발을 들이려는 것이다. 게다가 야나기타니 경찰청장에게는 정직 한 달 처분이 떨어졌다. 정직 한 달이라는 건 퇴직 권고나 마찬가지라 대부분 처분을 받으면 직에서 물러난다.

야나기타니 경찰청장의 사직은 당연하다고 해도 수장이 사라진 경찰청은 고민과 혼란에 휩싸일 수밖에 없다. 그런 질풍노도의 상황 속에서 소동의 원인이 된 장본인이 제 발로 찾아온 것이다. 적진 한복판에 뛰어드는 것이라고 표현한 사코타의 말이 그야말로 정확해서 미하루의 긴장감은 극도로 높아졌다.

대체 이곳에서 뭘 조사하려는 걸까. 미하루가 불안과 초조함 때문에 남몰래 속앓이를 하고 있을 때 후와는 1층 접수처에 서자마자 터무니없는 말을 입에 담았다.

"자료실의 관리 책임자를 만나고 싶습니다만."

그 말을 듣고 접수처에 있는 여경도 당황했는지 후와를 빤히 쳐다봤다. 후와가 경찰청에 불러온 재앙을 그녀도 알고 있다는 것이 표정으로 읽혔다.

후와 옆에 있는 미하루조차 불쾌할 정도였다. 피해를 본 경찰청 소속 사람이라면 더욱 그럴 것이다. 방문 목적을 듣자마자 여경은 후와에게 경멸 섞인 시선을 보냈다.

"잠깐만 기다려 주세요."

딱딱한 목소리에서 처음으로 악의가 느껴졌다. 미하루는 니시나리 경찰서를 찾았을 때처럼 한참을 기다릴 것을 각오했다. 아니, 그냥 기다리기만 하면 나은 편이다. 더욱 심각한 사태도 염두에 두는 것이 좋지 않을까. 자칫하다가는 무도장에 끌려가 연습이라는 명분으로 집단 린치를 당할지도 모른다.

전화로 상대를 호출하는 접수처 여경의 표정이 점차 수상하게 바뀌어 갔다.

"네. 부장님보다 위, 말인가요……. 네…… 알겠습니다."

또다시 후와를 바라보는 얼굴에는 당혹감이 깃들어 있었다.

"자료실 관리 책임자는 형사부장님이신데 그전에 청장님께서 후와 검사님을 만나고 싶다고 하십니다."

그 말을 듣고 미하루의 불안감이 한층 증폭했다. 야나기타니 경찰청장은 이번 숙청으로 가장 큰 피해를 본 사람이다. 그 피해자가 가해자인 후와를 만나고 싶다고 하는 꼴이다. 후와가 무사히 볼일을 마치고 돌아갈 수 있을까.

그러나 후와는 미하루의 걱정 따위 아랑곳하지 않았다.

"알겠습니다. 어디로 찾아뵈면 될까요?"

접수처의 여경은 역시나 후와와 미하루만을 경찰청장 집무실로 보낼 수는 없는지 직접 안내해 주었다. 가는 길은 가시밭길이나 마찬가지였다. 후와의 얼굴을 아는 듯한 경찰관들이 날카롭게 후와를 노려보는 게 느껴졌다. 개중에는 들으란 듯이 혀를 쯧 차는 사람까지 있었다.

"이쪽입니다."

안에 들어가기 전부터 험악한 분위기가 감돌았다. 같은 식구인 지검장의 집무실을 찾을 때도 심장이 쿵쾅거렸는데 적의 본진에 들어가려니 더욱 두렵고 겁이 났다.

후와를 보니 평소와 똑같이 뻔뻔한 얼굴이라 미하루는 이때만큼은 화를 버럭 내고 싶었다. 조금만 순하고 누그러진 표정을 지어 준다면 여한이 없을 텐데.

"들어가겠습니다."

문을 열자 안쪽에서는 야나기타니가 혼자 의자를 돌린 채 창밖을 바라보고 있었다.

그의 얼굴이 서서히 후와와 미하루 쪽을 향했다.

"어서 오십시오, 후와 검사님. 여기 앉으시죠."

"감사합니다."

물론 앉는 사람은 후와뿐이고 미하루는 수호령처럼 그

의 등 뒤에 섰다. 평소에는 가만히 서 있기 불편하지만 오늘은 다르다. 야나기타니의 정면에 앉는 것보다는 이게 훨씬 나았다.

"이거 미안합니다. 갑자기 만나고 싶다고 해서 검사님의 소중한 시간을 빼앗았네요."

"아뇨. 괜찮습니다."

"아무래도 만반의 준비를 마치고 저희 청을 조사하러 오신 것 같군요."

"조사의 일환입니다. 예순다섯 곳의 관할은 다 돌았지만 경찰청은 아직이니까요."

그러자 야나기타니는 노골적으로 비난 섞인 눈빛을 지어 보였다.

"이런 판국에도 검사님은 또다시 경찰청의 치부를 밝혀내시려는 건가요? 아직도 뭐가 더 남았습니까?"

"아뇨. 관할 경찰서만 조사하고 경찰청을 조사하지 않는 것은 제 업무 방식에 반하기 때문입니다. 다른 의도는 없습니다."

"업무 방식 말인가요."

질척거리는 듯한 울림 섞인 목소리가 귀를 파고들었다.

"검사님의 그 업무 방식 덕분에 저희 경찰청은 궁지에

몰린 셈이군요. 아니, 딱히 비꼬려고 하는 말은 아닙니다."

이 말이 비꼬는 말이 아니라면 무엇이 비꼬는 말일까.

그러나 후와는 대답을 망설이지 않았다.

"전 오사카 지방 경찰청을 적대시한 적이 한 번도 없습니다. 그저 수사 절차상 납득되지 않는 부분이 이곳저곳 보여서 조사할 뿐입니다."

"경찰청의 실태를 일부러 폭로할 마음은 없었다는 뜻입니까?"

"제 일은 검찰에 송치된 안건의 기소 여부를 검토하는 겁니다. 그 밖에 다른 일에는 관심이 없습니다."

"오사카 지방 경찰청에서 시작된 경찰의 역대급 불상사에도 관심이 없다는 말씀이신가요. 그건 또 그것대로 뭔가 울적하네요."

야나기타니는 자학 섞인 웃음을 지어 보였다. 이미 퇴임이 정해졌다는 소문이 사실이라면 곧 사라질 옛 보금자리에 미련이 남은 듯한 모습이었다.

"하지만 검사님. 수사 자료가 대량으로 사라졌다는 건 이미 세간에 훤히 알려졌습니다. 이 이상 뭘 더 조사하신다는 겁니까?"

"거듭 말씀드리지만 제게 송치된 안건을 조사하는 겁니

다. 경찰청과 직접 관련은 없습니다."

"그렇겠죠. 하지만 정말 추호의 망설임도 없었던 겁니까? 숙청의 폭풍우가 휘몰아치는 곳, 그 한복판에 발을 들이신 기분이 좀 어떠신지요?"

"글쎄요. 딱히."

"글쎄요, 딱히라. 참으로 사람을 불쾌하게 만들 줄 아시는군요. 아니, 이건 칭찬입니다. 허울과 공치사로 일관하는 사람들보다는 검사님처럼 모든 것을 솔직하게 말씀해주시는 분들이 더 신뢰감이 있으니까요. 오사카 지검 안에서도 오죽 신뢰가 쏟아질까요."

"죄송하지만 저는 그런 것에도 관심이 없습니다."

"신뢰받으면 기쁜 게 당연하지 않을까요."

"신뢰받기 위해 일하는 건 아닙니다."

"……지검장님의 집무실에서 뵈었을 때부터 어렴풋이 느꼈지만 검사님은 정말 조직에 녹아들지 못하는 분 같습니다. 네, 그런 분이니 아무 거리낌이나 망설임도 없이 타인의 치부를 폭로할 수도 있는 거겠죠. 평판이 한 차례 추락한 바 있던 오사카 지검에는 없어서는 안 될 인재일지 모릅니다."

조금 전에 떠올린 생각은 취소다.

뭐가 옛 보금자리에 대한 미련인가. 이 남자는 결국 자신을 퇴임으로 내몬 후와 앞에서 불평불만을 늘어놓고 있을 뿐이다.

미하루는 당장 후와와 함께 집무실을 나가고 싶었지만 후와는 눈썹 하나 까닥하지 않고 야나기타니의 볼멘소리를 듣고 있다.

"자료실을 확인하시겠죠?"

"네. 그러려고 왔으니까요."

"현장을 보면 바로 아실 수 있을 겁니다. 이런 곳이라면 수사 자료가 분실될 만도 하다는 것을요. 감찰관실과 여론 및 언론은 저희를 비난하지만 예산과 인원이 한정된 곳에서 모든 업무를 완벽하게 처리하는 건 거의 불가능합니다."

미하루는 지휘관으로서 능력이 없는 주제에 책임을 다른 쪽에 떠넘기지 말라고 생각했다. 예산과 인원이 부족한 것은 지검도 마찬가지다. 실제로 일개 검찰 사무관에 불과한 내가 정해진 야근 시간을 초과해서 일하는데도 업무를 소화하지 못하고 있다. 아니, 비단 검찰청뿐만 아니라 다른 관공서 건물 중에도 늦은 시간까지 창문에 불이 들어와 있는 곳이 많다.

예산과 인원은 물론 필요하지만 그래도 불상사를 일으

키는 부서와 그러지 않은 부서가 생기는 건 조직을 통솔하는 사람의 능력 차이 아닐까. 그러므로 불상사가 일어났을 때는 그 수장이 책임을 지고 물러나는 게 아닐까.

야나기타니의 주장에 화가 치미는 것은 그가 수장으로서의 책임에는 눈을 감고 제 한 몸 지키기에 급급해 보이기 때문이다.

미하루는 비로소 깨달았다.

그런 눈으로 후와를 보니 그가 더없이 청렴결백해 보였다. 그는 항상 혼자서 수사를 한다. 미하루나 다른 사무관의 힘을 빌릴 때도 있지만 그의 입장에서는 지푸라기라도 잡는 심정으로 그러는 게 분명하다. 판단과 지휘, 결과까지 모두 혼자서 짊어진다. 그러니 책임도 혼자 지려고 한다. 차장 검사와 지검장을 앞에 두고도 물러서지 않았던 건 자신의 긍지 외에는 지켜야 할 것이 없기 때문이다.

"경찰청 자료실의 실태에 대해서는 관리 책임자인 형사부장이 더 자세히 알려 줄 겁니다."

"감사합니다."

"저희 청 안에 저를 포함해 처분 대상에 오른 이들이 더 있습니다. 하지만 그런 걸 마음에 두고 조사에 협력하지 않을 만큼 배포가 좁은 사람들은 아니니 안심하십시오."

"신경 써 주셔서 고맙습니다."

"마음에도 없는 말씀을. 검사님은 다른 사람의 기대나 아첨, 악의나 친절 따위에 반응하지 않는 분 아닙니까. 사코타 지검장님의 행동만 봐도 알 수 있습니다. 지검장님은 검사님을 다루는 데 몹시 애를 먹는 것 같더군요."

"다른 사람이 저를 어떻게 생각하고 다루는지에는 관심이 없습니다."

야나기타니는 어떤 비아냥거림을 들어도 반응하지 않는 후와를 보며 슬슬 인내심의 한계에 도달했을 것이다. 야나기타니의 목소리가 갈수록 노기를 머금었다.

"검사님은 평소에도 그렇게 가면을 쓰고 계십니까? 다른 사람과 접촉하지 않거나 교류를 단절하기만 하면 어떤 조직에 무슨 짓을 하든 상관없다고 생각하세요?"

"대상이 반사회적 조직이 아닌 이상 아무리 검사라도 다른 조직의 허점이나 약점을 마구 들추지는 않습니다. 그리고 검사는 독립된 사법기관이라 업무 방식과 방침 등은 검사 개개인이 정합니다."

"오만하다고 생각하시지 않습니까? 검사님이 자신의 업무 방식과 방침 등에 너무 집착한 나머지 무려 일흔여섯 명의 처분 대상자가 나왔습니다. 그 어떤 위법 행위를 저지른 것도 아닙니다. 근무 태도가 불성실했던 것도 아니죠. 다들 성실하고 평범하게 범죄를 증오하는 훌륭한 경찰관들입니다. 원래라면 표창장을 주어야 마땅한 이들이 검사님이 그 애지중지하는 신조니 업무 방식 같은 것 때문에 인정사정없이 돌팔매질을 당하는 처지가 됐습니다. 그런 상황에 대해서는 어떤 감흥도 없는 겁니까?"

목소리가 살짝 떨리는 게 느껴졌다.

"저는 괜찮습니다. 경찰청장으로서 책임을 지는 게 당연하죠. 그게 경찰청장의 임무라고도 생각합니다. 하지만 이번에 처분을 받는 다른 경찰관들은 달라요. 그들은 그렇게 과한 책임을 질 사람들이 아닙니다. 이런 사소한 일 때문에 족쇄를 찰 사람들이 아니란 말입니다. 검사님은 그들이 억울하게 뒤집어써야 할지도 모를 잘못이나 책임 같은 걸 확실히 다 고려해서 행동하신 겁니까?"

과한 책임에 사소한 일이라니.

미하루는 이제는 화가 나는 것을 넘어서 속이 뒤틀렸다. 205건의 수사 자료를 분실한 것이 사소한 일이라는 말일까. 그로 인해 다수의 범죄를 입건도 기소도 못하게 되어 수많은 피해자가 낙담과 공포에 휩싸이는 것이 과한 책임이라는 말일까.

대체 야나기타니는 어디를 보고 있는 걸까. 사코타는 야나기타니에게 타고난 보스 기질이 있다고 평가했지만 그것은 바꿔 말해 오로지 조직의 존속에만 신경을 쓰고 마땅히 주어진 직무는 태만히 한다는 뜻 아닐까.

미하루는 이번 사건의 원인을 새삼 다시 발견한 기분이었다.

예산과 인원 부족, 비좁은 자료실 환경 따위와는 상관없다. 수사 자료가 분실된 가장 큰 원인은 관계자들의 시선이 오로지 내부에 쏠려 있었기 때문이다. 상사와 부하, 부족한 예산과 불편한 시설, 그리고 자신들이 일으킨 불상사에 대한 책임 전가. 그들은 하나같이 내부만을 바라봤고, 범죄 피해자는 보려고 하지 않았다. 물론 모든 경찰관이 그러지는 않았을 테지만 적어도 오사카 지방 경찰청을 통솔하는 야나기타니의 자질이 이번 수사 자료 분실사건을 초래했다고 해도 과언이 아니다. 그런 의미에서 야나기타니가 책임을 지는 게 마땅하다는 말은 두말할 필요 없는 사실이다.

"청장님. 자꾸 반복해서 죄송하지만 저는 제가 한 일 때문에 누가 어떤 영향을 받는지에 대해서는 전혀 관심이 없습니다. 그것이 경찰청장님의 눈에 오만한 태도로 비쳤다면 어쩔 수 없는 일이겠죠."

그렇게 말하고서 후와는 자리에서 일어섰다.

"청장님의 소중한 시간을 더 이상 빼앗을 수는 없습니다. 이제는 슬슬 형사부장님을 불러 주시겠습니까?"

"곧 형장에 끌려가는 사람의 호소 따위는 듣고 싶지 않나 보군요."

"제 조사를 일절 방해하지 않는다는 것이 사건 공표를 청장님께 일임하는 조건이었습니다. 벌써 잊은 건 아니시겠지요."

야나기타니는 당장에라도 상대를 잡아먹을 듯한 눈빛으로 후와를 노려봤다.

"약속을 깰 마음은 없습니다. 그렇게까지 썩지는 않았어요."

그는 토하듯 말하고 책상 위 전화기를 집어 들더니 누군가에게 내선 전화를 걸었다.

"우치무라 부장인가. 나일세. 지금 막 면담이 끝났네. 뒤는 자네에게 맡기겠어."

통화를 마친 야나기타니는 후와를 힐끗 한 번 보더니 그대로 의자를 돌려 다시 창밖으로 시선을 향했다. 자신이 직접 부른 방문자를 앞에 두고 그야말로 실례되는 행동이지만 이것이 야나기타니의 마지막 저항이라고 생각하니 왠지 딱한 기분이 들었다.

2분도 지나지 않아 문을 두드리는 소리가 들렸다. 안에 들어온 사람은 험상궂은 외모의 40대 남자였다.

"우치무라 부장. 후와 검사님이 자료실을 보고 싶다는 군. 안내해 주게."

그러자 우치무라는 "네" 하고 짧게 대답하고 후와를 집무실 밖으로 이끌었다.

"그럼 실례하겠습니다."

후와의 인사를 듣고도 야나기타니는 아무 대답도 하지 않았다.

"검사님. 오사카 지방 경찰청 자료실을 찾는 건 처음이신가요?"

"네."

"원래는 제삼자의 출입이 허락되는 곳이 아니니 당연하다면 당연하겠지요. 제가 자료실 관리 책임자라는 것도 모르셨겠죠?"

"네."

"네, 그러시겠죠. 만약 아셨다면 경찰청장님과 면담하기 전에 곧장 저를 찾아오셨을 테니까요. 검사님은 그런 분입니다."

대화를 들으니 아무래도 두 사람은 이번에 처음 만나는 사이가 아닌 듯했다.

"그나저나 자료실에는 무슨 볼일이 있어서?"

"실태와 운영 상황 등을 확인하고 싶습니다. 관할과 합동 수사를 펼칠 때 수사 자료를 어디에서 어떻게 취급했는지도요."

"그러지 않아도 똑같은 질문을 얼마 전 방송국 기자에게도 받았습니다."

우치무라는 진절머리가 난다는 듯이 말했다.

"후와 검사님은 언제부터 그런 기자 같은 의문을 품게 된 겁니까? 아니, 이렇게 말하는 건 조금 실례되겠네요."

"예순다섯 곳의 관할 경찰서도 똑같이 확인했습니다."

"그러니 경찰청에도 확인하러 오셨다? 숙청 인사와 쏟아지는 언론의 취재 요청 때문에 아수라장이 된 지금 이곳에요? 상대의 사정 따위는 조금도 배려하지 않는 모습이 역시 후와 검사님답네요."

"우치무라 부장님은 피의자의 사정을 일일이 배려하며 수사하십니까?"

"……검사님께 걸리면 경찰청도 피의자 취급이군요."

대화를 나눈 지 얼마 되지도 않았는데 벌써부터 분위기가 흉흉하다. 후와도 조금은 신중하게 말을 고르면 좋을 텐데 평소와 똑같은 목소리에 말투도 그야말로 가차 없다. 크게 다쳐 입원 중인 환자에게 빚 독촉을 하러 온 모양새다.

후와 본인에게는 물론 그런 의식이 없는지 그는 우치무라에게 독설을 들어도 애초에 독설이라고 느끼지도 않는 듯했다.

"수사 대상이라는 점에서는 피의자든 경찰청이든 차이가 없습니다. 쓸데없는 선입견과 기존 개념 등은 오히려 일에 방해가 되죠."

잠시 후 세 사람은 자료실 앞에 다다랐다. 아직 새 건물이라서인지 입구도 겉보기에는 깨끗하고 난잡한 느낌 같은 건 조금도 없었다.

문득 옆쪽을 보니 그곳에 기계실이 있었다. 미하루의 눈길을 느꼈는지 우치무라가 거의 체념한 것처럼 설명을 덧붙였다.

"이미 경찰청장님께서도 설명하셨겠지만 수사 자료 일부는 저 기계실 구석에 있었습니다. 자료실이 꽉 차는 바람에 임시로 기계실에 두게 된 것이 어느새 일상처럼 돼 버렸죠."

"부장님은 언제부터 그런 현황을 파악하신 겁니까?"

"평소에도 너무 바빠서요. 관리 책임자라고 하지만 그 냥 부하가 요청하면 자료실 출입을 허락했을 뿐입니다. 아침부터 밤까지 계속 문 앞을 지키고 있을 수도 없는 노 릇 아니겠습니까?"

우치무라도 야나기타니 못지않을 만큼 시비조로 말하고 있다. 예상했다고는 해도 미하루는 계속 가시방석에 앉아 있는 것처럼 초조했다.

"검사님만큼은 아니겠지만 저도 기존 업무 외에도 할 일 이 많아서요. 물론 관리 책임을 면할 수 있다고 생각하지 는 않지만 이쪽 사정도 조금은 고려해 주셨으면 합니다."

"문을 열어 주시겠습니까?"

후와의 말에서는 감정이 전혀 읽히지 않았다.

"설명보다는 제가 직접 보는 게 빠릅니다."

꼭 이렇게 공격적으로 굴어야 할까. 미하루는 후와 앞 에 나가서 따지고 싶은 충동에 휩싸였지만 행동에 옮기지 는 못했다. 지금까지도 감정을 자제하지 못해서 여러 번 후와에게 잔소리를 들었다.

우치무라는 입을 꾹 다문 채 문 옆 카드 리더기에 IC칩 을 집어넣어 신원을 읽혔다. 경쾌한 전자음과 함께 문이 열리자 우치무라가 앞장서서 안에 들어갔다.

자료실에 들어간 순간 미하루는 할 말을 잃었다.

니시나리 경찰서 자료실 내부도 번잡했지만 그곳을 수사 자료의 정원이라고 하면 이곳은 수사 자료의 숲이라고 해야 할 수준이었다. 서가든 책상 위에든 골판지 상자가 첩첩이 쌓여서 벽을 이루고 있다. 옆 공간은 사람 한 명이 지나가기에도 버거워 보였다.

"청장님의 회견 직후 기계실에 있던 상자를 전부 이곳에 다시 쑤셔 넣었죠. 그래서 이 모양 이 꼴이 돼 버렸습니다."

자조 섞인 목소리에서는 분노의 기운이 느껴졌다.

"원래라면 정기 재고 조사 같은 것도 해야 하는데 수사원 한 명이 떠맡는 사건이 너무 많습니다. 일상 업무를 하면서 동시에 자료 정리까지 하는 건 사실상 불가능이나 마찬가지예요."

"관할과의 합동 수사 때도 여기로 수사 자료가 들어옵니까?"

"감정할 물건이 많으니까요. 현물은 이곳에 두고 감정 보고서만 수사본부에 보내는 식입니다. 이른바 수사 자료의 터미널 같은 곳이죠."

후와는 상자로 만들어진 벽을 지그시 바라봤다. 여전히 무슨 생각을 하는지 알 수 없는 눈빛이지만 연구자 같은 냉정함만은 읽혔다.

"다음으로 기계실을 보고 싶습니다."

"조금 전에도 말씀드렸지만 청장님의 기자 회견 직후 그 안은 전부 정리했습니다. 그러니 지금은 아무것도."

"기계실을 보여 주십시오."

결국 우치무라는 입가를 일그러뜨리고 등을 돌렸다. 아마 입술 안쪽에서 어금니를 꽉 깨물고 있을 것이다.

자료실을 다시 나가 기계실 앞에 섰다. 여기에는 카드 리더기가 보이지 않아서 전자식 자물쇠가 없다는 것을 알 수 있었다. 밖에 서 있자 안에서 에어컨 실외기 같은 소리가 새어 나왔다.

"기계실 문에는 평범한 일반 자물쇠가 달려 있습니다. 이곳은 부품 교환이나 정비 등을 위해 외부 업자들이 자주 드나드는 곳이라 엄중한 보안보다는 간편함이 우선되는 곳이라서요. 결국 그것이 역효과를 부른 셈이지만."

"평소에 열쇠 관리는 누가 합니까?"

"특별히 정하지는 않았습니다. 업자가 오면 그때그때 기계실을 열어 줘야 하니 늘 정해진 곳에 열쇠를 뒀는데

특정 담당 부서나 담당자가 있었던 건 아닙니다."

우치무라는 역시 심기가 불편해 보였다. 설명은 정중하지만 한마디로 경찰 관계자뿐만 아니라 이곳을 출입하는 외부 업자라면 누구든 쉽게 들어갈 수 있었다는 뜻이다. 그러니 기계실 안에 아무렇지 않게 상자가 방치됐다면 분실될 만도 하다.

"저희 경찰청도 그냥 넋 놓고 있었던 것만은 아닙니다. 청소 업자부터 에어컨 업자, 장의사, 병원, 법의학 교실 관계자, 택배 배송 기사, 우체국 집배원, 심지어 배달 도시락 업자에 이르기까지 기계실 안에 있던 상자를 들고 나간 적이 있는지 샅샅이 확인했습니다."

변명처럼 들리는 건 우치무라도 그것이 실효성이 없음을 스스로 알고 있어서일 것이다. 어제오늘 일이면 모르겠지만 몇 달, 몇 년에 걸쳐 상자를 방치해 뒀다. 인간의 기억력에는 한계가 있을 테고 정말로 수사 자료가 담긴 상자를 잘못 가져가 처분했다고 해도 내가 그랬다고 나설 사람은 없지 않을까. 조금 더 이른 시기에 조사해야 했고 지금은 그저 소 잃고 외양간 고치기나 마찬가지다.

"경찰청의 보안 체계가 허점투성이라고 생각하시겠죠. 하지만 이렇게 큰 시설의 모든 구역을 완벽히 관리하는 것은 지금의 인력으로서는 한계가 있습니다."

묻지도 않은 말을 먼저 꺼내는 것은 스스로를 변호하고 싶어서일 것이다. 말없이 이야기를 듣는 미하루는 조금 전 야나기타니 때와 마찬가지로 우치무라에게도 일말의 동정심을 느꼈다.

"검사님은 어떻게 생각하실지 모르지만 저희 같은 현장 형사들은 매일같이 정신력을 소모하며 신발 밑창이 닳도록 열심히 뛰고 있고 시민의 무관심과 언론의 과도한 관심과 싸우는 것으로 모자라 자존심마저 버려 가며 수사하고 있습니다. 항상 악당을 검거하기 위해 불철주야 애쓰는 사람들이 모였죠. 범죄가 많이 발생하는 지역이라 더욱더 그렇습니다. 그런데 그 모든 노력이 검사님의 심술 덕분에 전부 물거품으로 날아가 버렸어요."

후와를 보는 눈빛이 심상치 않다. 미하루는 저도 모르게 두 사람 사이에 끼어들려 했다.

그러나 후와가 팔을 들어 제지했다.

"오사카 지방 경찰청과 관할을 합쳐서 총 42곳, 76명의 처분. 다 검사님 한 사람 때문에 일어난 일입니다. 자업자득이라는 건 알지만 모든 인간이 늘 논리적으로 움직이지만은 않잖습니까. 저는 지금껏 검사님이 화를 내거나 한탄하는 모습을 본 적이 없는데 모두가 다 검사님 같지는 않다는 말입니다. 겉으로는 어떨지 몰라도 이번 처분 때문에 검사님을 환영하지 못할 사람들도 엄연히 존재합니다."

"경찰분들께서 저를 어떻게 생각하시든 그건 개인의 자유겠죠."

"아, 그럼 이야기가 빠르겠네요. 실은 저도 이번에 처분을 받을 한 사람이니까요. 다음 인사이동 때 관할 경찰서로 좌천될 예정입니다."

자학 섞인 목소리를 듣고 가슴이 쓰렸다. 전부터 후와와 알고 지낸 사이라면 더욱 섭섭하게 느낄 것이다.

"검사님은 참 좋으시겠습니다. 오사카 지방 경찰청 전체가 지금껏 은폐해 온 사건을 혼자만의 힘으로 밝혀낸 영웅이 되셨으니까요. 못된 짓을 저질렀다면 그게 피의자든 경찰이든 구분하지 않고 고발하는 청렴결백하고 정의로운 검사로서 검찰 내부뿐 아니라 시민의 박수갈채도 쏟아질 겁니다. 하지만 그건 땅에 파묻힐 76명의 시신 위에 세워진 명예라는 걸 잊지 않으셨으면 하네요."

속내를 모조리 토해 냈는지 우치무라는 후련해 보였다. 후와에게 멱살을 잡힐 각오도 하고 있을지 모른다.

그러나 미하루는 이미 예상했다. 후와에게는 상대의 사정 따위로 태도를 바꾸는 기특함이 없다.

역시 후와는 온도가 느껴지지 않는 목소리로 대답했다.

"죄송하지만 그런 걸 명예라고 생각하지 않습니다."

4

후와가 다음으로 향한 곳은 히라카타시였다.

"히라카타에 무슨 볼일이 있으세요?"

"가 보면 알아."

그의 말대로 내비게이터의 지시를 따라 그가 운전하는 차를 타고 가자 곧장 목적지가 판명됐다.

히라카타시 아사히가오카초. 새롭고 오래된 아파트들이 나란히 늘어선 구역에 평범한 저층 주택이 드문드문 지어져 있다. 내비게이터가 가리킨 곳은 그 저층 주택 중한 곳으로 문패에는 '스마'라고 적혀 있었다. 야타가이 사건의 피해자 스마 나쓰미의 본가인 듯했다.

오랜 세월 비바람을 견딘 인터폰은 너덜너덜해져서 과연 제대로 작동할지 의문스러웠지만 후와가 버튼을 누르자 집 안에서는 소리가 울려 퍼졌다.

—누구세요?

　해묵은 인터폰의 상태처럼 지친 듯한 목소리가 들렸다. 후와가 신원을 밝히자 문 틈새로 중년 여성이 얼굴을 내밀었다.

　"딸 사건 때문에 오셨어요?"

　이 여성이 스마 나쓰미의 어머니 데루코인 듯했다. 얼굴이 푸석푸석하고 화장기도 없어서 실제 나이보다 많아 보였다.

　"사건을 재조사하는 중입니다. 괜찮다면 이야기를 조금 듣고 싶어서 찾아뵈었습니다."

　"오사카 지검 검사님이시라고요?"

　"이런 수사는 꼭 경찰이 아니라 검사도 합니다."

　후와의 가면이 효과를 발휘할 때가 바로 이런 순간이다. 붙임성 있게 싹싹한 미소를 짓지는 않지만 피해자 유족 눈에는 그의 얼굴이 진지하고 성실하게 비칠 것이다.

　"……아직 남편이 돌아오지 않았는데 괜찮으시다면 안으로 들어오세요."

　집 자체가 낡은 탓도 있겠지만 딸을 빼앗긴 슬픔이 스며들었는지 집 안에는 퀴퀴한 공기가 맴돌고 있었다. 두 사람이 들어간 거실에는 스마의 영정 사진도 있어서 마음이 편치 않았다.

아무리 사교성이 없다고 해도 예의는 다른 차원의 문제다. 후와는 영정 사진 속 스마를 향해 두 손을 모았고 미하루도 똑같이 따라 했다.

"야타가이가 범인이 아니라더군요."

억양 없는 목소리에는 원한과 실의가 뒤섞여 있었다.

"간신히 경찰분들이 딸의 한을 풀어 주시는가 싶었는데……. 왜 이렇게 돼 버린 거죠?"

알리바이가 성립해 야타가이가 그날 즉시 석방됐다는 소식도 이미 뉴스에 나왔다. 언론은 검찰의 수사 능력을 높이 평가했지만 한편으로 사건은 다시 원점으로 돌아갔다. 딸을 잃고 범인이 검거돼 한시름 놓은 시점에 경찰의 오인 체포가 발각됐으니 유족은 이중으로 실의에 빠지게 됐다. 데루코의 초조함이 그것을 말해 주고 있었다.

후와는 비밀 엄수 의무에 저촉되지 않는 선에서 사건의 경위를 설명했다. 분실한 증거물과 알리바이 성립. 후와의 이야기를 듣는 데루코의 얼굴에서 서서히 분노가 퍼졌다.

"수사 자료가 많이 사라졌다는 건 뉴스를 통해 들었어요. 설마 딸 사건이 거기에 포함됐을 줄이야……."

"관할인 니시나리 경찰서와 오사카 지방 경찰청이 다시 한번 수사본부를 세워서 사건을 재수사할 예정이라고 들었습니다."

"사건이 일어난 시기가 4월이에요. 벌써 한 달 넘게 흘렀는데 이제 와서 재수사라니, 범인이 어지간히 바보가 아닌 이상 이미 도망치지 않았을까요?"

경찰 수사본부의 실수 때문에 벌어질 일인데도 미하루는 어깨를 움츠릴 수밖에 없었다. 오인 체포는 바꿔 말하면 초동 수사의 실패와 그 기간의 수사 중단을 의미한다. 사건이 일어난 뒤에 한 달 이상 사건이 방치됐다면 증거가 사라지고 목격자의 기억도 희미해진다. 심지어 야타가이 사건은 수사본부의 실수로 상자 두 개 분량의 증거물 중 절반이 사라졌다. 데루코가 화를 내는 것도 당연하다.

"그래서 이렇게 찾아뵈었습니다."

후와는 데루코의 불만도 바람처럼 한 귀로 흘리고 그대로 서서 말했다.

"재수사에는 담당 검사인 제가 합류합니다. 보통 때라면 이렇게 하지는 않습니다."

보통 때니 뭐니 해도 이번 재수사는 후와가 평소 자신의 업무 방식을 그대로 따랐을 뿐이다. 그러나 데루코의 눈에는 경찰과 검찰이 명운을 걸고 함께 나선 것처럼 보일 것이다.

후와의 계산된 발언인지 아닌지는 명확하지 않지만 데루코는 납득한 것처럼 못마땅하게 고개를 끄덕여 보였다.

"스마 씨는 혼자 자취를 하셨다고 하는데, 혹시 가족분들께 스토커 피해에 대해 상담한 적이 있습니까?"

"······최근에 누가 자기를 노리고 있다는 이야기는 한 적이 있답니다."

데루코는 더듬더듬 이야기를 시작했다.

"작년 말이었을까요. 자주 가는 마트의 남자 직원이 자꾸 달라붙고 질척거려서 힘들다더군요. 요즘은 스토커니 뭐니 하는 사람들 때문에 뒤숭숭한 사건이 많이 일어나서 경찰에 신고하는 게 어떻겠느냐고 했지만, 경찰이 받아 줄 만한 일은 아니라고 해서 그 뒤에는 그냥 본인에게 맡겼죠. 그렇게 한 게 결국 이런 결과를 부른 것 같아 지금도 후회하고 또 후회한답니다."

"따님은 올 1월부터 구스바라는 남자와 함께 살았다고 하는데 그 일에 대해서도 따님이 말씀하신 바 있습니까?"

"설에 딸이 집에 왔을 때는 그런 말은 한마디도 입에 담지 않았어요. 그런데 2월에 그 마트 남자가 아직도 괴롭

히느냐고 물으니 사람을 쓰고 있어서 괜찮다고 하더군요. 그 사람이 누군지 묻자 그제서야 구스바라는 이름을 언급했답니다."

비슷한 또래인 미하루도 이해되는 이야기였다. 언젠가부터 부모님 앞에서 남자관계를 언급하면 결혼 이야기부터 꺼내는 탓에 그런 이야기는 거의 하지 않았다. 스마 나쓰미도 동거 중인 남자가 있다는 말을 꺼내는 순간 부모님이 연봉이나 출신 등을 꼬치꼬치 캐물을 것 같으니 입이 무거워졌을 것이다.

"외동딸이라 저도 신경 쓰여서 어떤 사람인지를 물었는데 뭐 신원이나 하는 일 등은 확실한 것 같아서 일단 마음을 놓았죠. 동거한 지 몇 달 정도 되었을 때 남편이 그 남자를 집에 데리고 와서 소개해 주는 게 좋지 않겠느냐고 권한 적이 있는데, 설마 그 남자까지 그렇게 될 줄은……."

"그럼 구스바 씨를 만난 적은 없으시군요."

"네."

"따님은 구스바 씨에 대해 또 어떤 이야기를 했습니까? 이를테면 성격이나 교우관계나."

"언뜻 보면 사람이 조금 가벼워 보이기는 하지만 잘생겼고 좋은 남자라고 했어요. 딸이 팔불출처럼 굴어서 그

애기를 처음 들었을 때는 좀 우습기도 했는데, 지금 생각하면 그때가 딸이 가장 행복했던 시기였던 것 같네요."

미하루는 속으로 과연 그럴까 생각했다. 두 사람이 동거 생활을 시작한 시기는 야타가이의 스토커 행위가 악질적으로 변한 시기와 겹친다. 실제로도 야타가이는 스마와 직접 대화를 나누려고 몇 번이나 '그랑카사르 기시노사토'를 찾기도 했다. 구스바와 맞닥뜨리고 폭력 사태로 발전하지 않은 것은 우연에 불과하다. 어머니의 생각과 달리 스마 나쓰미는 매일 공포와 안도감 사이를 오락가락하지 않았을까.

"알리바이가 성립한 야타가이를 제외하고 그 밖에 또 따님을 미워하거나 증오했을 사람으로 짚이는 사람은 없습니까?"

데루코는 잠시 고개를 숙인 채 기억을 더듬는 듯했다. 생각해 보면 탐문을 통해 스토커 야타가이가 수사 선상에 떠오른 후 수사본부는 그를 유력 용의자로 보고 체포해 검찰에 송치했다. 그 밖에 용의자 후보가 더 있었다고 해도 그 시점에 수사는 이미 멈췄을 것이다.

후와는 그 부분부터 수사를 다시 시작하려 하고 있다. 수사본부가 방치한 소중한 시간을 되찾을 생각일 것이다.

미하루는 마른침을 꿀꺽 삼키고 데루코의 입이 열리기를 기다렸다. 어머니의 증언으로 새로운 용의자가 떠오를 수 있다는 기대감이 조금씩 고개를 들었다.

그러나 기대는 깨끗이 배반당했다. 데루코는 영 떠오르지 않는다는 듯이 고개를 흔들고 "짚이는 사람이 없네요"라고 했다.

"딸은 기시노사토에 있는 병원에서 의료 사무원으로 일했는데 직장에는 남자라고 해 봐야 의사들밖에 없다고 했어요. 그럼 젊은 의사 선생님을 붙잡아서 팔자 좀 펴 보는 게 어떻겠느냐고 농담 섞어 물은 적이 있는데 '의사들은 여자 간호사나 의료 사무원은 하룻밤 상대면 모를까 결혼할 여자로는 절대 안 봐'라고 딱 잘라 말하더군요. 사무 쪽에는 여자들만 있는 데다가 근무 시간도 길어서 남자를 만날 시간이 없다고 한탄하고는 했답니다. 아무튼 그래서 딸은 남자관계 쪽은 백지나 마찬가지였고 평소 남자에게 인기가 많은 아이도 아니어서 연애 문제로 저희 귀에 들릴 만한 갈등이나 다툼 같은 건 생전 한 번도 일으킨 적이 없었어요."

그렇다면 자주 가던 마트에서 야타가이를 만난 건 불운 중의 불운이라고 해야 할 것이다. 오랜 근무 시간의 짬에 어렵게 얽힌 인연이 하필 스토커라니. 이 얼마나 심술궂은 신의 장난이라는 말인가.

"수사를 통해 야타가이의 스토커 행위가 점차 악랄해진 경위를 파악하고 있습니다. 구스바 씨와 동거 생활을 시작한 1월 이후는 그렇다 쳐도 스마 씨는 왜 그전에도 경찰에 신고하지 않았을까요?"

"그 아이는 경찰을 별로 믿지 않았거든요."

"혹시 과거에 무슨 안 좋은 기억이라도 있습니까?"

"중학생 때 등교 도중 전철 안에서 치한을 만난 적이 있어요."

데루코는 그날의 상황이 떠올랐는지 미간에 주름을 깊게 잡았다.

"그 일이 경찰을 믿지 못하는 것과 어떻게 이어지죠?"

"그때 딸은 전철 안에서 용기를 내어 '여기 치한이 있어요!' 하고 큰 소리로 외쳤다고 해요. 그러자 그 치한은 자기는 모르는 일이라며 한사코 부인하다가 결국 딸과 함께 역장실에 끌려가게 됐죠. 거기서도 양쪽의 말이 달라서 결국 경찰서에 가게 됐고요. 딸은 속으로 '이제는 괜찮을 거야. 경찰은 당연히 나 같은 피해자들의 편일 거야'라고 생각했다네요. 그런데 그 뒤로……."

"무슨 일이 벌어진 겁니까?"

"하필이면 그때 붙잡힌 치한이 어느 경찰서 서장의 아들이었던 거예요. 결국 그놈은 제대로 처벌받지도 않고 풀려났고, 반대로 딸은 면전에서 합의금 목적으로 그런 소동을 일으킨 게 아니냐는 이야기를……. 그러지 않아도 그 무렵에 자기 여자 친구를 이용해 그런 짓을 벌인 남자가 있었다고 해요. 심지어 경찰은 딸더러 그 자식들과 한패가 아니냐고 캐물었다더군요. 그날 밤 딸은 집에 돌아와 하루 종일 펑펑 울었답니다. 그 뒤로 계속 경찰을 불신하게 됐고요."

이야기를 듣는 동안 미하루는 저도 모르게 주먹을 꾹 쥐었다. 그런 사정이 있었다면 스토커 피해를 입었는데도 좀처럼 신고하지 못한 이유도 이해가 된다.

"결국 그 아이는 경찰에 두 번이나 배신당한 거예요. 처음에는 중학교 때, 그리고 두 번째로 이번에."

데루코는 원망 섞인 눈빛으로 후와를 봤다.

"수사 자료를 분실한 게 드러나자 경찰청에서 사실을 은폐하려고 했다면서요? 딸의 치한 사건 때와 빼다 박았어요. 검사님. 경찰은 왜 제 식구 감싸기에만 급급하고 저희 같은 서민의 편이 돼 주지 않는 걸까요? 어째서 못된 짓을 저지른 녀석들을 가만 내버려 두고 심지어 풀어 주기까지 하는 걸까요?"

"보이지 않아서 그렇습니다."

후와는 데루코의 날카로운 시선을 피하지 않았다.

"악을 미워하지 않는 경찰관은 아마도 없겠죠. 그러나 인간은 무리를 이룬 순간 조직의 논리에 휩쓸리고 맙니다. 특히 결속력이 강한 조직에 있다 보면 동료를 지키는 것이나 자신을 지키는 것과 직결되죠. 그리고 서로의 낯빛을 지나치게 살피다가 어느새 정말로 지켜야 할 사람들의 얼굴은 보이지 않게 되는 겁니다. 저는 그렇게 생각합니다."

"그렇지만 검찰도 검사님들이 무리를 이룬 조직 아닌가요?"

"다행인지 불행인지 몰라도 저는 혼자입니다. 그러니 동료들의 사정을 고려할 필요가 없죠. 경찰의 체면을 신경 쓸 이유도 없고요."

후와는 스마의 집에서 나와 다음으로 가도마시에 가겠다고 했다. 후와가 내비게이터에 입력한 주소는 가도마시 기시와다 1번지. 첫 번째 행선지가 스마 나쓰미의 집이었으니 두 번째로 향할 곳은 대략 예상이 됐다.

"구스바 미네타카의 집이겠네요."

"그래."

후와는 한 치의 망설임도 없이 대답하고 더는 할 말이 없다는 듯이 가속 페달을 밟았다.

목적지에 도착할 무렵에는 이미 해가 뉘엿뉘엿 기울고 있었다.

구스바의 본가가 있는 곳은 민가와 작은 구멍가게들이 줄지어 늘어선 동네였다. 구스바 집안의 작은 단층 주택은 80년대 무렵부터 영업해 온 듯한 약국과 정육점 사이에 있었다.

문패는 따로 없지만 신문 배달소에서 서비스로 나눠 주는 비닐 신문꽂이에 '구스바'라는 글자가 삐뚤빼뚤하게 적혀 있다. 초인종과 인터폰도 보이지 않아서 그냥 격자무늬 미닫이문을 두드릴 수밖에 없었다.

후와가 문을 두드리며 이름을 연신 외치자 다섯 번째 노크 만에 집 안에서 대답이 들렸다.

"아, 시끄러워. 도대체 몇 번을 두드리는 거야. 기다려 보라고 좀."

걸걸하고 험악한 목소리를 듣고 미하루는 안에 들어가기 전부터 기가 죽었다.

"누구요?"

당장에라도 한 대 때릴 것 같은 기세로 문을 열고 얼굴을 내민 사람은 70대 정도로 보이는 얼굴이 불그레한 남자였다. 편하게 쉬고 있었는지 민소매 러닝셔츠에 반바지를 입은 수수한 차림이었다.

후와는 이번에도 무표정한 얼굴로 신원과 방문 목적을 알렸다.

"내가 구스바의 애비 히데오가 맞기는 한데, 이제 와서 검사가 무슨 일로?"

"사건의 재조사를 위해 찾아뵀습니다."

"그러고 보니 그 야타가이인지 뭔지 하는 녀석은 잘못 체포한 거라며? 재조사를 해 봐야 또 생사람이나 잡는 거 아닌가?"

"가능성이 없다고 할 수는 없겠죠."

"거 봐."

"수사를 이어 가는 한, 벽에 가로막히는 순간은 반드시 생기니까요. 반대로 말하면 수사 자체를 하지 않으면 오인 체포 같은 일도 일어나지 않습니다. 또한 일본에서 수사권을 쥔 직종은 한정돼 있습니다. 땅 위에서 일어난 살인 사건이면 경찰과 검찰, 그리고 자위대 경무관과 교도관 정도일 겁니다. 어쨌든 그런 일에 종사하는 이들이 움직이지 않으면 아드님의 한을 풀어 드릴 수도 없습니다."

"말은 청산유수로구먼."

"청산유수가 아니라 엄연한 사실입니다. 이러는 동안에도 구스바 씨를 죽인 범인은 거리를 유유자적 걸어 다니고 있겠죠."

"거 짜증 나네."

"아버님의 증언 덕분에 범인을 체포할 수도 있습니다. 아버님 스스로 가치가 있는지 없는지 모를 정보를 쥐고 계실지도 모르고요. 그 정보를 오롯이 활용할 수 있는 사람은 저뿐입니다. 아드님을 죽인 범인을 붙잡고 싶으시다면 제게 협력해 주시는 것이 가장 빠른 길입니다. 다소 아버님 성에 차지 않고 의심스러운 방법이어도요."

후와의 가면은 이 자리에서도 효과를 발휘했다. 아무리 노려보고 악다구니를 써도 표정 하나 바뀌지 않는 후와를 보며 히데오는 점차 고분고분해지기 시작했다.

"진범을 체포해 준다고 약속할 수 있나?"

"포기하지 않으리란 것만은 약속해 드릴 수 있습니다."

"분명 끈기는 있어 보이네."

"유일한 장점이라고 생각합니다."

"들어오시게. 뒤의 비서 씨도."

비서는 아니지만 굳이 정정하고 싶지는 않았다.

현관 앞에는 더러운 슬리퍼 한 짝만 놓여 있었다. 좀처럼 발을 들이기 쉽지 않은 곳이다.

집 안에 들어가자 담배 냄새가 코를 훅 파고들었다. 히데오는 골초일 테고 그가 피운 담뱃진이 벽과 가구에 스며들었을 것이다.

사전 조사를 통해 히데오가 혼자 산다는 것은 알았다. 아내와는 구스바가 초등학생 시절에 사별했다. 전직 목수였다고 하는데 지금은 연금으로 근근이 살아가고 있을 터였다.

"거기 빈 곳에 대충 앉게나."

그가 가리킨 밥상 앞에는 방석 하나 없이 담뱃재 자국이 눈에 띄는 다다미가 깔렸을 뿐이었다. 후와는 아무 망설임 없이 그 위에 양반다리를 하고 앉았다. 미하루는 뒤에 섰다.

"아가씨도 앉지 그래."

"전 괜찮습니다."

"아가씨를 배려해서가 아니야. 그렇게 우두커니 서 있으면 내가 거슬려서 그래."

"아, 네."

"그럼 후와 검사라고 했나. 나한테 도대체 뭘 물으려고 온 건가?"

"아버님이 경찰에 증언하신 내용은 기록을 통해 읽었습니다. 구스바 씨의 최근 모습과 교우관계, 사건이 일어날 무렵에는 집에 연락이 없었다는 이야기도요."

"맞아. 난 아들에 대해 아는 게 하나도 없네. 전에 집을 찾아온 형사도 포기하고 돌아갔어."

"아드님과 평소 별로 교류하지 않으신 건가요?"

"고등학교를 졸업하고서부터는 영. 뭔 파이낸스니 하는 정체를 알 수 없는 금융 회사에 들어간 뒤로는 명절에도 얼굴을 잘 비추지 않더군."

"사이가 좋지 않았던 겁니까?"

"어릴 때부터 말대꾸를 하면 쥐어 팼고 말없이 가만히 있어도 쥐어 팼지. 평범한 아버지와 아들 사이는 다 그렇지 않나?"

대체 무엇이 평범한가 싶었지만 미하루는 그런 관계도 있을 수 있겠다며 억지로 납득했다.

"그래도 가끔 집에 돌아올 때는 있었던 겁니까?"

"얼굴을 잊으려 할 때쯤 한 번씩. 아니, 돌아온다기보다 도망쳐 왔다는 말이 더 정확하겠군.”

“도망쳐 왔다. 혹시 구스바 씨에게 심각한 문제라도 있었습니까?”

“상대한테는 심각할지 모르겠지만 그놈한테는 그냥 불똥 정도였을 거야.”

후와가 반응하지 않자 히데오는 새끼손가락을 들어 보였다.

“녀석은 얼굴이 엄마를 닮아 그런지 인기가 많았어. 중학생 때부터 매번 여자를 바꿔 가며 만나고 다니더군. 고등학생 때는 카사노바라는 별명도 붙었다던데.”

“여자분들에게 인기가 많았나 보군요.”

“그런데 상황이 마냥 좋지는 않았어. 그놈이 어렸을 때 애 엄마가 세상을 떴거든. 그러니 여자를 어떻게 대할지도 몰랐겠지. 여기 올 때는 대체로 당시 사귀는 여자와 대판 싸우고 도망치듯 오는 거였어. 틈만 나면 양다리도 걸쳤다고 하니.”

“올해 1월부터 스마 나쓰미라는 여자분과 함께 산 건 알고 계셨습니까?”

“흥, 내가 알 바 있나. 예전에 찾아온 형사한테 처음 들었지. 함께 사는 여자 일에 말려들어서 같이 죽었다더군.”

"그 이야기를 처음 들으셨을 때 아버님은 어떤 생각을 하셨습니까?"

"어떻고 자시고 할 게 있나. 그놈다운 죽음이라고 생각했지. 차가운 길바닥이 아니라 집 안에서 죽은 것만은 칭찬해 줄 만하다고 해야 하려나."

아들이 아니라 그냥 동네 건달 취급이다. 말 군데군데에서는 허세 섞인 울림도 느껴졌다.

"전부터 사귀는 사람에 대한 이야기는 아버지 앞에서 하지 않았습니까?"

"검사 양반. 그쪽은 아무리 식구라고 해도 오늘 몇 번 화장실에 갔고 어디서 똥을 눴는지 일일이 보고하나?"

"하지 않겠죠."

"그놈한테 여자를 만나는 건 그런 것들과 크게 다르지 않았어. 그러니 놈이 여자와 동거했다는 이야기를 처음 들었을 때는 조금 놀랐지. 이제서야 진지하게 만나는 상대를 찾았나 싶어서. 살해돼 죽은 것보다 그쪽이 더 놀랍더군."

"여자관계 외에도 구스바 씨의 평소 성격에 대해 알려 주십시오."

"더 알려 줄 만한 건 없는 것 같은데."

히데오는 머리를 긁적였다. 얼마 남지 않은 머리카락이 초라해 보였다.

"내가 일찍 후처만 들였어도 녀석도 조금 바뀌었을지 모르지만 보다시피 나는 그놈과 다르게 그런 데 영 서툴러서 말이야. 여자관계만 제외하면 그냥 평범한 사내놈들과 크게 다르지 않은 녀석이었어. 머리가 유독 똑똑했던 것도 아니라 그대로 계속 살았더라도 앞으로 크게 출세할 일은 없었을 거야. 결국 삶의 마지막 순간에도 꽝 복권을 뽑고 그렇게 갔으니 내 예상이 크게 빗나가지도 않았지. 그야말로 끝까지 초라하고 재미없는 삶을 살다가 갔어, 그놈은."

아무리 사이가 좋지 않았던 부자라고 해도 죽은 아들에게 이렇게까지 악담을 퍼붓는 아버지는 드물 것이다.

그러나 관심 없어 보이는 얼굴에 문득 그림자가 드리우기 시작했다.

"그래도…… 세상에 하나뿐인 아들놈이기는 했지."

결국 후와와 미하루는 눈에 띄는 정보는 얻지 못한 채 구스바의 집을 뒤로했다. 차 안에 들어가도 가슴에 남은 서늘한 기운이 사라지지 않았다.

"저런 아버지도 다 있네요."

그렇게 말하고 미하루는 자신의 아버지를 떠올렸다. 어

머니만큼 말수가 많지는 않아도 미하루가 인생의 분기점에 섰을 때는 반드시 넌지시 조언해 주는 아버지였다. 고등학생 때는 왠지 그런 아버지에게 거부감이 들어서 사이가 멀어지고 말았지만, 미하루가 고등학교를 졸업하고 독립하자 이번에는 아버지 쪽에서 딸을 어떻게 대해야 할지 몰라 전전긍긍한 채로 지금껏 서먹한 관계가 이어져 오고 있다. 그러나 늘 딸을 신경 쓴다는 것은 알고 있고, 그런 아버지의 태도에 거부감이 들지도 않는다. 어쨌든 구스바 부자보다는 사이좋은 부녀라고 할 수 있을 것이다.

"이런 상황에서는 살해된 구스바 씨도 마음 편히 저세상에 가지 못하겠어요. 검사님, 혹시 보셨어요? 그 집 안 어디에도 구스바 씨 사진이 없더라고요. 생전 사진은 치웠을 수 있어도 영정 사진 한 장쯤은 놓아둘 법도 한데."

"그뿐인가?"

후와는 정면을 바라본 채로 미하루에게 되물었다.

"자네가 그 집에서 본 건 그뿐이야?"

"그냥 사진이 없다는 것밖에……."

"현관 슬리퍼."

"아, 네. 그 더러운 슬리퍼. 그게 왜요?"

"그걸 보고 아무것도 못 떠올렸나?"

"더럽다는 거요?"

"자네는 정말 아무것도 보지 못하는군. 그 슬리퍼는 죽은 구스바 씨 거야."

"설마요."

"그렇게 더러운 슬리퍼를 굳이 손님용으로 두겠나? 실제 우리가 집에 들어갔을 때부터 슬리퍼는 그곳에 있었지. 갑자기 손님이 찾아와서 꺼낸 게 아니야. 언제 아들이 돌아와도 신을 수 있도록 항상 그 자리에 놓아둔 거지."

"하지만 구스바 씨는 이미 돌아가셨잖아요."

"그래서 하는 말이야. 자네는 아들이 이미 죽었는데도 영원히 아들의 슬리퍼를 그대로 두는 아버지의 심정을 이해 못하겠나?"

미하루는 입을 다물었다.

히데오의 매정한 태도를 의기양양하게 비난한 몇 초 전 나 자신을 때려 주고 싶었다.

후와의 말은 틀릴 게 없다. 나는 유심히 관찰하는 듯했지만 결국 아무것도 보지 못했다.

민중의 지팡이를 자처하면서도 민중을 전혀 보고 있지 않았던 오사카 지방 경찰청처럼 말이다.

5
끝없는 부채

1

다음 날 후와는 미하루와 함께 주오구 오사카 비즈니스 파크에 있는 빌딩을 찾았다. 비즈니스파크는 오사카성의 북동쪽에 있는데 공원 때문에 초고층 빌딩 밀집지가 주변 지역으로부터 분리돼 있다. 오사카의 시끌벅적한 분위기에 익숙한 미하루에게는 그야말로 익숙하지 않은 곳이었다.

살해된 구스바가 일했다는 금융 회사 '호쿠세쓰 파이낸스'는 빌딩 42층에 사무실이 있었다. 오기 전에 조사해 보니 이 회사는 초대형 은행이 백 퍼센트를 출자한 자회사이고 주로 개인 대출 상품을 취급하는 비은행계 금융

기관이라고 한다. 즉 대형 은행이 취급하기 어려운 소액 융자 업무를 대행하는 곳이었다.

"사망한 구스바 씨의 여자관계에 대해 조사 중입니다."

사무실 접수창구에서 후와는 느닷없이 그렇게 운을 뗐다. 그야말로 직설적인 말을 듣고 접수처 여직원은 당황하는 모습을 감추지 못했다.

"여자관계, 말인가요?"

"구스바 씨의 그런 쪽 이야기를 아시는 분이 있다면 직속 상사든 동료분이든 상관없으니 만나고 싶습니다."

처음에는 짐짓 시치미를 떼던 여직원은 잠시 망설이는 듯하다가 마음을 고친 것처럼 내선 전화기를 들었다.

"저…… 오사카 지검의 후와 검사님이라는 분이 구스바 씨 일 때문에 오셨는데…… 네, 그것도 여자관계를 조사하러 오셨다고…… 죄송하지만…… 네."

대기실에서 기다리기를 10분, 얼굴을 드러낸 사람은 30대 여성이었다. 명찰에는 '영업3과 과장 호소미 미카' 라고 적혀 있다.

"안녕하세요, 호소미라고 합니다. 얼마 전 사망한 구스바 씨가 제 부하 직원이었습니다."

호소미는 후와의 맞은편에 앉아서도 반신반의하는 모

습이었다.

"접수처에서 들은 이야기로는 여자관계를 조사하러 오셨다고요."

"네."

"상당히 직설적인 요청이네요."

"요구를 돌려서 하는 건 시간 낭비일 뿐입니다. 호소미 과장님의 귀중한 시간을 쓸데없이 빼앗을 수는 없으니까요."

얼굴에 쓴 가면처럼 공치사도 그야말로 투박하지만 호소미는 별반 기분 나쁜 기색 없이 오히려 후와에게 흥미를 느끼는 듯했다.

"용의자였던 사람을 잘못 체포했다고 하던데요."

"네. 엄청난 실수를 저질렀죠. 결코 있어서는 안 될 일입니다."

후와는 기특한 말을 입에 담는가 싶더니 뒤이어 듣는 사람이 무심코 자세를 가다듬을 정도로 진지하게 말했다.

"그러니 이제는 두 번 다시 틀려서는 안 됩니다. 오늘이렇게 찾아뵌 것도 정보의 정확도를 최대한 높이기 위해서입니다. 피해자가 된 구스바 씨의 장점과 단점, 좋은 평판과 나쁜 평판까지 전부 파악해 둘 필요가 있습니다."

"이미 죽은 사람을 나쁘게 말하는 건 역시 마음에 걸려요."

"사건 해결로 이어질 수도 있습니다. 고인에 대해 정확히 알려 주시는 것이 고인에게 가장 큰 마지막 선물이 될 겁니다."

"마지막 선물이라. 그런 말씀을 들으면 가르쳐 드리지 않을 도리가 없네요."

호소미는 못 당하겠다는 것처럼 고개를 절레절레 흔들었다.

"영업3과는 주로 고객 상담을 맡는 곳이에요. 한마디로 클레임 처리 담당 부서죠. 요즘은 점점 제멋대로 구는 손님들이 늘어나서 클레임 담당 직원들이 느끼는 부담도 커지는 추세예요."

그녀도 그런 클레임을 수없이 처리해 왔을 것이다. 호소미의 목소리에는 절박함과 자기연민이 섞여 있었다.

"계약에 대한 클레임보다는 평소에 쌓인 울분을 풀려고 전화를 거는 손님도 적지 않답니다."

"구분하실 수 있는 겁니까?"

"원래 클레임이라는 건 문제가 해결되면 끝나는 법인데 평소의 울분을 풀려고 전화를 거는 분들은 담당자나 상사가 사죄할 때까지 끝을 보지 않는 게 특징이에요. 바꿔 말하면 저희의 사과를 받고 우월감을 느끼는 것이 목적이라 말투나 목소리만 들어도 금세 알 수 있어요."

"구스바 씨도 클레임 처리를 담당했습니까?"

"처음 부서에 배치될 때는 조금 불안하기도 했답니다. 약간 건들거리는 이미지였고 클레임 처리는 처음이라고 해서요."

"하지만 기우였던 건가요?"

"건들거리는 성격은 맞았지만 고객의 클레임에는 성실하게 응대하더군요. 초조해하거나 화를 내지 않고 참을성 있게 고객의 목소리에 귀를 기울여 줬죠."

"우수한 상담원이었군요."

"아무래도 일이 적성에 맞았던 것 같아요. 다른 사람의 이야기를 잘 들어 준다고 할까요. 천성 같은 거겠죠. 아무리 날이 서 있는 고객이라도 한 시간이나 이야기를 들어 주다 보면 저절로 칼끝이 무뎌지기 마련이니까요. 그렇게 대화를 나누고 이야기를 들어 주는 태도가 공적으로도 사적으로도 도움이 됐던 것 같아요."

빈정거리는 듯한 마지막 말이 마음에 걸렸다. 후와도 똑같이 느낀 듯했다.

"그런 화술을 사적으로도 이용했다는 말입니까?"

"그렇다기보다 사생활에서 항상 사용하던 화술을 업무 쪽에도 도입했다고 하는 게 적절하겠네요. 구스바 씨는 타고난 바람둥이였으니까요."

호소미의 증언은 아버지인 히데오의 증언과 일치한다. 직장에서도 널리 알려질 만큼 여자관계가 복잡했다면 어느 정도였는지 알 만하다.

"하지만 그렇다고 딱히 속내가 음흉하거나 하지는 않았어요. 그냥 그렇게 타고난 거죠. 본인한테 그럴 마음이 없어도 여자들이 먼저 다가온다고 하더군요. 뭐 얼굴도 반반하고 여자에게는 누구든 자상하게 대해 줬으니까요."

"역시 상사는 부하를 유심히 관찰하는군요."

"꼭 관찰하지 않아도 구스바 씨는 저도 다른 여자들과 똑같이 대했으니까요."

호소미는 쑥스러워하며 웃어 보였다. 옆얼굴이 왠지 요염해 보이는 건 미하루의 착각은 아닐 것이다.

"검사님은 남자들의 그런 심리에 대해 좀 아세요?"

"아쉽게도 그런 쪽에는 연이 없어서."

호소미는 더 묻지 않아도 이해한 것처럼 고개를 끄덕였다.

"아무튼 구스바 씨는 본의 아니게 그런 모습을 보일 때가 많았어요. 당사자는 그냥 평소와 똑같이 대하는데도 상대 여자 쪽에서 스위치가 켜지는 거죠. 뭐 서로 어색하고 딱딱한 것보다는 낫겠지만 상대가 계속 착각하다 보면 그게 갈등의 씨앗이 되기도 해요."

"실제로도 그런 일이 있었던 겁니까?"

"사내에서는 없었어요. 갈등이 생기기 전에 제가 미리 선을 그어 주고는 했으니까요. 구스바 씨를 접하는 여직원들에게 그 사람의 속마음을 잘못 짚지 말라고 넌지시 충고해 주는 게 제 일이었답니다."

"회사 밖에서는 갈등이 있었나 보군요."

"대단하게도, 손가락으로 셀 수 없을 정도였다고 해요. 처음부터 아예 착각이었다거나 아니면 구스바 씨도 중간까지는 진심이었다거나 등등, 사례는 다양한데 심지어 회사에 상대 여자들에게서 전화가 종종 걸려 오기도 했답니다."

보통 사적인 일이라면 구스바의 핸드폰으로 전화를 걸 것이다. 그러나 회사에 전화를 걸었다면 구스바가 핸드폰을 수신 거부로 했거나 아니면 처음부터 악의적인 전화다.

"업무에 지장이 있었습니까?"

"전화가 걸려 오는 것으로 모자라 통화 하나하나가 길었어요. 구스바가 받기 전까지는 전화를 끊지 않겠다는 둥, 본인이 받지 않으면 회사 홈페이지에 허위 사실을 적어서 올린다는 둥, 그 여자들의 클레임을 처리해 주는 게 업무 클레임 처리보다 훨씬 어려웠답니다."

"처리는 상사인 호소미 씨께서 직접?"

"직장 사무실 한가운데에서 사랑싸움이 펼쳐지게 그냥 내버려 둘 수는 없으니까요. 일이라고 생각하면서 제가 이것저것 뒤치다꺼리를 했답니다."

"힘드셨겠군요."

"검사님. 그런 말을 하실 때는 정말로 힘들었겠다는 표정을 지어 주셔야죠. 아무튼, 전화 통화로 끝나는 정도면 그나마 괜찮은 편이었어요. 가장 힘들었던 건 회사에 직접 들이닥쳤을 때예요. 달래고 달래면서 다시 돌려보내려고 얼마나 고생을 했는지."

"그런 사례도 한두 번은 아니었던 것 같군요."

"제가 기억하는 것만 해도 세 번이에요."

"기록에 남아 있습니까?"

"기록요? 남아 있을 리 없죠. 고객 클레임이 아닌 직원의 사적인 갈등까지 일일이 기록해 두지는 않아요."

"호소미 씨의 기억에는 남아 있지 않습니까?"

"그야 제 머릿속에는 또렷이 남아 있죠. 양다리를 걸쳤다느니, 결혼 약속을 했다느니, 임신했다느니. 그런데 이름까지는 기억 못 해요. 대체로 이름 같은 걸 대지도 않았고 오자마자 울부짖고 한탄했으니까요."

"구스바 씨의 반응은 어땠습니까?"

호소미는 당시 상황을 떠올리듯 쓴웃음을 지으며 손사래를 쳤다.

"당사자는 이미 그런 상황에 익숙한 것 같았어요. 저를 방패 삼아서 시치미를 뚝 떼더군요. 전부 저쪽의 착각이고 자기 잘못이 아니라고 했죠. 그런데 착각만으로 임신하지는 않잖아요. 아, 그러고 보니 임신했다면서 소란을 피운 그 여자, 나중에 결국 자살했다는 이야기를 구스바에게서 들은 기억이 있네요."

"자살이라니. 보통 일이 아니군요."

"TV나 신문에서 그런 소식을 접한 기억은 없는 걸 보니 대단한 사건 사고는 아니었던 것 같아요. 구스바 씨도 태연히 그런 이야기를 했고요. 오히려 구스바 씨가 여자랑 같이 산다는 이야기를 들었을 때 더 놀랐던 것 같네요."

"구스바 씨는 나이가 서른넷이었습니다. 가정을 꾸려도 이상하지 않을 나이이기는 합니다만."

"일은 둘째 치고 사생활에서 속박당하기를 싫어하는 사람이었어요. 그런 남자가 다른 여자와 같이 살기 시작했다니, 속으로 정말 많이 변했구나 싶었죠. 동시에 지금껏 만나 온 여자들에게 어쩌면 해코지를 당할 수도 있겠다는 생각도 들었어요."

후와와 미하루는 호소미의 이야기를 다 듣고 빌딩을 나왔다. 공원에서 불어오는 산들바람이 땀에 젖은 피부를 어루만지고 갔다.

"검사님. 구스바 씨의 과거를 조사하는 건 전에 만난 상대 중에 용의자가 있다고 생각하셔서죠?"

"가능성을 버릴 수는 없지."

"하지만 호소미 씨가 회사를 찾아온 여자 이름도 기억하지 못하는 마당에는 어찌할 도리가 없네요."

호소미 외에도 더 만나 볼 사람이 있는지 후와는 입을 꾹 다문 채 불평하지 않았다.

니시나리 경찰서에서 자료실을 뒤졌을 때 사건의 수사 자료는 ② 번호가 붙은 골판지 상자가 통째로 사라진 상태였다. 그 안에 든 것은 야타가이 이외의 신원을 알 수 없는 머리카락과 발자국, 그리고 가장 중요한 물증인 등산용 나이프다.

등산용 나이프는 이미 감정을 마쳤지만 특정인의 지문은 검출되지 않았다.

"간신히 다른 용의자를 찾아도 정작 중요한 물증들이 분실된 상태에서 방법이 있을까요?"

후와가 입에 담지 않는 불평이라면 대신 내가 해 주겠다며 물었지만 후와는 미하루를 돌아보지도 않았다.

"실물이 없으면 준비하면 돼."

무슨 뜻으로 하는 말인지 이해할 수 없었지만 어차피 물어봐야 대답해 주지 않을 것이다.

후와는 발걸음을 떼며 스마트폰을 꺼내더니 누군가에게 전화를 걸었다.

"여보세요. 후와입니다. 오랜만입니다. 감정을 의뢰하고 싶습니다만, 일정이 괜찮을까요?"

후와와 미하루는 오테마에로 차를 몰고 가서 그곳에 있는 카페에 들어가 상대를 기다렸다. 후와가 자주 오는 곳인지 그는 안쪽에 칸막이로 분리된 테이블석에 앉았다.

주문한 커피가 나오는 것과 거의 동시에 기다리던 사람이 카페 안에 들어왔다.

"후와 검사님. 또 무슨 일로 이런 곳에."

후와의 맞은편에 앉은 사람은 오사카 지방 경찰청 감식과의 도키타라는 남자였다. 살집이 있는 체형에 두꺼운 눈썹과 통통한 볼살이 인상적인 남자였다.

"감정을 의뢰하고 싶다고 말씀드렸는데요."

"그럼 제게 문서를 보내 주시거나 직접 과에 오시면 될 텐데요."

"물론 정식으로 문서는 보내 드리겠습니다."

"그런데 영 서먹하긴 하네요. 검사님과는 하루 이틀 만난 사이도 아닌데. 지금껏 사적으로 감정 의뢰를 받은 적도 한두 번이 아니고요."

"오늘도 마찬가지입니다. 물건을 건네는 곳이 다를 뿐이죠."

"혹시……."

도키타는 속을 떠보듯 후와의 얼굴을 빤히 쳐다봤다.

"제가 검사님과 만나는 걸 다른 직원이 보고 비난할까 봐 걱정하셨나요?"

놀리는 듯한 말투이기는 하지만 웃는 얼굴이 싹싹해서 기분 나쁘게 들리지는 않았다. 도키타는 주문을 받으러 온 여직원에게 "아이스커피" 하고 주문했다.

"저는 괜찮지만 도키타 씨가 곤란해질 것 같았습니다."

후와는 갸륵한 말을 입에 담았지만 그를 옆에서 지켜봐 온 미하루는 자연스럽게 말의 이면에 숨겨진 의도를 읽었다. 물론 경찰청 안에서의 도키타의 체면을 고려하기도 했겠지만, 그 이상 감정 작업을 방해 없이 진행하고 싶은 의지가 있지 않았을까. 후와가 경찰청에게 배척당하는 지금 이런 시기에 정식으로 감정을 의뢰하면 도키타에게 호의적인 시선이 쏠리지 않을 것이 당연하다. 그렇다면 아무리 정식 의뢰라고 해도 비밀스럽게 진행하는 편이 나을 수 있다.

도키타는 의미심장하게 웃어 보였다. 이 남자도 지금껏 후와와 오랫동안 알고 지내 왔다면 미하루와 같은 생각을 떠올리고 있을 것이다.

"분명 곤란해진다는 말이 아예 틀리지는 않을 겁니다. 검사님은 오사카 지방 경찰청을 비롯한 모든 관할 경찰서의 불상사를 폭로하셨으니까요. 어쩌면 지명 수배범보다 반감이 더 강할지도 모르죠. 검사님과 친밀하게 대화를 주고받는 모습을 주변에 들키는 것만으로 경찰청 안에서 따돌림을 당할 수도 있겠어요."

"폐를 끼친 것 같아 죄송할 따름입니다."

"아뇨. 주변 사정 같은 건 고려하지 않는 검사님의 업무 방식이 어제오늘 일도 아니니 딱히 사과하실 필요는 없습니다. 그런데 이번에는 좀 화려하기는 하네요. 야나기타니 경찰청장님을 시작으로 무려 76명의 처분이라니. 이번 일 때문에 오사카 경찰은 또 시민들에게 손가락질을 당하게 됐습니다. 그런데 말이죠, 검사님. 검사님이 마음 아파하실 필요는 없습니다. 이런 말을 하면 저도 비난을 사겠지만 이번 처분도 소속 부서별로 온도 차가 있어서요. 자료실 관리 책임자나 사건 담당자들은 속이 말이 아니겠지만 감식과는 그 정도는 아닙니다. 음, 미하루 사무관님이라고 하셨나요?"

갑자기 질문이 날아와서 미하루는 순간 당황했다.

"사무관님은 그 이유를 아시겠습니까?"

"감식과에는 책임을 묻지 않아서 아닌가요?"

"그렇기도 하지만 가장 큰 이유는 역시 검사님이 수사 자료 분실을 밝혀 주셨기 때문입니다."

도키타의 말에는 약간의 자학이 섞여 있었다.

"경찰청이 가담한 수사에서 자료가 분실된다는 건 오래 전부터 저희 사이의 공공연한 비밀이었습니다. 그야 비밀로 하고 싶은 심정은 이해하지만 문제는 그간 아무런 개선책도 세우지 않았다는 점이죠. 그대로 방치하면 계속해서 수사 자료들이 분실될 텐데도요. 동시에 기소하지 못하는 사건, 공소 시효가 만료된 사건도 늘어나겠죠. 그런 사태를 막은 것만으로도 후와 검사님의 고발에는 의미가 있는 겁니다."

후와는 고발한 게 아니라 단순히 자기 방식대로 움직였을 뿐이지만 미하루는 굳이 정정하지 않았다. 지금은 도키타가 마음껏 떠들게 내버려 두는 게 낫다.

"수사 자료가 분실된다는 건 물론 감식과 안에서도 문제시됐습니다. 하지만 1과나 형사부장, 더 나아가 경찰청장님께 의견을 제시하는 사람은 없었죠. 감식과에 적을 두고 있는 입장에서는 이보다 더 분통이 터지는 일이 없는데도요. 잠잘 시간을 줄여 가며 열심히 분석한 증거물들을 수사본부에 돌려주니 아무렇지 않게 기계실에 내버려 두고 잃어버렸다고 하는 꼴입니다. 이런 말도 안 되는 일이 또 있겠습니까?"

도키타의 목소리가 점차 열기를 머금었다. 지금껏 가슴속에 묻어 둔 분노가 한 번 터지니 제어하기 어려운 것처럼 보였다.

"지금은 모든 부서가 검사님을 눈엣가시처럼 보고 있

죠. 하지만 그런 이유로 뒤에서 검사님을 몰래 응원하는 사람들도 있다는 걸 잊지 말아 주십시오."

"격려 감사합니다."

"꼭 저희 경찰청뿐만이 아니라 경찰은 제 식구 감싸기가 심합니다. 사고가 많이 일어나는 것도 허술한 내부 통제가 원인 중 하나겠죠. 그런 상황에서 후와 검사님의 존재는 아주 좋은 자극이 될 겁니다."

"몸속에 항체를 만들기 위한 병원균처럼 말인가요."

"병원균이라니, 그건 좀……. 그런데 뭐 후와 검사님과 그런 예시는 이제는 거의 한 몸처럼 느껴지네요. 이럴 때 검사님께 조금 더 온화하거나 평화로운 말을 바라면 그게 더 이상하겠지요."

미하루도 온화하고 평화로운 후와의 모습을 상상해 보려고 했지만 2초 만에 좌절했다. 이 남자가 온화하게 미소 지어 봐야 인위적이고 어색하기만 할 것이 확실하다.

"그래서 검사님. 감정을 의뢰하겠다는 게 대체 뭡니까?"

후와는 들고 온 가방에서 비닐봉지를 꺼냈다. 유심히 보니 안에는 머리카락 같은 가느다란 뭔가가 들어 있다. 처음 보는 물건이라 미하루는 허를 찔린 느낌이었다.

"니시나리에서 일어난 동거 남녀 살인 사건을 기억하십

니까?"

"잊을 리 있겠습니까. 오인 체포 때문에 수사본부의 위신이 땅에 떨어진 사건인데요."

"감식과에서 수집해서 분석한 물증 중에 신원 불명의 머리카락과 발자국의 현물이 사라진 상태입니다."

"아, 그것도 분실됐나요."

"현물은 사라졌습니다. 그러나 용의자였던 야타가이 것이 아닌 다른 데이터들은 남아 있겠죠."

도키타는 "물론이죠" 하고 고개를 연신 끄덕였다.

"재판에서 판결이 나오기 전까지는 지우지 않습니다. 좁은 자료실과 기계실 같은 곳과는 비할 수도 없는 디지털 공간이 지닌 최고의 장점이죠."

"그 신원 불명의 머리카락과 이 머리카락을 대조해 주셨으면 합니다."

도키타는 비닐봉지를 집더니 눈앞에 들고 유심히 관찰했다.

"남자의 머리카락……. 이건 아무래도 젊은 사람 것 같은데요."

"과연, 그렇군요."

"사건 관계자인가요?"

"아직 수사 중입니다."

"검사님. 혹시 이번에도 수사본부보다 앞서서 치고 나갈 생각인가요?"

"한 번 착수한 안건을 중간에 내팽개치고 싶지 않을 뿐입니다."

"검사님다운 대답이네요."

도키타는 눈앞에 있는 커피를 단숨에 비우더니 비닐봉지를 주머니에 넣고 일어섰다.

"커피 잘 마셨습니다."

"천만에요."

도키타가 카페를 나가고서야 후와도 자리에서 일어섰다. 아무래도 도키타와 함께 나가는 모습을 다른 사람에게 들키고 싶지 않은 듯했다.

바깥에는 이미 해가 지고 있었고 가로등이 어스름하게 빛을 발산하기 시작했다. 후와와 함께 카페를 나간 미하루는 또다시 참지 못하고 후와의 뒷모습을 향해 입을 열었다.

"검사님. 조금 전에 그 머리카락은 어디서 입수하신 거예요?"

대답이 없다.

"제가 보지 않는 곳에서 수집하셨나 봐요. 누구 머리카락이죠?"

역시나 대답이 없다. 이렇게 철저히 무시당하면 오히려 후련한 감이 있지만 일단 한 번 운을 뗀 이상 어중간하게 끝마칠 수도 없다.

"검사님. 대체 저를 뭐라고 생각하세요?"

"검찰 사무관이겠지."

"저는 검사님과 함께 일하는 검찰 사무관이에요. 저는 저 자신을 검사님의 팔다리, 또는 그림자라고 생각하고 있어요."

"그렇게 생각한다면 그것으로 충분해."

"하지만 검사님이 무엇에 주목하고 뭘 조사하실지 알려 주지 않으면 팔다리도 원활하게 움직이지 못하는 법이에요. 팔다리는 뇌의 지시를 받아 움직이니까요."

"팔다리가 목적을 이해할 필요가 있나?"

미하루는 분통을 터뜨리기 일보 직전인데 후와는 평소와 다를 바 없이 대처하고 있다. 그런 모습이 미하루의 불붙은 화에 더욱 기름을 부었다.

"팔다리를 움직이는 건 신호로 충분할 텐데."

"아무리 그래도 의사소통을 너무 소홀히 하시는 거 아

닌가요? 아무리 그림자여도 본체에서 떨어지지 않으려면 일정 수준의 연대가 필요하다고요."

그러자 후와는 고개를 돌려 미하루를 봤다.

"이건 연대 이전의 문제야."

"무슨 뜻이죠?"

"똑같은 말 반복하지 않게 해 줬으면 하는데."

"저는 바보라 한 번 듣고서는 못 외워요."

"자네는 생각과 감정이 얼굴에 너무 드러나."

역시. 이야기를 또 그쪽으로 끌고 가나.

"사건의 원점 재수사에다가 수사본부의 협력도 얻지 못하는 상황이야. 야타가이가 석방됐으니 진범은 경계심을 더욱 늦추지 않겠지. 무엇을 하든 신중함이 요구된다는 말이야. 그럴 때 이쪽 노림수를 상대에게 읽히면 어떻게 될 것 같나?"

"정말로 얼굴에 드러난 감정 같은 것으로 타인의 행동까지 읽을 수 있나요?"

"자기 기준으로 남을 판단하지 마. 형사든 범죄자든 신중한 인간은 늘 숨죽이고 상대가 어떻게 나올지를 살피고 있어. 일거수일투족을 지켜본다는 뜻이야. 우리가 찾아가는 곳에서도 항상 우리의 생각을 가늠하려는 자들이 어느 정도 존재해."

"제가 그렇게 미덥지 않으세요?"

"미덥지 않은 게 아니야. 위험하지."

참고 또 참으며 간신히 유지하던 자제심의 끈이 마침내 툭 끊어졌다.

"아무리 검사님이 과거에 실패를 하셨다고 해도 저도 그럴 거라 단정하지 마세요!"

그러자 후와의 눈썹이 아주 약간 위아래로 꿈틀거렸다. 순간 큰일 났다는 생각이 들었지만 엎질러진 물이었다.

"표정으로 피의자에게 생각을 읽힌 탓에 가정 폭력 피해자를 안타깝게 잃고 마셨다죠. 오죽 괴로우셨을까요. 그 뒤로 검사님이 늘 무표정으로 일관하시는 것도 이해할 수 있어요. 하지만 인형이나 로봇도 아니고 엄연히 온몸에 따뜻한 피가 도는 인간에게는 너무 무리한 요구라는 생각이 안 드세요? 자기 기준으로 남을 판단하지 말라고 하셨는데, 그 말을 그대로 검사님께 돌려 드리고 싶네요. 왜 이 세상 모든 부조리를 혼자서 다 짊어진 사람처럼 구세요? 정말로 혼자서 다 해결할 수 있다고 생각하세요?"

한숨 돌릴 틈도 없이 입에서 계속 말이 튀어나왔다. 그간 가슴에 쌓여 있던 감정이 단숨에 분출되는 듯했다.

"참 대단하세요. 존경스러워요. 하지만 검사님 혼자만의 힘으로 과연 몇 명의 피해자를 구제할 수 있을까요? 검사님의 혼자만의 힘으로 과연 몇 명의 죄인을 재판정에 세울 수 있을까요? 자만하지 마세요. 저는 팔다리와 그림자에 불과할지 모르지만 잘만 가르쳐 주시면 지금보다 더 실력을 발휘할 수 있는 사람이에요. 왜 그렇게 가장 가까이 있는 사람을 믿지 못하시죠? 이런 상황이라면 저도 검사님을 믿고 일할 수 없어요. 그럼 검사님의 추진력에도 곧 한계에 생길 거라고요."

그때였다.

탕, 하는 소리가 들렸다.

크지 않았지만 몹시 또렷하고 선명했다.

다시 한번 후와의 눈썹이 위아래로 꿈틀거렸다.

후와는 천천히 미하루 쪽을 돌아봤다.

셔츠 가슴 쪽에 붉은 점이 보였다.

뒤를 돌아본 후와는 그대로 무너져 내리듯 쓰러졌다.

"검사님?"

아스팔트 위에 쓰러진 후와는 꼼짝도 하지 않았다. 다가가 보니 가슴의 붉은 점이 시간이 갈수록 넓게 퍼졌다.

"검사님? 후와 검사님!"

큰 소리로 이름을 외쳤지만 후와는 감은 눈을 뜨지 않았다.

미하루도 다리에 힘이 탁 풀려 그 자리에 주저앉고 말았다.

옆을 지나는 사람들이 심상치 않은 일이 일어났음을 깨닫고 가까이 다가왔다.

"무슨 일이에요?"

"뭐야, 이거, 피잖아!"

"설마 총에 맞았어?"

"누가 빨리 구급차를!"

"이보세요, 아가씨. 이 사람 일행이에요?"

"무슨 일이에요? 정신 차려요!"

주변에 몰려든 사람들이 웅성거리는 소리가 웬일인지 머나먼 곳에서 들리는 것처럼 느껴졌다.

2

후와는 출동한 구급차를 타고 가장 가까운 곳에 있는 병원에 실려 갔다. 미하루는 일행으로 병원에 함께 갔지만 도무지 현실감이 들지 않아 계속 망연자실해 있었다.

가슴에 총탄 한 발. 총알은 몸을 관통하지 않고 그대로 가슴에 남았다고 한다. 후와는 곧장 수술실로 옮겨졌고 미하루는 수술실 앞에 홀로 남았다.

벤치에 가만히 앉아 있자 공포와 죄책감이 다리를 타고 올라왔다.

팔다리도 아니고 후와의 가슴을 정통으로 노린, 명백한 살인 목적의 총격이었다. 평소에는 남의 사건에서만 보아 온 살의가 느닷없이 나를 향해 엄니를 드러내며 덮쳐 온 느낌이었다.

공포보다 죄책감이 더욱 컸다. 총에 맞은 순간 후와는 고개를 돌려 나를 바라봤다. 내 감정 섞인 유치한 말에 귀를 기울이다가 정면에서 총에 맞았다. 내가 그렇게 흥분하지만 않았다면 후와는 줄곧 앞을 보고 있다가 총을 쏜 사람을 목격했을지도 모른다.

후와를 방심하게 한 사람은 다름 아닌 바로 나 자신이다. 그렇게 생각하자 미안함과 자기혐오로 손가락이 싸늘하게 식었다.

후와가 죽으면 내 책임이다.

가장 가까운 곳에 함께 있었는데 공격을 막아 주기는커녕 그를 혼자 희생양으로 만들어 버렸다. 오사카 지검의 에이스, 오사카 지방 경찰청 최대의 불상사를 폭로한 핵심 인물이 총에 맞는 순간을 가만히 지켜보고만 있었다. 총에 맞은 뒤에도 응급처치를 하기는커녕 어린아이처럼 부들부들 떨고 있을 수밖에 없었다.

인간의 생명에 경중이 없다는 말만큼 새빨간 거짓말도 없다. 사법 관계자라면, 아니 꼭 사법 관계자가 아니어도 그동안 후와가 선보인 활약을 아는 사람이라면 누구든 그렇게 생각할 것이다.

차라리 뒤에 있던 사무관이 총에 맞았다면 피해가 작았을 텐데.

양팔로 어깨를 감싸도 떨림이 좀처럼 멎지 않았다. 배도 더욱 싸늘히 식어 갔다.

부탁드려요.

후와 검사님을 꼭 살려 주세요.

양손을 맞대고 간절히 기도하고 있자 불현듯 머리 위에서 목소리가 들렸다.

"엄청난 일이 벌어졌군요. 미하루 씨."

고개를 드니 눈앞에 오사카 지방 경찰청의 우치무라 형사부장이 서 있었다.

"검사님 상태는 좀 어떻습니까?"

"모르겠어요. 이곳에 오고 곧장 긴급 수술을 받으러 들어가셔서."

"생명에는 지장이 없을까요?"

"그것도 모르겠어요. 아직은 아무것도 모르는 상황이에요."

우치무라는 수술실 쪽을 보며 입을 다물었다. 침묵하는 동안 그가 무슨 생각을 하는지 미하루는 상상할 여유조차 없었다.

"여러모로 힘드시겠지만 모쪼록 수사에 협력해 주셨으면 합니다."

우치무라의 낮은 목소리에서는 분노의 기운이 읽혔다.

"후와 검사님이 총에 맞은 곳은 경찰청 건물에서 걸어서 5분 거리입니다. 다시 말해 경찰의 본거지 바로 코앞에서 저격을 당한 셈이죠. 경찰청 체면이 정말 말이 아니게 됐네요."

후와가 총에 맞은 사실보다 경찰청의 바로 코앞에서 범행이 발생했다는 것이 더 중요하다는 식이다. 그의 말을 듣고 미하루는 몹시 불쾌해졌다.

"게다가 총에 맞은 사람이 현직 검사라는 점은 대단히 중대합니다. 저희 경찰청에서는 즉시 수사본부를 꾸렸고

1과 형사들이 탐문 수사를 시작했습니다. 사안이 사안인 만큼 저도 이렇게 달려오게 되었고요."

통상 형사부장이 현장에 나갈 일은 없다. 우치무라의 역할은 아마 후와에게 당시 상황에 대해 직접 전해 듣는 것뿐이겠지만 그래도 이번 사건이 오사카 지방 경찰청에 특별한 의미를 지닌 것만은 분명해 보였다.

"이걸 좀 봐 주십쇼."

우치무라가 눈앞에 내민 것은 후와와 미하루가 있던 카페가 중심에 그려진 지도였다.

"총격 신고가 접수된 시각이 오후 6시 24분. 검사님이 실제로 총에 맞은 게 그 시간대가 맞습니까?"

미하루는 혼란스러운 마음을 간신히 가라앉히고 열심히 기억을 되짚었다. 카페에서 나왔을 때 가게에 걸린 벽시계가 6시 15분을 가리키고 있었다. 가게를 나간 뒤 후와에게 화를 내며 따진 시간이 대략 5분 정도 됐을까.

"아마도 6시 20분쯤이었을 거예요."

"시간상으로는 대충 맞는군요. 그렇다면 두 분은 어디에서 걸어왔고 어느 부근에서 총격이 일어났죠? 당시 상황을 되짚으며 최대한 정확히 답변 부탁드립니다."

미하루는 눈을 감고 다시 기억을 더듬었다. 그러나 집

중이 잘 안 돼서 그런지 좀처럼 생각이 하나로 정리되지 않았다.

미하루가 힘들어하는 것을 느꼈는지 우치무라는 조금 더 강한 어조로 말했다.

"현재 목격 정보를 수집 중이지만 역시 당시 검사님의 지근거리에 계셨던 미하루 사무관님의 증언이 가장 신뢰도가 높겠죠. 사무관님의 증언에 따라 초동 수사 방향이 달라질 수 있습니다."

나의 한마디에 수사가 좌우된다. 평상시라면 그야말로 부담스러울 말이지만 지금은 공포심을 누그러뜨리는 데 도움이 되었다.

미하루는 심호흡을 한 번 했다. 그것만으로도 마음이 제법 가라앉았다. 미하루는 지도를 지그시 바라보며 후와가 총에 맞을 당시 광경을 떠올려 봤다.

"저와 검사님은 경찰청 건물과 반대 방향으로 걷고 있었어요. 제가 검사님 뒤를 따라가는 모양새였고요."

후와가 총에 맞았을 때 광경이 조금씩 머릿속에서 되살아났다. 장소와 그때 나눈 대화도 재현할 수 있게 되었다.

미하루의 이야기를 들으며 우치무라는 고개를 연신 끄덕였다. 후와가 총에 맞은 직후 수사1과와 감식과가 곧장 현장에 달려가 초동 수사에 착수했다. 우치무라는 그들이 수집한 정보와 미하루의 증언이 일치하는지를 확인하고 있을 것이다.

그때 미하루의 머릿속에 의문이 떠올랐다.

"현장에서 범인의 것으로 추정되는 유류품 등이 발견됐나요?"

"신원 불명의 머리카락과 발자국은 수집했습니다. 다만 하루에도 수백 명이 오가는 곳이라 범인을 특정하는 건 쉽지 않을 듯합니다."

"혹시 권총 같은 것도 나왔나요?"

"권총은 범인이 들고 사라진 듯하지만 탄피가 떨어져 있었습니다. 7.62×25밀리미터, 통칭 7.62밀리 토카레프 탄이라고 불리는 총알입니다."

"그럼 권총도 토카레프겠네요."

"그럴 가능성이 매우 크죠. 요즘은 조폭들도 중국제 싸구려를 쓰는데 사용 탄과 위력에 큰 차이는 없습니다. 토카레프 탄이라는 건 탄두가 무겁지 않아서 구경이 큰 것보다는 사정거리가 짧지만 화약의 장약량이 많아서 초속이 빠릅니다. 바꿔 말해 지근거리에서 쏘면 관통력이 높다는 뜻입니다."

이야기를 들으니 오싹했다. 그러나 실제로 총알이 후와의 몸을 관통하지 않은 것은 지근거리에서 총을 쏜 것이 아님을 암시한다.

"수사본부도 그렇게 추정하고 있습니다. 감식과는 아무리 적게 잡아도 10미터 이상 거리가 벌어져 있었을 거라고 추측하더군요. 그런 범위 안에서 누군가 수상한 인물을 목격하시지는 않았습니까?"

떠오르는 당시의 광경. 그러나 미하루의 눈길은 후와에게 쏠려 있던 탓에 주변과 뒤쪽까지 닿지는 않았다.

"죄송해요. 거기까지는 잘 모르겠어요."

"아뇨, 괜찮습니다. 인간의 기억이라는 게 신기해서요. 시각 정보는 특히 그런 경향이 강한데, 무슨 일이 일어난 직후에는 좀처럼 떠오르지 않아도 시간이 흐름에 따라 갑자기 떠오르는 경우도 많습니다."

미하루의 심정을 생각해 하는 말인 듯하지만 미하루는 오히려 고통스러웠다. 고개를 돌린 순간 후와는 가슴에 붉은 점이 생긴 채로 천천히 무너져 내렸다. 그리고 종이에 잉크가 번지듯 셔츠 위 붉은 웅덩이가 조금씩 커졌다. 그때 광경은 평생 잊히지 않을 것이고 앞으로 종종 나를 죄책감의 늪에 빠뜨릴 것이다.

"언제든 괜찮습니다. 혹시라도 뭔가 떠오르면 곧장 제게 연락해 주십시오."

"부장님. 지금 경찰청 수사1과에서 탐문 중이라고 하셨죠?"

"네. 1과가 총출동했습니다."

"주변인 조사는 어떻게 돼 가고 있나요?"

그러자 우치무라의 눈빛이 갑자기 날카로워졌다.

"혹시 검사님의 사생활 측면에서 원한을 지닐 만한 인물로 짚이는 분이라도 있습니까?"

"사생활 같은 건 전혀……. 검사님은 그런 쪽은 절대 남에게 드러내지 않는 분이에요."

"미하루 사무관님. 저는 말이죠. 사무관님보다 후와 검사님과 오래 알고 지냈습니다. 그런 저도 의견이 같습니다. 검사님께는 아마도 사생활 같은 건 존재하지 않겠죠. 가족이 없고 친한 친구도 없을뿐더러 지금껏 일이 아닌 다른 화제를 입에 담은 적조차 없는 분이니까요."

우치무라는 왠지 분한 것처럼 입가를 일그러뜨렸다.

"검사 배지의 위엄을 몸소 실천해 보인다고 하면 듣기에는 그럴싸하겠지만, 아무튼 제가 아는 사람 중에 사생활이 어떤지 가늠조차 할 수 없는 분은 검사님뿐입니다.

그러니 그를 경외하는 사람은 있어도 경애하는 사람은 없죠. 주변에는 검사님을 두려워하고 거리를 두려는 사람들 뿐이었습니다. 아마 사생활 측면에서 검사님께 원한을 지닐 사람은 별로 없을 겁니다. 그러나 업무 면에서는 이야기가 달라집니다."

"업무 면에서 적이 많다는 건 저도 알아요. 특히 우수한 사람일수록 그런 경향이 강하니까요."

"우수할 뿐만 아니라 가차 없기도 하죠. 특히 이번 수사 자료 분실 사태로 후와 검사님께 불만을 품은 사람이 아주 많습니다."

"처분 대상이 된 일흔여섯 분의 경찰관들 말인가요."

미하루는 입에 담고 나서 아차 싶었다. 눈앞에 서 있는 우치무라도 관할 경찰서로 좌천이 정해지지 않았나.

미하루의 마음을 꿰뚫어 본 것처럼 우치무라는 자학 섞인 미소를 지어 보였다.

"적이 많다는 건 용의자가 많다는 뜻이기도 하죠. 요즘은 인터넷 등지에서도 구할 수 있다지만 그래도 토카레프를 쉽게 손에 넣을 만한 사람은 그리 많지 않을 겁니다. 두 가지 요인을 감안하면 경찰 관계자 중에서 용의자가 떠오르는 것도 어쩔 수 없겠죠. 아, 만약을 대비해 미리 말씀드리자면 검사님이 총에 맞은 시각에 저는 경찰청 안에서 차장님과 대화 중이었습니다. 알리바이를 증명하는 증인으로서 부족함은 없겠죠."

"그런 의도로 한 말은……."

"어쨌든 여론과 언론 모두 저희 오사카 지방 경찰청 관계자들에게 의혹의 눈길을 보낼 겁니다. 수사본부, 더 나아가 오사카 지방 경찰청은 이번 사건을 가장 시급한 과제로 삼아 제 식구를 구분하지 않고 철저히 수사할 겁니다. 그러니 안심하십시오, 사무관님. 처분에 앙심을 품고 그런 일을 저지를 만큼 수준 낮은 사람은 없을 테니까요."

우치무라는 중후한 목소리로 확실히 공언했다. 그러나 그것은 어디까지나 우치무라 개인의 생각일 뿐이다. 개중에는 분노에 눈이 멀어 불온한 생각을 품은 경찰관이 있을 수도 있지 않을까.

그러나 지금은 일단 그 가능성은 묻어 두자고 미하루는 생각했다. 지금 필요한 것은 의심이 아닌 기도다. 한시라도 빨리 후와가 의식을 되찾고 총을 쏜 범인이 체포되기를 기원해야 한다.

"검사님과 이런저런 추억이 많기도 하지만, 아무튼 이번 사건은 경찰청에 대한 도전이기도 합니다. 반드시 범인을 검거하겠습니다."

"잘 부탁드릴게요."

미하루는 고개를 깊숙이 숙이고 다시 양손을 맞댄 채 기도를 시작했다. 우치무라는 콧숨을 한 번 들이마시고 자리를 떠났다.

30분이 지나도 수술이 끝나지 않았다. 총알 적출 수술이 얼마나 걸리는지 몰라서 시간이 갈수록 미하루의 마음은 점차 무거워졌다.

적출 수술은 흉부 절개 수술이라는 사실이 새삼 떠올랐다. 과연 후와의 체력으로 수술을 잘 버틸 수 있을까. 연약해 보인 적은 없지만 그에게 정기 건강 검진 결과를 들은 기억도 없다. 또 수술을 무사히 견뎌도 성공한다는 보장은 없다. 총알을 꺼내도 다발성 장기 부전 등으로 사망하는 사례가 있다고 들었다.

만약 후와가 이대로 돌아오지 못한다면.

불길한 생각 하지 마. 미하루는 자기 자신을 질책했다. 신앙심이 깊은 편은 아니지만 죽음의 가능성을 조금이라도 떠올리면 곧장 말이 씨가 될 것 같은 두려움이 일었다.

신앙심이 깊지 않은 사람도 이럴 때는 기도하지 않고 버틸 수 없다.

하느님, 부탁드려요.

후와 검사님을 아직 데려가지 마세요.

검사님께 아직 묻고 싶은 것, 말하고 싶은 것, 그리고 무엇보다 배우고 싶은 것이 산더미처럼 많아요.

몇 분이 더 지났을 무렵 복도 너머에서 종종걸음으로 다가오는 니시나가 보였다.

"미하루 씨, 괜찮아?"

니시나는 다가오자마자 미하루의 양어깨를 덥석 움켜쥐고 물었다.

"다친 데는 없지?"

"저는 괜찮은데 후와 검사님이⋯⋯."

"조금 전 지검에 연락이 와서 곧장 달려왔어. 총에 맞았다며."

"네. 아직 총알 적출 수술 중이에요."

"상태가 심각해?"

"모르겠어요. 자세한 건 알려 주지 않아서⋯⋯."

"그렇구나."

소식을 듣자마자 한달음에 달려왔을 것이다. 니시나는 문이 닫힌 수술실을 힐끗하더니 한숨을 크게 내쉬었다.

"수사는?"

"오사카 지방 경찰청의 우치무라 형사부장님이 이야기를 들으러 오셨어요. 경찰청의 명운을 걸고 범인을 검거하시겠다고……. 수사1과 형사들이 총출동해서 초동 수사 중이래요."

"그렇구나."

그제야 마음이 조금 가라앉았는지 니시나는 평소의 말투로 돌아갔다.

"경찰청의 명운을 걸고라. 물론 그래야겠지만 상황이 참 아이러니하기는 하네."

"뭐가요?"

"바로 얼마 전에 그 경찰청의 이름에 먹을 끼얹은 사람이 후와 검사님이잖아. 경찰청 사람들 눈에는 밉디미운 천적이나 마찬가지일 거야. 그런데 검사님이 총에 맞은 곳이 공교롭게도 경찰청의 바로 코앞이고, 그것도 모자라 수사 자료 분실 사건 관계자들이 한창 처분받는 와중에 일어난 일이라 경찰청 안에 용의자가 많은 상황이야. 이런 사건을 조기에 해결하지 못하면 또다시 여론과 언론이 가만있지 않겠지. 바꿔 말해 오사카 지방 경찰청은 후와 검사님께 두 번 당한 셈이야."

"지검은 소식을 듣고 반응이 어떻던가요?"

"사코타 지검장님 이하 모든 사람이 충격을 받았지."

높낮이 없는 목소리가 긴장감을 더욱 고조시켰다.

"직접 들은 건 아닌데, 검사장님은 이번 일을 사법에 대한 테러라고 하셨대. 이제 곧 사카키 차장 검사님도 오실 테지만, 아무튼 오사카 지검 투톱의 낯빛이 새파래졌어. 이런 상황은 예전 그 특수부 증거 날조 사건 이래 처음이야. 지검장님은 아마 내부뿐 아니라 오사카 지방 경찰청 쪽에도 압력을 가하겠지. 아니, 압력 수준이 아니라 목을 비틀고 싶지 않을까."

지난번에 야나기타니 경찰청장을 맞았을 때 사코타 지검장이 한 말이 떠올랐다. 수사 자료가 대량으로 분실됐다는 것이 발각돼 오사카 지방 경찰청은 오사카 지검에 큰 빚을 졌다. 내가 사코타라도 모든 것을 다 걸고 그 빚을 갚으라고 지시할 것이다.

"수술은 언제 시작됐어?"

"한 시간 30분 전에요."

"오래 걸리는 걸 보니까 총알이 안 좋은 곳에 박혔나 보네."

"……모르겠어요. 정말 이곳에 온 뒤로는 아무 설명도 못 들어서."

"보호자를 불러오라고 하지는 않았어?"

"저, 그러고 보니 후와 검사님의 가족분들은……."

"아무래도 부모님은 안 계신 것 같아. 결혼도 하지 않았으니 어쩌면 천애고아일지도."

"형제나 다른 분들은요?"

"미하루 씨가 검사님 밑에 있으니까 해 주는 이야긴데, 후와 검사님은 신상명세서의 긴급 연락처 란이 비어 있어. 그러니 형제 유무도 검사님 본인밖에 모르는 상태야. 결혼 이력이 있는지, 아이가 있는지도 불분명."

미하루는 어쩔 수 없는 일이라고 생각했다. 검찰청도 정체가 수상한 사람을 검사로 임명하지는 않겠지만 만약 이혼했다면 예전 부인과는 생판 남이 된다. 관계가 끊긴 사람을 신상명세서에 쓰라고 할 수는 없다.

그러자 또다시 쓸데없는 걱정이 앞섰다. 만에 하나 불행한 일이라도 일어나면 그 소식을 대체 누구에게 전해야 한다는 말인가.

"뭐 지금은 그런 걸 떠올려 봐야 소용없겠지."

니시나는 타이밍 좋게 화제를 바꿔 주었다.

"현장에서 총은 나왔대?"

"탄피가 떨어져 있었다고 해요. 총은 토레카프라고 하

고요."

"토레카프라. 이제는 곧 편의점에서도 볼 수 있지 않을까 생각될 만큼 흔한 모델이기는 한데, 지금 그런 걸 갖고다닐 사람은 돈이 부족한 조폭이나 압수물을 몰래 빼돌린경찰 정도 아닐까. 이제는 경찰청이 정말 실력을 발휘할때가 됐네."

언뜻 태평하게 들리지만 니시나의 말에서는 무시무시한 기운도 느껴졌다. 조금 전 우치무라 역시 의욕이 대단해 보였지만 지검에서도 지검장과 차장 검사가 본격적으로 나섰다면 이번 사건이 적당히 마무리될 리는 없다. 그야말로 지방 경찰청과 검찰청이 한 팀을 이뤄 범인 검거에 나설 것이다.

"수혈팩은 넉넉하려나. 미하루 씨, 혹시 검사님 혈액형이 뭔지 알아?"

"아뇨."

"새삼 드는 생각인데 우리는 정말 후와 검사님에 대해아무것도 모르네. 자신에 대해 거의 드러내지 않는 검사님도 검사님이지만 이렇게 개인 정보가 공개되지 않은 사람도 정말 보기 드물 거야."

"조금 전 경찰청의 우치무라 형사부장님이 말씀하셨

어요. 검사님을 경외하는 사람은 있어도 경애하는 사람은 없을 거라고요. 다들 겁을 먹고 거리를 두려고만 한다고……."

"아예 틀린 말은 아니지. 그런 거리감이야말로 후와 검사의 장점 같은 거니까. 조직에 있으면서도 영역이나 족쇄 같은 것에서 멀찌감치 떨어진 곳에 있으니 자기 신념대로 움직일 수 있는 거야. 한마디로 그분은 스스로 원해서 모난 돌이 된 거야."

"그건 고립무원이라는 의미이기도 하죠."

"상관없지 않을까? 검사는 한 명 한 명이 독립된 사법기관이니까. 고립무원이라도 잘못된 선택은 아니지. 물론 검사 개개인의 업무 방식이 다르니 강제할 수는 없지만 적어도 남이 간섭하기 어려운 건 사실이야. 말이 나온 김에 하자면, 그렇게 업무 방식이 다양한 검사들이 뭉쳐 있으니 균형이 더 잘 맞기도 하고. 그리고 미하루 씨."

고개를 돌린 니시나를 보고 미하루는 왠지 가슴이 콱메는 느낌이었다.

"후와 검사님 같은 분은 지검에, 그리고 이 세상에 반드시 필요해."

그 말을 끝으로 미하루와 니시나는 둘 다 잠시 침묵했

다. 복도에 정적이 감돌았고 공기도 정체된 느낌이었다.

1초가 10초, 1분이 10분 같았다.

미하루는 시간을 확인했다. 수술이 시작된 지 두 시간이 흘렀다. 아무리 그래도 너무 오래 걸리는 게 아닐까.

침묵이 공포를 불렀다. 진심을 다해 기도해도 계속해서 좋지 않은 예감이 고개를 들었다.

우치무라는 의기양양하게 범인 체포를 공언했지만 실제로는 범인을 찾으려는 마음이 없는 게 아닐까. 아니, 그러기는커녕 우치무라 자신이 범인일 가능성도 있다.

후와가 불렀던 감식과의 도키타도 수상하다. 먼저 카페를 나갔지만 실제로는 카페 주변에 잠복해 있다가 우리를 미행했을지도 모른다.

아아, 이러면 안 돼.

불안해지면 쓸데없는 의심을 품게 된다. 그리고 의심은 더 큰 의심을 부른다.

초조한 기분으로 가슴 졸이며 기다리다가 안절부절못할 무렵 갑자기 수술실의 표시등이 꺼졌다.

미하루와 니시나는 동시에 몸을 일으켰다.

문이 열리고 간호사 몇 명과 함께 이동용 침대가 나왔다. 그 위에 후와가 누워 있었다.

"후와 검사님."

미하루가 다가가려고 하자 간호사 한 명이 제지했다.

"아직 말할 수 있는 상태가 아닙니다."

후와를 실은 침대는 미하루와 니시나를 남겨 두고 복도 너머로 사라져 버렸다.

마지막에 집도의로 보이는 사람이 수술실에서 나왔다.

"보호자분입니까?"

"아, 네. 비슷해요."

미하루는 저도 모르게 그렇게 대답했다. 사실은 아니지만 이런 상황에서는 허용 범위일 것이다. 니시나도 굳이 옆에서 정정하지 않았다.

"총알이 흉부 거의 정중앙을 파고들어 갈비뼈 일부를 파쇄하고 폐에 도달했습니다. 총알 적출과 장기 복원 수술은 성공했지만 환자분의 출혈량이 많아 현재 일시 쇼크 상태입니다."

아아, 하느님.

"수혈을 통해 간신히 위기 상황은 벗어났지만 당분간은 절대 안정이 필요합니다."

"생명은 건진 건가요?"

"환자분의 체력에 달렸습니다."

"고맙습니다."

"예단은 금물이지만 환자분의 체력 상태라면 그리 비관하실 필요는 없을 것 같습니다."

그러더니 집도의는 기가 막힌 듯이 고개를 절레절레 흔들었다.

"현장에서 실려 오는 길에 몇 번인가 의식을 되찾았다고 하는데 단 한 번도 표정이 변하지 않았다더군요. 마취 전까지 엄청나게 고통스러웠을 텐데도요. 그 말이 사실이라면 정말 대단한 분입니다."

수술을 마친 후와는 집중 치료실로 옮겨 갔다. 만약의 사태를 대비해 경찰청에서 경찰관 두 명이 파견돼 경호에 나섰다. 후와를 노린 범인이 병원을 찾을 가능성도 있으니 달갑게 받아들이기로 했다.

후와는 깊이 잠들어 있다. 죽은 사람 같다고 하면 듣기에 좋지 않겠지만, 그렇게 표현할 수밖에 없을 만큼 표정에 변화가 없었다.

병원에 실려 오고 45시간이 지나고서야 후와는 간신히 의식을 되찾았다. 그가 정신을 차렸을 때 타이밍 좋게 병실에 들어온 미하루를 보자마자 그는 이렇게 물었다.

"이런 곳에서 뭐 하고 있나?"

3

갈비뼈 일부 파쇄, 장기 손상에 과다 출혈. 두말할 것 없는 중태인데도 후와는 놀라운 회복력을 보였다. 시간이 갈수록 심박수, 혈압이 정상치로 돌아갔고 수술 이틀 뒤에는 상반신을 일으켰다.

후와는 미하루에게 자신이 총에 맞았을 당시 상황과 이후 수사 진척 상황을 물었다.

"경찰청에서 탐문 수사를 펼치고 있다고 하는데 아직 용의자에 대한 정보는 아무것도 들어오지 않았어요. 우치무라 형사부장님은 검사님의 목격 증언을 듣고 싶어 하셨고요."

그러나 후와는 그에게 할 말이 별로 없을 것이다. 총에 맞았을 때 후와는 고개를 돌려 미하루를 보고 있었다.

"검사님은 혹시 총을 쏜 사람 얼굴을 보셨어요?"

후와는 미하루의 질문에 대답하지 않고 화제를 돌렸다.

"지금 내가 말하는 사람의 호적 등본을 떼다 줘."

"네? 등본요? 하지만 한시라도 빨리 우치무라 형사부장님을 부르는 게……."

"그건 나중에 해도 돼. 지금은 이게 최우선 과제야."

후와의 입에서 나온 이름을 들은 순간 미하루는 자기 귀를 의심했다.

"왜 그분의 호적 등본을?"

이유는 알려 주지 않을 거라 예상했고 후와는 역시나 입을 열지 않았다.

그로부터 한 시간이 지나지 않아 후와가 회복했다는 소식을 들은 우치무라가 증언을 들으러 병원에 찾아왔다.

"대체 이게 무슨 일이랍니까, 후와 검사님."

말에 약간의 조롱기가 섞인 것을 미하루는 놓치지 않았다. 본인도 말했듯 이번 일에는 오사카 지방 경찰청의 위신이 걸렸을 뿐만 아니라 후와에 대한 사적인 감정까지 겹쳐서 정말로 복잡한 심경일 것이다.

"바로 본론으로 들어가죠. 총에 맞았을 당시 상황에 대해 여쭙고 싶습니다."

"고생 많으십니다."

우치무라는 침대 옆에 있는 의자에 앉았다. 후와를 보는 눈빛은 부상자가 아닌 용의자를 보는 눈빛이었다.

"단도직입적으로 묻겠습니다. 총을 쏜 범인을 목격하셨습니까?"

"아뇨. 당시에는 미하루 사무관과 대화를 나누느라 정

면을 보지 못했습니다."

"즉 이런 식으로 고개를 돌려 대화를 나눴나 보군요. 맞습니까?"

우치무라가 즉석에서 당시 상황을 직접 재현하는 것을 보고 미하루는 고개를 끄덕였다.

"집도의 말로는 총알이 대각선 앞쪽 방향에서 흉부를 향했다더군요. 만약 정면을 보고 있었다면 급소를 관통했을 뿐 아니라 사무관님까지 피해를 봤을 가능성이 있습니다. 그야말로 불행 중 다행입니다."

미하루는 이미 그날의 상황과 우치무라가 언급한 가능성을 머릿속에서 수없이 떠올리며 공포에 떨었다. 따라서 그의 이야기는 새삼스러웠다.

"사격 능력에 자신이 있었던 걸까요. 아니면 그저 들키고 싶지 않았던 걸까요."

우치무라는 총격이 일어난 곳의 지도 확대본을 침대 위에 펼쳐 보였다.

"토카레프는 관통력이 뛰어난 대신 사정거리가 짧습니다. 총에 대한 지식이 있는 사람이면 누구든 아는 사실이죠. 대각선 앞쪽에서 표적을 노릴 경우 범인은 갓길이나 가로수 그늘 같은 곳에 숨어 있었을 것으로 추정합니다.

그러나 사정거리 문제로 10미터 이상 떨어지지는 않았겠죠. 그런데도 검사님은 범인의 얼굴은 전혀 못 보신 건가요? 얼굴은 기억 못해도 적어도 체격 같은 건……."

"면목이 없지만 정말로 기억에 없습니다."

조금도 면목 없어 보이는 얼굴이 아니었다.

미하루는 문득 떠올렸다. 이토록 평소에도 감정을 읽기 어려운 남자다. 범인의 얼굴과 모습을 목격하지 못했다는 그의 말은 과연 사실일까. 어쩌면 목격했으면서도 위증하고 있는 게 아닐까.

우치무라도 비슷한 생각을 떠올렸을 것이다. 그는 후와의 대답을 곧이곧대로 받아들이는 것 같지 않았다.

"정말인가요? 오사카 지방 경찰청의 불상사를 폭로하고 예순다섯 곳의 관할 경찰서에 칼끝을 들이민 후와 검사님답지 않네요."

"주의 깊지 못했던 것 같습니다."

"솔직히 말씀해 주십쇼. 그렇게 주의 깊지 못한 분 때문에 단단히 궁지에 내몰린 저희가 더 한심해집니다."

그렇게 말하더니 우치무라는 고개를 들어 미하루 쪽을 봤다.

"그렇다면 사무관님은 어떻습니까? 범행이 일어난 지

며칠이 지났습니다. 슬슬 새롭게 떠오른 기억 같은 건 없나요?"

갑자기 질문을 받아서 당황스러웠지만 전에 병원에서 만났을 때부터 미하루는 줄곧 기억을 더듬고 있었다.

총알은 정확히 후와를 노렸지만 만약 발사 방향이 몇 도 틀어지고 후와가 몸을 돌리지 않았다면 관통 이후 내게도 명중했을지 모른다.

바꿔 말해 후와는 나의 방패가 돼 준 것이다. 원래라면 내가 후와의 방패가 돼 주어야 하는데도.

니시나가 들으면 건전하지 못한 사고방식이라고 비판할 것이다. 그러나 눈앞에서 벌어진 사실은 부정할 수 없다.

자신도 총에 맞았을지 모른다는 공포와 후와가 내 방패가 돼 주었다는 미안함 때문에 미하루는 어찌할 바를 몰랐다. 이틀 꼬박 눈도 제대로 붙이지 못했다. 당연히 총을 쏜 범인을 증오했고 어떻게든 그의 얼굴과 체격을 떠올려 우치무라에게 전해야 한다며 필사적으로 기억을 되짚었다.

우치무라의 말처럼 당시 내 시야에는 총을 쏜 범인의 모습이 들어왔을 것이다. 그러나 아무리 머릿속을 헤집어도 범인처럼 보이는 사람은 전혀 떠오르지 않았다. 부족한 기억력 때문에 분노를 넘어 구역질까지 느꼈지만 어쩔 수 없는 일이었다.

"죄송합니다. 그 뒤로 어떻게든 떠올려 보려고 했지만…… 결국 아무것도."

어지간히 자학하는 표정을 지었을 것이다. 우치무라는 자세히 묻지도 않고 이제는 됐다는 듯이 한 손을 들어 올렸다.

"아뇨. 크게 신경 쓰지 않으셔도 됩니다."

위로하는 듯하지만 마음에 없는 말이라는 게 노골적으로 느껴졌다.

"저희 말고 범인을 목격한 사람은 없었습니까?"

이번에는 후와가 물었지만 우치무라는 고개를 가로저었다.

"그 밖에 더 판명된 건?"

"후와 검사님. 심정은 이해하지만 지금 검사님은 수사하는 쪽이 아니라 피해자입니다. 수사는 저희에게 맡기고 우선 안정을 취해 주세요."

"적어도 제 몸에 들어온 총알 사진 정도는 보고 싶습니다만."

"집도의에게 부탁하면 되지 않을까요?"

우치무라는 마지막으로 그렇게 내뱉고 병실을 나갔다. 후와는 평소처럼 무표정한 얼굴이었지만 잠시 후 그가 취할 행동이 대략 예상이 됐다. 빈정거리는 말 한마디를 들은 것 정도로 이 남자가 단념할 리 없다. 분명 감식과의 도키타 등에게 의뢰해 수사 자료를 건네받을 것이다.

미하루는 남몰래 탄식했다.

신념과 사명감이라는 것은 육체의 회복력도 높이는 듯하다. 의식을 되찾고 사흘이 지나 후와는 병원을 퇴원했고 지금은 미하루가 보는 앞에서 재킷 소매에 팔을 집어넣고 있다.

"그런데 정말 괜찮을까요?"

업무 복귀 첫날부터 외출하려는 후와에게 미하루는 거듭 물을 수밖에 없었다.

"의사 선생님 말씀으로는 상처가 이제 막 아물었다고 해요. 그런 상태로 돌아다니시다가 또다시 상처가 벌어지기라도 하면 어쩌려고 그러세요?"

"하루 종일 전력 질주 하는 것도 아니잖나."

상처가 아문다고 해도 통증까지 사라지지는 않는다. 의사는 아직 안정이 필요한 시기라고 했다.

"더 이상 상대에게 시간을 주고 싶지 않아."

순간 무슨 말인가 싶었다. 후와도 별 뜻 없이 입에 담았는지 미하루의 대답을 기다리지도 않았다.

"상대라니, 그 총을 쏜 범인 말인가요? 시간이라는 건 또 무슨 뜻이죠?"

"내가 혼수상태였을 때 자네는 뭘 했지?"

"뭘 했냐니…… 옆에서 간병을……."

"나를 쏜 범인이 누구고 무슨 목적으로 그런 짓을 벌였는지 떠올렸나?"

"그건 우치무라 부장님과 경찰청 쪽에서 할 일이라고 생각했어요."

"나를 방해꾼이라고 생각한 사람이 있었던 것만은 확실해."

"검사님이 경찰청의 불상사를 폭로한 이후 징계나 좌천을 당해야 하는 누군가 말인가요."

"꼭 누군지 특정하기 전에 총격이라는 수단을 택한 건 끝까지 인내심 있게 기다리지 못해서라고 생각해야 하지 않을까? 나를 더 확실하게 죽일 생각이었다면 조금 더 인적 없는 거리를 택했겠지. 시간도 심야 시간대가 나왔을 테고."

"뭘 기다리지 못했다는 건가요?"

그러나 후와는 정작 중요한 질문에는 답해 주지 않았다.

"어쨌든 범인은 당시 몹시 안달이 나 있었어. 그리고 나는 녀석에게 며칠간의 여유를 선사해 버렸고. 이제는 더 이상 시간을 줄 수 없다는 뜻이야."

"검사님. 지금은 어디 가시려고요?"

"총에 맞았을 당시 원래 가려고 했던 곳."

후와와 미하루가 향한 곳은 사카이시에 있는 오사카 교도소였다. 옛 호리카와 감옥이 1920년 현재 장소로 이전 후 1996년 보수 공사를 거쳐 지금에 이르렀다. 다시 말해 백 년 전 시설을 조금씩 손봐 가며 사용하고 있는 셈이라 건물로서는 몹시 낡고 헐었다. 미하루는 이곳을 찾는 건 처음이었다.

이곳에 수용된 죄수 분류는 B(재범자), F(외국인), LB(장기 수용 재범자)로 나뉜다. 하나같이 왠지 만만찮은 인상이 있어 교도소 정문에 다가갈수록 미하루는 자연스럽게 몸이 움츠러들었다.

수속을 마치자 그리 오래 기다리지 않고 면접실로 안내받았다. 조명이 어렴풋하고 전체적으로 어두침침한 방이라 가만히 서 있기만 해도 주눅이 들었다.

잠시 후 아크릴판 너머로 남자 한 명이 모습을 드러냈

다. 그에 대해서는 오는 길에 후와에게 설명을 대략 전해 들었다.

니나가와 게이치, 36세, 전과 2범. 니시나리구에서 강도 사건을 저질러 치사상죄로 유기 징역을 받고 2년 전부터 오사카 교도소에 수감돼 있다. 히죽거리면서 걸어오는 모습을 보니 강도라기보다 사기꾼 같은 느낌이 더 강한 사람이었다.

"오랜만입니다, 검사님."

"날 기억하나?"

"그야 절 교도소에 집어넣어 주신 분인데 당연히 기억하죠. 잊으려야 잊을 수 있겠습니까. 게다가 저 같은 흉악범이 옆에서 아무리 으르렁거리고 위협해도 눈썹 하나 까딱하지 않는 분이었으니 더 기억에 남았죠."

니나가와는 당시를 회상하듯 말했는데 옆에서 이야기를 듣는 미하루는 저도 모르게 심박수가 올라갔다.

"검사님께는 인간미 같은 게 전혀 느껴지지 않아서 언젠가 꼭 한 번은 당황하고 쩔쩔매는 모습을 보고 싶다는 생각이 들더군요."

"법정에는 교도관이 있어서 행패를 부리면 곧장 제압당하니."

"그렇다고 해도 검사님은 정말 이상하리만큼 침착하셨죠. 뭐 그렇게 특별한 검사님께 기소를 당해 여기 들어왔으니 아쉬울 건 없습니다."

니나가와는 후와를 보며 씩 미소 지었다. 얼굴은 호의적으로 보였다.

아크릴판으로 차단돼 있어서 다행이라고 새삼 생각했다. 만약 가운데에 아무것도 없었다면 니나가와는 또다시 후와를 공격하지 않았을까.

미하루는 고개를 흔들며 불안감을 지우려고 했다.

같은 징역형이라고 해도 유기 징역이면 수형 태도에 따라 앞으로 가석방될 가능성이 있다. 반대로 시설 안에서 규칙을 위반하거나 폭력 행위를 저지르면 가석방은 멀어진다. 니나가와도 그것을 모를 만큼 어리석어 보이지는 않았다.

"뉴스, 들었습니다."

니나가와는 히죽거리며 얼굴을 앞으로 내밀었다.

"오사카 지방 경찰청의 수사 자료 대량 분실 사건. 그걸 폭로하신 분이 검사님이시라죠?"

"언론 보도에 내 이름까지 나오지는 않았을 텐데."

"교도소 안에 있다 보면 나름의 네트워크라는 게 생겨

서요. 다들 후와 검사님의 활약상을 기대하며 지켜보고 있습니다. 이곳에 있는 녀석들은 대부분 경찰청 형사들에게 붙잡혀 들어왔습니다. 경찰청장 이하 76명의 처분 결정이나 강등, 좌천, 감봉 등. 하늘 무서운 줄 모르는 경찰 놈들이 평범한 일반 공무원으로 전락하는 순간인데 그보다 더 고소한 일이 있겠습니까?"

"날 증오하는 수형자도 많겠지."

"그게 말이죠. 숫자가 다릅니다, 숫자가. 그리고 조금 전에도 말씀드렸지만 검사님께는 기소당해도 희한하게 별로 화가 나지 않았어요."

니나가와는 고개를 살짝 기울이며 익살을 떨었다.

"4년 전이었나요. 저처럼 강도질을 하다가 붙잡힌 와지마라는 녀석을 기억하십니까? 실은 여기에서 저와 같은 방을 쓰고 있습니다. 이따금 녀석과 검사님 이야기를 할 때가 있는데, 녀석도 저와 의견이 똑같습니다. 피고인이라고 해서 필요 이상으로 나를 모욕하거나 멸시하지 않았다. 조용히 기소장을 낭독하고 담담하게 변론을 이어 갔다. 처음부터 끝까지 무표정으로 일관하니 이쪽도 딱히 적개심 같은 게 생기지도 않았다. 녀석은 꼭 말하는 인형을 상대하는 것 같았다고 하더군요."

칭찬이 아닌 조롱으로 하는 말이겠지만 체념이 섞인 듯해서 그다지 귀에 거슬리지 않았다. 후와의 가면이 이런 쪽에서 효과를 발휘한다는 것은 그야말로 아이러니하다고 할 수밖에 없다.

"실제로 검사님을 모르는 수형자 녀석들도 박수갈채를 보내더군요. 그럴 만도 하죠. 경찰청의 형사놈들은 우리를 아주 인간쓰레기 취급했으니까요. 조사 때 툭툭 치는 건 예삿일이었고 개중에는 의사의 도움이 필요할 정도로 심하게 얻어터지고 걷어차인 녀석도 있습니다. 그런 인간들에게 오사카 지방 경찰청 녀석들은 그야말로 원수나 마찬가지인데, 그런 놈들에게 대신 따끔한 맛을 보여 주신 후와 검사님이 영웅이 된 겁니다."

적의 적은 아군이라는 뜻일까. 그야말로 단순하기 짝이 없는 논리지만 왠지 조금 우습기도 했다.

"검사님도 오죽 기분이 좋으셨겠습니까. 무엇보다 혼자 힘으로 오사카 지방 경찰청의 그런 불상사를 만천하에 폭로하셨으니까요."

물론 그렇게 치켜세워 봐야 후와가 반응할 리 없고 실제로도 후와는 입도 벙긋하지 않았다.

"아아, 그렇구나. 네, 깜빡하고 있었네요. 검사님은 원래 그런 분이셨죠. 무표정, 무감정, 무감동. 분명 어느 누구를 적으로 돌리든 태연하시겠죠."

그 말에는 미하루도 동의했다. 반대로 말하면 그의 말처럼 한 번이라도 좋으니 후와가 당황하는 모습을 보고 싶기도 했다.

"그런데 그런 영웅분께서 이제 와서 저한테 또 무슨 볼일이 있으시답니까? 설마 이번에는 오사카 교도소의 불상사를 폭로하시려는 건가요? 그럼 얼마든지 협력할 용의도 있습니다."

니나가와의 등 뒤에 있는 교도관이 얼굴을 찌푸렸다.

"자네가 봐 줬으면 하는 게 있어."

후와가 손을 뻗어서 미하루는 들고 온 가방에서 파일을 꺼내 그에게 건넸다.

"혹시 이런 걸 본 적 있나?"

후와가 아크릴판 앞으로 펼친 건 등산용 나이프를 찍은 사진이었다.

사진을 잠시 가만히 응시하던 니나가와가 갑자기 웃음을 풋 터뜨렸다.

"본 적이 있고 없고를 떠나 이건 제 칼이잖아요."

형기를 마치고 나가면 다시 돌려받을 수 있다고 생각하

는지 니나가와는 검지를 아크릴판에 갖다 대며 갑자기 소유권을 주장했다.

"검사님이야말로 잊으신 거 아닙니까? 전에 검사님이 조사하실 때도 이것과 다른 각도에서 찍은 사진을 저한테 보여 주신 적이 있는데요."

"다시 한번 자세히 확인해 줘. 제품만 같고 실제로는 다른 물건이 아닌지."

니나가와는 아크릴판에 얼굴을 더욱 가까이 갖다 붙였지만 이미 확신한 것처럼 가볍게 고개를 끄덕였다.

"틀림없이 제가 일할 때 애용하던 칼입니다. 신세카이에 있는 전문점에서 샀었던 것 같네요. 의외로 값이 나갔는데 손에 익으니 그만큼 잘 드는 칼이 없었습니다."

"따로 특별 제작한 건 아닌 듯한데. 칼자루에 이름이 새겨진 것도 아니고."

"그래도 제 칼이 맞습니다. 이 칼날 끝부분을 유심히 봐 주십쇼. 칼끝이 살짝 뭉툭하죠?"

그의 말을 듣고 후와는 파일을 아크릴판에서 뗐다. 뒤에 서 있던 미하루가 어깨너머로 들여다보자 분명 칼끝이 부자연스러운 곡선을 그리고 있었다.

"조폭과 싸움이 붙었을 때 철판에 끝이 닿아서 이가 빠졌습니다. 그래서 저 혼자서 갈아 보려다가 그런 꼴이 돼 버렸습니다. 똑같은 칼이야 시중에 많이 유통되겠지만 이 칼은 세상에 딱 한 자루밖에 없는 거예요."

"틀림없나?"

"검사님, 끈질기시네요. 이제 와서 이런 걸로 제가 검사님을 속여서 무슨 이득이 있겠습니까?"

"협력 고맙네."

후와는 그야말로 미련 없이 자리에서 일어섰다.

"자, 잠깐만요. 검사님. 정말로 용건이 이게 다인가요?"

"그래."

"말도 안 돼. 이제 와서 왜 제 칼에 관심을 가지시는 겁니까? 설명해 주십쇼."

"설명할 필요는 없을 것 같군."

"그렇게 일방적으로······."

"감사 인사는 확실히 했어."

후와는 아랑곳하지 않고 등을 돌린 채 면회실을 나갔다. 미하루는 말없이 그를 뒤따랐다.

"검사님, 잠깐만요!"

면회실 문이 닫히자 니나가와의 목소리도 지워졌다. 미하루는 후와의 등 뒤에서 곧장 질문을 던졌다.

"검사님. 조금 전 니나가와 씨에게 보여 주신 사진. 그건 야타가이 사건의 수사 자료에 있던 사진 아닌가요?"

대답이 없다.

파일을 굳이 확인할 필요도 없다. 오늘 가져온 것은 야타가이 사건의 수사 자료뿐이다. 그러므로 니나가와가 칼을 두고 자기 것이라고 공언했을 때 미하루는 소스라치게 놀랐다.

"스마 씨와 구스바 씨를 죽일 때 쓰인 흉기가 어떻게 니나가와 씨 게 될 수 있는 거죠? 제게도 설명해 주세요."

무의식중에 뻗은 손이 후와의 옷깃을 스쳤다.

그러자 후와가 발걸음을 멈추고 미하루 쪽으로 몸의 방향을 틀었다.

미하루는 화들짝 놀랐다.

허리를 틀거나 고개만 돌리지 않은 것은 아직 상처가 낫지 않은 증거일 것이다.

"대체 몇 번이나 같은 말을 반복하게 할 작정이지? 스스로 생각하라고 하지 않았나."

"저는 검사님 밑에 있는 사무관이에요."

"자네가 앞으로 정말 부검사가 될 마음이 있다면 그렇게 곧장 해답부터 듣고 싶어 하는 버릇을 고치는 게 좋을 거야. 일일이 놀라거나 의심스러워하는 버릇도. 조금 전에도 니나가와에게 표정을 읽혔다면 과연 그 증언을 끌어낼 수 있었을까?"

"하지만 어떻게 등산용 나이프 사진만 보고 니나가와 씨와의 접점을 찾으셨어요?"

"그런 것도 모르나."

후와는 또다시 몸을 앞으로 돌리고 가던 길을 계속 걸어갔다.

"니나가와가 마지막으로 사건을 일으킨 곳이 니시나리 경찰서 관할 구역이었어. 그곳 자료실에서 대조 작업을 하고 있을 때 야타가이 사건에서 쓰인 칼과 같은 타입의 칼이 존재한다는 걸 깨달았지. 그뿐이야."

이럴 수가.

그때 대조 작업은 미하루도 함께했다. 수사 자료 파일도 똑같이 훑어봤는데 미하루는 칼의 존재를 깨닫지 못했고 후와는 놓치지 않고 발견했다. 같은 시간에 같은 자료를 봤는데도 왜 이런 차이가 생기는 걸까.

후와를 뒤쫓으며 미하루는 자신이 한심해서 견딜 수 없었다.

"검사님. 저는 사무관으로서 실격일까요?"

생각지도 못한 말이 무심코 입 밖에 튀어나왔다. 게다가 말끝에는 울음기까지 섞였다.

이상하다고 느꼈을 것이다. 후와는 갑자기 발걸음을 멈췄다. 미하루를 돌아봐 주지는 않았다. 발길을 멈춘 그의 뒷모습을 가만히 지켜보면서 미하루는 저도 모르게 또 입을 열었다.

"검사님이 말씀하신 대로 저는 부검사를 목표로 하고 있어요. 하지만 늘 뒤처지기만 하고 검사님의 발끝에도 못 미치는 게 사실이에요. 지금도 병상을 벗어난 지 얼마 되지도 않은 검사님을 옆에서 열심히 도와야 하는 처지인데 오히려 거치적거리기만 하죠. 저는 사무관 일에, 아니 사법 일에 맞지 않는 사람일까요?"

"나한테 물어봐야 소용없잖나. 내가 맞지 않는다고 하면 포기할 건가?"

"검사님은 감정을 숨길 수 있는 분이세요. 다른 사람의 능력을 판가름하는 데 가장 적임자라고 생각해요."

실컷 떠들고 나서야 뒤늦게 후회의 감정이 파도처럼 몰려왔다. 어린아이가 응석을 부리는 거나 마찬가지다. 자신의 능력 부족과 어리석은 면모를 일부러 남 앞에 드러내 위로받으려는 짓이다.

마음속 깊숙한 곳에서는 후와가 나의 비겁함을 부정해 주기를 바라고 있다. 자네는 사무관, 그리고 미래의 검사로서 자질을 갖췄다고 북돋아 줬으면 하고 있다. 스스로 생각해도 신물이 날 만큼 한심한 심리다.

이런 단순하기 짝이 없는 어린아이 같은 심리를 후와가 이해할 리 없다. 동정해 줄 리도 없다. 미하루는 가장 입에 담아서는 안 될 약한 소리를 가장 말해서는 안 될 상대 앞에서 내뱉어 버리고 말았다.

후와가 눈앞에서 총에 맞았을 때도 그랬지만 지금도 수치심과 자기혐오로 나 자신이 저주스러웠다.

차라리 철저하게 멸시당하는 것이 오히려 마음 편할지 모른다. 그런 생각이 들기 시작할 때 후와가 등을 돌린 상태에서 말했다.

"검사 한 명 한 명은 제각각 독립된 사법기관이야. 그걸 잊었나?"

"잊지 않았어요."

"그렇다면 자네가 내 이야기를 따를 필요도 없지. 오사카 지검 안에서만 관찰해도 훤히 알 수 있어. 모든 검사는 자신만의 업무 방식과 신념에 따라 일하고 있다는 걸. 자네도 그냥 그렇게 하면 돼."

"검사님을 목표로 하는 건 틀렸다는 뜻인가요?"

"거듭 말하지만 나는 검사로서 그리 대단하지 않아. 그 증거가 바로 총에 쏘인 이 상처지."

"왜 그렇게 말씀하세요?"

"조금 더 일찍 진실을 눈치챘다면 이런 지경에 처하지 않았을 테니까. 내가 다친 건 자업자득이나 마찬가지야."

무심코 미하루는 귀를 의심했다.

"검사님. 설마 스마 씨와 구스바 씨를 죽인 범인을 알아 내신 거세요?"

"이제는 끝낼 때가 됐어."

그렇게 말하고 후와는 다시 복도를 걷기 시작했다.

4

"대체 어디로 데려가시는 겁니까?"

뒷좌석에 앉은 우치무라가 항의 섞어 말했지만 운전대를 잡은 후와는 물론 그를 돌아보지 않았다. 미하루는 어쩔 수 없이 그를 향해 대신 고개를 숙였다.

후와는 앞을 바라본 채로 "수사에 협력하는 겁니다"라고 말했다.

"제 총격 사건을 맡은 분이 부장님입니다. 그렇다면 제가 얻은 정보도 곧장 부장님께 알려 드릴 의무가 있죠. 지금 함께 가는 건 그 일환입니다."

"그러니까 어디로 가시는 거냐고요."

"안심하십시오. 경찰서니까요."

세 사람을 태운 차는 잠시 후 니시나리 경찰서에 도착했다. 왜 이곳에 왔는지 묻는 우치무라의 말을 무시하고 후와는 미련 없이 경찰서 안으로 걸어 들어갔다. 목적지는 강력계였다.

"우치무라 형사부장님 아니십니까."

형사실에 있던 오야 경부보가 우치무라를 보고 화들짝 놀란 것처럼 말했다. 니시나리 경찰서와 오사카 지방 경찰청이 합동 수사를 하는 일이 많아서 얼굴을 익혔을 것이다.

"이곳에는 무슨 일입니까?"

"아니, 나도 이유를 모르겠네. 후와 검사님께 납치당하듯 끌려왔어."

"검사님. 이번에는 또 뭘 하시려는 겁니까?"

오야가 물어도 후와는 굳게 다문 입을 열지 않았다.

"자료실로 안내해 주십시오."

"검사님, 설마 우치무라 부장님까지 끌어들여서 또 자료를 뒤지시려고요? 아니면 저희 경찰들에게 또다시 수치를 안길 생각입니까?"

오야의 말을 듣고 미하루는 고개를 세차게 가로젓고 싶은 충동에 휩싸였다. 후와 검사가 조롱이나 도발, 또는 앙갚음 따위를 목적으로 움직이는 사람이라면 내가 이토록 고생하지도 않을 것이다. 인간으로서, 그리고 검사로서 평범한 사람과는 다르니 더욱 힘든 것이다.

"다른 사람들이 보지 않는 곳에서 대화를 나누고 싶어서 온 것이지 다른 의도는 없습니다. 그리고 대화를 나눌 곳이라면 모든 사태의 출발점이 된 이곳 자료실이 가장 안성맞춤일 것 같아서요."

후와의 말에서 뭔가를 느꼈을 것이다. 우치무라가 눈짓을 보내자 오야는 순순히 몸을 움직였다.

오야가 앞장서기는 했지만 지금 세 사람을 이끄는 사람은 후와가 틀림없었다. 아직 전모를 듣지 못한 미하루도 마찬가지지만 다른 세 사람도 속으로 후와를 두려워하고 있다는 것이 분위기로 느껴졌다.

그렇다면 이 분위기를 후와도 느끼고 있느냐고 묻는다면 확증은 없다. 후와는 인간 심리에 통찰력은 있어도 그것을 사람 사이 관계에서는 발휘하지 않기 때문이다.

잠시 후 미하루를 비롯한 네 사람은 자료실에 들어갔다. 후와와 둘이서만 대조 작업을 하던 때와 비교하면 골판지 상자의 벽이 다소 낮아진 느낌이 들었지만 그래도 난잡한 것은 똑같았다.

후와가 자료실 가운데에서 멈춰 서자 다른 세 사람도 발길을 멈췄다. 주위에 수사 자료가 담긴 상자가 높다랗게 쌓인 곳에서 기이한 압박감이 느껴졌다.

"우선 가장 먼저 말씀드릴 건 이곳에 두 분을 모신 이유입니다. 실은 우치무라 부장님과 오야 경부보님이 증인이 돼 주셨으면 합니다. 그리고 전 우치무라 부장님께 사죄드려야 할 것이 있습니다."

"무슨 말씀이시죠?"

"저를 찾아와 범행 당시 상황을 물으셨을 때 저는 총을 쏜 범인을 보지 못했다고 증언했습니다. 그런데 누가 저를 쐈는지 짐작 가는 인물은 있었습니다."

"짐작 가는 인물이 있었다니요, 검사님."

우치무라가 곧장 항의하는 목소리로 따졌다.

"그렇다면 왜 지금껏 말씀 안 하고 있었던 겁니까? 제가 말씀드렸을 텐데요. 검사님에 대한 사적인 감정을 떠나 경찰청의 위신이 걸린 사건이니 전력을 다해 수사하겠다고요. 검사님은 그런 일을 겪고도 여전히 저희를 믿지 못하시는 겁니까?"

"총을 쏜 지점으로 추정되는 곳에 사람이 있는 걸 인식했습니다."

"그렇다면."

"그러나 그 인물이 총을 든 모습을 목격한 건 아닙니다. 그저 우연히 그곳을 지나쳤을 뿐일지도 모르죠. 단지 그 사실만으로 용의자로 단정 짓기에는 조금 무리가 있었습니다."

미하루는 흠칫 놀랐다. 원래 모든 일에 주도면밀하고 신중한 후와가 당시 앞쪽의 시각 정보를 놓쳤을 리 없다. 그리고 주도면밀하므로 더욱 그때 목격한 인물을 범인으로 쉽게 단정 내리지 않은 것도 이해할 수 있다. 단지 수상하다는 이유로 오인 체포를 저지른 야타가이 사건을 고려하면 충분히 있을 법한 이야기다.

"그러니 저 나름대로 납득할 만한 재료가 갖춰질 때까지 기다린 겁니다."

"하지만 추측 정도는 알려 주셔도 좋았을 텐데요."

"부장님이 직접 말씀하셨듯 이번 총격 사건은 경찰청의

위신이 걸린 사건입니다. 조직의 위신이 걸리면 그에 속한 사람은 어쩔 수 없이 감정적으로 되기 쉽고, 평소에는 절대 저지르지 않을 실수를 저지르기도 하죠. 그런 위험성이 전무하다고 할 수 없었습니다."

한마디로 경찰을 전적으로 신뢰하지 않았다는 취지의 이야기지만 야타가이 사건 때문에 우치무라도 선뜻 부정하지는 못했다. 지금은 후와의 말에 더욱 설득력이 있다.

"고백하자면 저는 총에 맞기 전부터 그 사람을 주목하고 있었습니다. 그렇다고 명확한 사유가 있었던 건 아닙니다."

"하지만 검사님이 허술한 사유로 용의자를 압축하지는 않았겠죠. 대체 어떤 사유인 겁니까?"

"야타가이 사건이 줄곧 머릿속에 있었기 때문입니다. 야타가이에게는 사건 당시 길거리에서 취객과 시비가 붙어 다퉜다는 알리바이가 있었습니다. 그 일은 센니치마에 파출소의 사안 대응 기록을 통해 보고됐는데도 수사본부에서 검토하기 전에 문서가 통째로 사라지는 불운을 맞닥뜨리고 말았습니다."

오야는 심기가 불편한 듯이 눈을 내리깔았다.

"하지만 그 자료가 정말로 분실됐을까요?"

순간 미하루를 포함한 세 명의 시선이 단숨에 후와에게 쏠렸다.

　대체 무슨 말을 하려는 걸까.

　"사안 대응 기록이 수사본부에 제대로 보고됐다면 야타가이에 대한 의심도 곧장 사그라들었을 겁니다. 반대로 말하면 사안 대응 기록이 분실됐으니 야타가이의 혐의가 사라지지 않았고 체포와 검찰 송치에 이르렀죠. 스마 나쓰미와 구스바 미네타카 두 사람을 죽인 범인으로서는 사안 대응 기록만 사라지면 야타가이에게 모든 죄를 덮어씌우고 그 자신은 수사망에서 벗어날 수 있었던 셈입니다."

　그러자 순식간에 우치무라의 눈빛이 험악해졌다.

　"지금 검사님은 사건의 진범이 경찰 관계자라고 말씀하시는 겁니까?"

　"본부에 올라와야 할 사안 대응 기록을 분실이라는 형태로 없앨 수 있는 사람은 경찰 관계자밖에 없겠죠. 그것도 수사본부에 있었던 사람."

　"정말로 분실됐을 수도 있지 않습니까?"

　"물론 그럴 가능성도 있습니다. 그래서 저는 이렇게 생각했습니다. 야타가이 사건은 당초 스마 나쓰미에 대한 스토커 행위가 악질적으로 변하며 생긴 것, 다시 말해 범인의 표적은 애초에 스마 나쓰미 씨였고 당시 함께 있던 구스바 미네타카 씨는 억울하게 그 일에 휘말린 것이다. 그러나 야타가이가 무죄이고 살인 동기가 스토커 행위에 의한 것이 아니라면 표적이 스마 나쓰미 씨라고 생각한 것 자체가 착각이 되는 거죠. 실제로 스마 나쓰미 씨 집에 찾아가 그녀의 어머니에게도 이야기를 전해 들었습니다만, 스마 씨는 그전에 사귄 남자가 많았던 것도 아니고 다른 사람에게 원한을 살 일도 없었을 거라고 했습니다. 반면 구스바 씨는 달랐죠. 구스바 씨는 애초에 여자관계가 복잡했고 본인에게 그럴 의사가 없었어도 애정 문제 때문에 갈등을 겪을 때가 많았다고 했습니다. 심지어 직장에까지 찾아온 여성도 있었다더군요."

"그렇다면……."

"다른 사람에게 미움을 사고 살해될 원인이 있었던 사람은 오히려 구스바 씨였고, 반대로 스마 씨가 그 일에 안타깝게 휘말렸을 뿐이다. 증언을 검토하면 그렇게 생각하는 것이 더 자연스럽겠죠. 그래서 저는 구스바 씨를 죽이고 싶을 만큼 증오한 사람이 있었는지를 재검토해 봤습니다."

"있었습니까?"

"그가 근무했던 '호쿠세쓰 파이낸스'의 상사분께 전해 들었습니다. 구스바 씨와 사귀다가 임신하고 끝내 스스로 목숨을 끊은 여성분이 있다는 사실을요. 하지만 아쉽게도 그 상사분도 그분의 이름을 기억하지는 못했습니다. 그래서 저는 야타가이 사건이 발생하기 반년 전으로 거슬러 올라가 여성이 스스로 목숨을 끊은 사건을 조사하기 시작했습니다. 범위를 좁히는 건 간단했습니다. 구스바 씨가 일하는 곳까지 직접 찾아갔다면 생활권이 오사카 안이라고 생각해도 되겠죠. 그와 더불어 임신이나 낙태 경험이 있는 여성. 제 그물망에 걸려든 사람은 총 스물네 명이었고 그중 눈에 띄는 성을 지닌 여성분이 있었습니다. 그녀는 야타가이 사건 수사본부에 참가한 관계자 중 한 명과 성이 똑같았으니까요."

미하루는 저도 모르게 침을 꿀꺽 삼켰다.

그렇게 두 사람이 이어지다니.

"그렇게 두 사람의 관계를 한창 조사하던 중에 제가 총에 맞는 사건이 일어났습니다. 덕분에 최종 확인이 며칠 늦어져 버렸죠. 하지만 그 관계자의 호적 등본을 받아 보니 확인은 순식간에 확증으로 바뀌었습니다. 야타가이 사건이 일어나기 약 한 달 전인 3월 20일, 게이한오와다역

열차 플랫폼에서 선로에 뛰어들어 즉사한 여성이 있었습니다. 그녀의 이름은 오야 유리, 당시 27세. 그렇습니다. 오야 경부보님. 바로 당신의 외동딸입니다."

후와는 천천히 시선을 오야에게 향했다.

그보다 빨리 우치무라가 오야를 노려봤다.

"검사님의 이야기가 사실인가? 오야 경부보."

오야는 험악하기 그지없는 눈빛으로 침묵했다.

"저에게 유리라는 딸이 있었고 그 아이가 선로에 뛰어들어 자살한 건 사실입니다. 하지만 딸을 임신시킨 남자가 구스바라는 증거는 없지 않습니까?"

오야가 도발하는 눈빛으로 쳐다봐도 후와는 역시나 꿈쩍도 하지 않았다.

"유리 씨의 사진을 입수해 구스바 씨의 직장 상사분께 확인을 요청했습니다. 상사는 직장에 찾아온 사람이 유리 씨가 맞다고 증언했죠. 그 증언만으로 부족하다면 유리 씨가 임신 중절 수술을 받은 산부인과도 찾았으니 그곳에 문의해 보시면 될 겁니다. 중절 수술 동의서에는 유리 씨와 구스바 미네타카의 이름이 함께 적혀 있으니까요."

"그래서 딸의 원수를 갚으려고 제가 구스바를 죽였다는 겁니까? 흥, 그거야말로 증거가 없는 이야기 아닙니까?"

"범행 당시 '그랑카사르 기시노사토'에 사는 주민이 두 사람의 시신을 발견해 니시나리 경찰서에 신고했습니다. 집에 달려간 파출소 순경이 사건성이 있다고 파악해 니시나리 경찰서에 통보했고 기동 수사대와 감식과가 먼저 현장을 찾은 뒤 이어서 강력계 형사들이 도착했습니다. 그러나 검시와 감식 작업이 다 끝날 때까지는 현장을 어지럽힐 가능성이 있어서 형사분들은 그 안에 들어가지 못했죠."

"원래 그렇게 합니다. 뭐 문제라도 있습니까?"

"즉, 감식 작업이 끝나기 전까지는 강력계가 범행 현장에 들어갈 수 없다. 그건 구스바와 스마 씨 사건 때도 마찬가지였다."

"네, 그 말씀이 맞습니다."

"강력계 일원인 형사님도 그 작업이 다 끝나기 전까지는 현장에 발을 들일 수 없었습니다."

"참 답답하게 같은 말을 계속 반복하시는군요."

"그렇다면 감식과가 수집한 신원 불명 머리카락에 형사님의 머리카락이 섞인 이유는 뭘까요?"

순간 우치무라가 눈을 부라렸고 오야는 입을 반쯤 떡 벌렸다.

"신원 불명의 머리카락과 발자국. 수집된 현물은 이미 분실돼 사라졌지만 분석 데이터는 감식과에 그대로 남아 있었습니다. 그리고 오야 형사님의 머리카락을 한 가닥 빌려서 DNA 감정을 의뢰한 결과, 데이터에 있는 머리카락 중 한 가닥과 일치한다는 결과가 나왔습니다. 다시 말해 오야 경부보님은 감식 작업이 시작되기 전에 범행 현장에 발을 들였다는 말이 됩니다."

약간의 도발이 섞인 말을 듣고도 오야는 반론하지 않았다. 아니, 못하는 걸까.

"그리고 마찬가지로 분실된 등산용 나이프. 이것은 2년 전 니시나리구에서 발생한 강도 사건에 쓰인 것과 같은 제품이라는 것을 현재 오사카 교도소에 복역 중인 사건의 범인 니나가와 게이치에게서 확인할 수 있었습니다."

니나가와가 직접 칼을 간 탓에 칼끝이 특이한 형상을 띠게 됐다는 설명을 듣고서야 오야는 입을 닫고 후와를 노려봤다.

"여기까지를 고려하면 니시나리 경찰서의 수사 자료 대량 분실 사건도 또 다른 일면을 띠게 됩니다. 오야 경부보님이 신고 전에 현장에 드나들었다는 증거와 야타가이의 소유물일 수 없는 등산용 나이프, 그리고 야타가이의 알리바이를 입증할 수 있는 사안 대응 기록까지. 야타가이의 무죄를 나타내고 증명할 수 있는 증거가 모조리 사라졌습니다. 이토록 조건이 완벽히 갖춰지면 우연이라고 하기도 어렵겠죠. 수사 자료 분실 사건은 누군가가 의도적으로 벌인 일이라고 생각할 수밖에 없는 겁니다."

"뭐라고요?"

우치무라는 당장에라도 멱살을 움켜쥘 것처럼 오야 앞으로 다가갔다.

"경부보. 지금 검사님의 설명이 사실인가?"

우치무라가 노려보자 오야는 더는 못 버티겠는지 고개를 약간 아래로 떨궜다.

후와는 두 사람은 아랑곳하지 않고 설명을 이어 갔다.

"니시나리 경찰서를 포함해 수사 자료가 대량으로 분실됐다는 건 현장 수사원들도 어렴풋이 인식하고 있는 상태였습니다. 오야 경부보님은 외동딸이 스스로 목숨을 끊자 딸의 한을 풀어 주기 위해 구스바를 살해할 계획을 세웠습니다. 그러나 살상 능력이 뛰어난 흉기를 직접 구입하면 덜미가 붙잡힐 수 있다고 판단하셨겠죠. 그래서 니시나리 경찰서에 보관돼 있던 니나가와의 등산용 나이프를 쓰기로 한 겁니다. 일단은 니나가와의 소유물이지만 흉기로 쓰인 물건이라 그가 복역을 마친다고 해도 반납 대상이 되지는 않습니다. 니나가와 사건은 이미 종결됐으니 칼에 대해 신경 쓸 사람도 더는 없을 테고요. 4월 15일 늦은 밤, '그랑카사르 기시노사토'에 몰래 들어간 오야 경부보님은 구스바를 죽이고 함께 있던 스마 나쓰미 씨도 칼로 찌르고 맙니다. 그리고 얼마 안 돼 신고가 접수돼 경찰 수사가 시작됐는데, 느닷없이 야타가이가 가장 유력한 용의자로 떠오르게 되었습니다. 이대로 별일 없이 일이 잘 풀리기만 하면 수사본부가 야타가이를 범인으로 체포할 수도 있는 상황. 그러나 거기에는 불안 요인도 있었습니다."

오야는 이미 전의를 상실한 것처럼 멍하니 있었다. 미하루는 지금에서야 후와가 사건의 모든 전말을 설명할 곳으로 자료실을 고른 이유를 깨달았다. 이토록 협소한 공간이면 도망칠 곳이 없다. 게다가 우치무라가 옆에 있는 상태에서는 후와와 미하루를 공격하지도 못한다. 독 안에 든 쥐나 마찬가지인 것이다.

"감식과가 수집한 신원 불명의 머리카락과 발자국 안에 내 것이 섞여 있을지 모른다. 데이터 삭제는 나중에 기회를 봐서 할 수 있겠지만 수사 자료 현물은 폐기하지 않으면 안심할 수 없다. 흉기인 등산용 나이프도 마찬가지다.

지문은 검출되지 않았지만 실제 내가 범행에 사용했으니 재수사를 통해 새롭게 뭔가가 나올 가능성이 없지 않다. 센니치마에 파출소에서 올라온 사안 대응 기록 등은 논외로 치더라도 불안 요소가 많다. 그러니 그 모든 증거가 담긴 골판지 상자 하나를 폐기하자. 그러나 상자가 하나만 사라지면 사람들이 부자연스럽게 느낄 수 있다. 그러니 다른 경미한 사건의 수사 자료들도 전부 분실한 것처럼 꾸미면 의심을 사지 않을 것이다. 다행히 니시나리 경찰서에서는 그전부터 수사 자료가 분실된다는 것이 거의 공공연한 비밀이었으니 오야 경부보님은 그런 상황을 이용하려고 한 겁니다."

후와가 설명을 끝마치자 자료실은 오싹한 정적에 휩싸였다.

오야는 침묵하고 있고, 우치무라는 곤혹스러운 듯이 후와와 오야를 번갈아 보고 있다.

"마지막으로 저를 공격할 때 쓴 토카레프 말입니다만, 이 역시 니시나리 경찰서에서 나왔을 가능성이 큽니다. 압수한 총도류를 잠깐 꺼내서 쓴 다음 다시 원위치에 돌려놓는 방법이 가장 무난하고 안전하다고 판단하셨겠죠. 때마침 재고를 조사할 타이밍이기도 했을 테고요."

"잘 알겠습니다. 설명은 그걸로 끝인가요?"

마침내 오야가 입을 열었다.

"검사님이 아주 잘 설명해 주시기는 했지만 어차피 전부 다 상황 증거 아닙니까? 제가 구스바와 스마 나쓰미를 살해하고 검사님을 총으로 쐈다는 물증은 없습니다."

"오야 경부보님은 아내분과 함께 사시죠?"

"네. 함께 삽니다만, 뭐 문제라도?"

"평범한 집안이라면 전업주부인 아내가 집 안에서 남편 옷을 세탁하고 옷장에 정리하는 일을 도맡아 할 겁니다. 그리고 아무리 자기 옷이어도 남편이 아내의 허락도 받지 않고 무단으로 옷을 없애거나 처분하는 경우는 드물 테고요. 공무원 월급이라 봐야 뻔하고, 옷 한 벌 사는 데 드는 돈을 무시할 수도 없으니 자연스럽게 아내가 남편의 옷가지들을 관리하게 되는 겁니다. 경부보님의 집을 수색하면 루미놀 반응이 검출되거나 옷깃에서 초연 반응이 나오는 재킷이 나오겠죠. 경부보님. 경부보님은 그런 증거가 나올 때까지 끝까지 버티실 생각입니까? 아니면 향후 상황을 고려해 지금 자수하시겠습니까?"

미하루는 허를 찔린 느낌을 받았다.

이 자리에 우치무라를 함께 데려온 이유. 모든 방어선

이 뚫리고 끝장나는 순간을 같은 식구인 우치무라가 목격하고 있다. 오사카 지방 경찰청 입장에서도 지금 여기서 오야가 자수한다면 가장 좋을 것이다.

후와의 생각을 눈치챘는지 우치무라가 오야를 지그시 바라봤다.

"오야 경부보. 앞으로도 계속 항변을 이어 갈 생각이라면 수사본부로서는 자네의 집을 수색할 수밖에 없어. 어떡하겠나?"

오야는 잠시 우치무라의 눈빛을 버텼지만 마침내 힘없이 고개를 툭 떨궜다.

"그건 사양하겠습니다. 네. 모든 걸 털어놓겠습니다."

그리고 그는 다음으로 후와를 바라봤다.

"이것으로 만족하십니까? 검사님."

"만족할 리 있겠습니까."

역시나 가차 없다.

"경부보님이 범행을 감추기 위해 저지른 일들은 앞으로도 크든 작든 소송 절차에 영향을 미칠 겁니다. 사건 해결이 늦어지면 피해자는 물론 사법기관에도 불이익이 생깁니다. 두 건의 살인과 한 건의 살인 미수뿐만 아니라 그쪽 죄상도 상당히 무거울 테니 단단히 각오하시는 게 좋을 겁니다."

"이미 각오하고 있습니다."

"허세 부리지 마십시오."

순간 후와의 말투가 거칠어져서 미하루는 깜짝 놀랐다.

"외동딸의 한을 풀어 주고 싶은 심정을 이해 못하는 건 아닙니다. 그러나 경부보님은 단지 입막음만을 위해 아무 죄 없는 여성을 칼로 찔러 살해한 것으로 모자라 죄 없는 다른 사람에게 누명을 덮어씌우려고 했습니다. 그뿐만이 아닙니다. 수사에 혼선을 줄 목적으로 다른 사건들마저 해결에서 멀어지게 했죠. 삼중, 사중의 죄입니다. 절대 어중간한 속죄로는 끝나지 않을 겁니다."

처음 보는, 감정이 흔들리는 후와의 모습이었다.

후와와 미하루는 오야의 신병을 우치무라에게 넘기고 니시나리 경찰서를 뒤로했다.

우치무라가 보는 곳에서 그토록 후와에게 가차 없이 사실을 지적당했으니 오야도 이제는 어쩔 도리가 없을 것이다. 조사받으면서 부인할 점도 거의 없지 않을까. 구스바와 스마를 살해하고 후와를 총으로 쏜 사건은 곧장 검찰에 송치될 것이다.

"다 끝났네요."

후와의 뒷모습을 향해 그렇게 말을 걸자 언짢아하는 목소리가 들렸다.

"아직이야. 살인과 총격 사건 모두 경찰이 자백을 받고 증거를 수집하고 검찰이 기소 후 판결이 확정되기 전까지 끝났다고 할 수 없어."

"하지만 이로써 오사카 지방 경찰청과의 연대는 더욱 어려워지겠어요. 현역 경부보가 범죄를 저질렀다는 사실도 그렇지만 오인 체포와 수사 자료 대량 분실 사건 모두 그가 저지른 짓이라는 게 공표되면 그러지 않아도 추락한 경찰청의 위신이 더더욱 땅에 떨어져 바닥을 길 테니까요. 당연히 그 모든 것을 폭로한 후와 검사님에 대한 경찰의 원망도 지금보다 강해지겠죠."

미하루가 굳이 지적할 필요도 없다. 그 정도는 이미 후와도 차고 넘칠 만큼 잘 알고 있을 것이다. 그러나 검사 휘하에 있는 사무관으로서 말하지 않을 수 없다.

"아무리 자업자득이라고 해도 경찰은 같은 식구를 몰락시킨 사람한테 좋은 감정을 품을 수 없을 거예요. 물론 수사 자료 대량 분실 사건과 맞물려서 노골적으로 반기를 들지는 못하겠지만, 원활한 협력은 기대하지 못할 수 있어요."

대답이 없다. 그러나 아무리 성가시게 들려도 충고할 때는 충고하는 것이 사무관의 일이다.

"그뿐만이 아니에요. 오사카 지방 경찰청과의 연대가 무너지면 그 영향은 다른 검사님들에게도 미치겠죠. 그렇게 되면 지금보다 더 검사님이 검찰청 안에서 고립될 가능성도 있어요."

그렇게 되지 않도록 최소한의 대책을 세워 두는 게 좋을 것 같아요. 마지막으로 그렇게 조언하려고 입을 열려는 순간 그제야 후와의 대답이 돌아왔다.

"뭐 문제라도 있나?"

어안이 벙벙해진 미하루를 한 번 힐끗하기만 하고 후와는 앞으로 성큼성큼 걸어갔다.

머리 위로 찬물을 뒤집어쓴 기분이었다.

이제 와서 나는 뭘 겁내고 있나. 후와 검사가 어떻게 나올지 뻔히 알고 있었으면서.

미하루는 고개를 두어 번 흔들고 서둘러 그의 뒤를 쫓았다.

물보다 진한 피,
피보다 진한 신념

2020년은 '반전의 제왕' 나카야마 시치리가 데뷔 10주년을 맞이하는 해입니다. 1961년생인 작가 나카야마 시치리는 소설가의 꿈을 품은 채로 평범한 회사원으로 살아오다가 클래식 음악과 미스터리를 훌륭하게 결합한 소설 『안녕, 드뷔시』로 2010년 일본 다카라지마 출판사의 신인 등용문 '이 미스터리가 대단해! 대상'을 수상하며 화려하게 작가로 데뷔합니다. 이후 회사를 그만두고 평생의 꿈이었던 전업 작가로 거듭난 그는 본격 미스터리, 사회파 미스터리, 에세이 등 장르를 가리지 않고 왕성하게 작품을 쓰기 시작해 9년 동안 무려 마흔네 권의 책을 펴냈습니다. 단순히 계산해도 1년에 약 다섯 권이고 일본에서는 홀수 달에 나카야마 시치리의 새 작품이 출간된다는 통설까지 생겼을 정도이니 참으로 무시무시한 집필량과 출간 속도라 할 수 있습니다. 이러한 출간 속도의 밑바탕에는 나카야마 시치리만의 특유의 글쓰기법이 있습니다. 그는 소설을 쓸 때 취재를 일절 하지 않고 그동안 수없이 읽고 감상한 책과 영화에서 얻은 지식을 활용하는 것으로 유명합니다. 유명 작품 하나를 남기고 수명을 다하는 작가가 아닌, 오랫동안 독자와 소통하는 작가가 되려면 소재와 장르를 가리지 않고 빠르게, 많이 쓸 수 있는 작가가 돼야 한다는 일념으로 다양한 매체를 섭렵해 지식을 습득하고, 그렇게 머릿속에 쌓인 방대한 데이터 아카이브 속에서 그때그때 작품 소재에 맞는 지식을 꺼내어 작품에 도입한다고 합니다. 악기를 다루기는커녕 음악에 조예가 따로 없음에도 생생한 클래식 음악 묘사로 극찬을 받은 『안녕, 드뷔시』 등의 '미사키 요스케' 시리즈를 쓰고, 의학 쪽에 종사하거나 관련 지식이 전무한데도 『히포크라테스 선서』 등 '법의학 교실' 시리즈 등 실로 다양한 직업군과 소재를 다룬 작품들을 써내는 재능이 그야말로 놀랍습니다.

나카야마 시치리의 작품군에는 또 하나의 커다란 특징이 있습니다. 바로 그의 작품 속에 등장하는 캐릭터들의 연결성입니다. 작품, 시리즈, 출판사를 가리지 않고 그의 작품에 등장하는 캐릭터들은 서로 유기적으로 이어지며 거대한 '나카야마 시치리 월드'를 구성합니다. 경찰, 판사, 의사, 교사 등 직종을 가리지 않고 모든 캐릭터가 각기 다른 시리즈와 작품에서 간간이 모습을 비추며 나카야마 시치리 월드의 구성원으로서 활약하는 모습을 보입니다. 따라서 그의 작품을 집어 드는 독자는 이야기와 반전이 주는 재미 외에도 이번에는 어떤 캐릭터가 어디서 등장해 어떻게 이어지는지를 확인하는 쏠쏠한 재미를 맛볼 수 있습니다. 나카야마 시치리는 매력적이고 개성 있는 캐릭터들을 연이어 창조해 내면서 그들을 거대한 세계 속에 두어 살아 숨 쉬게 하고 있습니다. 대표적으로 『테미스의 검』 등의 와타세 경부, 고테가와 형사, 『속죄의 소나타』 등의 미코시바 레이지 변호사 외에도 미사키 교헤이 검사, 고엔지 시즈카 판사, 법의학 교실의 미쓰자키 교수 등이 이제는 작가가 따로 손대지 않아도 거대한 '나카야마 시치리 월드' 속에서 서로 유기적으로 촘촘하게 맞물리며 각자 역할을 다하고 있습니다.

그런 나카야마 시치리 월드에 새로운 영웅이 등장했습니다. 바로 오사카 지방 검찰청의 1급 검사, 후와 순타로입니다. 그는 한마디로 표현하자면 '신념의 끝판왕'입니다. 평소 얼굴에 감정을 전혀 드러내지 않아 '표정 없는 검사'라는 별명으로 불리는 그는 주변의 어떤 압력과 장애에도 굴복하지 않고 오로지 자신의 신념만으로 움직이는 캐릭터입니다. 작품에서도 여러 번 언급되는 '검사 한 명 한 명은 제각각 독립된 사법기관'이라는 말은 독자 여러분도 한 번쯤은 들어 보신 적이 있을 겁니다. 그 말은 곧 검사 개개인이 독립된 사법기관으로서 자신의 신념과 업무 방식을 관철해 가며 일하는 것이 당연하고, 또 마땅히 그래야 한다는 뜻이기도 합니다. 그러나 현실은 그리 녹록지 않습니다. 비단 검찰 조직이 아니어도 인간은 집단을 이루는 순간 자신의 신념과 행동 양식보다는 자연히 조직의 논리에 휩쓸리기 때문입니다. 그리고 이를 '융통성'이라는 이름으로 포장하고, 때로는 개인보다는 '식구'라는 개념을 우선하며 집단에 순응하기를 요구하기도 합니다. 그렇게 피는 물보다 진하다는 것을 강조하며 같은 식구의 실수나 흠은 감춰 주어야 한다고 말하는 이들에게, 후와 검사는 피보다 진한 신념으로 응수합니다. 작품에서도 언뜻 언급되는 가슴 아픈 계기를 통해 그가 절대적으로 추구하게 된 그 길은 절대 순탄치 않습니다.

나카야마 시치리는 본 작품 『표정 없는 검사』를 쓴 계기를 출간 후 어느 잡지에 쓴 에세이를 통해 다음과 같이 밝힌 바 있습니다.

"오래전에는 나라의 부강을 위해 열심히 일하는 공무원과 관료가 존경받던 시절이 있었다. 그러나 지금은 어떠한가. 모두가 그런 것은 아니지만, 국민에 대한 봉사는 안중에도 없고 비리를 저지르거나 제 한 몸 지키기에 급급한 사람들이 언론과 신문 지면을 심심찮게 장식하고는 한다. 이럴 때 영웅 같은 공무원이 등장해 활약하는 작품을 쓰는 것은 대중 소설가의 책무다. 그래서 사리사욕이 아닌, 오로지 자신의 직무에만 매진하는 검사 캐릭터를 만들어 보자는 생각에 이르렀다."

그렇습니다. 항상 시의성이 뛰어난 작품을 쓰는 작가답게 나카야마 시치리는 이번에도 지금 이 시기에 반드시 필요한 이야기와 캐릭터를 독자에게 선보인 셈입니다. 또한 『표정 없는 검사』는 2020년 현재 잡지 연재를 마친